# शेरलॉक होम्स

# की

# लोकप्रिय कहानियाँ

## सर आर्थर कॉनन डॉयल

**Happy Hour Books**

प्रकाशक:

**हैप्पी आवर बुक्स (Happy Hour Books)**

www.happyhoursbooks.com

ईमेल: happyhourbooks1@gmail.com

पहली बार हैप्पी आवर बुक्स द्वारा प्रकाशित 2024

कॉपीराइट © हैप्पी आवर 2024

सर्वाधिकार सुरक्षित

**शीर्षक: शेरलॉक होम्स की लोकप्रिय कहानियाँ**

पेपरबैक ISBN : 9789358489385

हार्डबैक ISBN : 9789358482676

# छींटदार फीते का रहस्य

अपने उन सत्तर खास मामलों के नोट्स पर एक नजर दौड़ाते वक्त , जिनमें अपने मित्र शेरलॉक होम्स के पिछले आठ सालों के काम करने के तरीकों का मैंने अध्ययन किया और पाया कि उनमें से बहुत से दुःखद, कुछ मजेदार और अधिकतर तो आश्चर्यजनक थे। वे सब कोई मामूली मामले नहीं थे। उन्होंने इन्हें धन कमाने के लिए नहीं बल्कि अपने काम से प्यार की वजह से किया था । वह उन जाँच- पड़तालों से स्वयं को अलग कर लेता था , जो असामान्य और आश्चर्यजनक नहीं होती थीं । मुझे याद नहीं कि इस तरह के कई केसों में स्टॉक मोरान में रॉयलाट्स के उस जाने - माने परिवार के साथ घटी घटना की तुलना में किसी और ने अधिक असाधारण घटना सुलझाई हो ।

यह घटना होम्स के साथ मेरे जुड़ने के शुरुआती दिनों में घटी थी । उन दिनों हम अविवाहित थे और बेकर स्ट्रीट के एक ही कमरे में साथ - साथ रहा करते थे। उस समय इस मामले की गोपनीयता का एक वादा किया गया था ।

पिछले महीने उस महिला, जिससे वह वादा किया गया था , की असामयिक मौत ने मुझे इससे मुक्त कर दिया । अब इस सच्चाई को रोशनी में आना चाहिए, क्योंकि डॉ. ग्रिम्सबाय रॉयलाट की मौत के बारे में अफवाहें फैली हुई हैं , जिन्होंने इस मामले को वास्तविकता से कहीं अधिक भयावह बना दिया है ।

यह अप्रैल 1883 की शुरुआत थी और मैंने एक सुबह शेरलॉक होम्स को कपड़े पहने हुए पूरी तरह से तैयार अपने बिस्तर के बगल में खड़े देखा । नियमतः वह देर से उठनेवाला व्यक्ति है और घड़ी में उस समय सिर्फ सवा सात ही बजे थे । मैंने उसकी तरफ आँखें झपकाते हुए आश्चर्य से देखा, जिसमें थोड़ी सी चिढ़ भी थी, क्योंकि मैं अपनी आदतों के मामले में काफी नियमित हुआ करता था ।

होम्स ने कहा , "मुझे माफ करना , वाटसन! मैंने तुम्हें जगा दिया , पर बात बिलकुल साधारण सी है कि आज सुबह मिसेज हडसन ने दरवाजा खटखटाया और मुझे जगा दिया , और मैंने तुम्हें । "

"तब ऐसी क्या बात है ? आग लगी है क्या ?"

"नहीं, ऐसा लगता है कि एक युवती बदहवास हालत में आई है और मुझसे मिलना चाहती है । अभी भी वह बैठक - कक्ष में मेरा इंतजार कर रही है । महानगरों में इतनी सुबह जब जवान औरतें घूमती -फिरती हैं और नींद में पड़े लोगों को उनके बिस्तरों से उठाती हैं , तब मेरा मानना है कि कोई बहुत ही खास बात होगी, जिसे वह बताना चाहती है । क्या इससे यह लगता है कि यह एक दिलचस्प केस होगा? मुझे यकीन है कि तुम इसमें शुरू से ही रहना चाहोगे । मेरे विचार से किसी भी कीमत पर मुझे तुमसे इसके लिए कहना चाहिए और तुम्हें मौका देना चाहिए । "

"मेरे प्यारे दोस्त ! मैं किसी भी कीमत पर इसे खोना नहीं चाहूँगा । "

होम्स की पेशेवर छानबीनों का अनुसरण एवं उसके अपने अंतर्ज्ञान की तीव्रता से इनके समाधान की प्रशंसा से बढ़कर मेरे लिए और कोई प्रसन्नता नहीं थी । उसे जो भी केस दिए गए , उसने उन्हें तार्किक आधार पर सुलझाया था । मैंने जल्दी - जल्दी अपने कपड़े पहने और बैठक - कक्ष में अपने मित्र का साथ देने के लिए कुछ ही मिनटों में तैयार हो गया। वहाँ एक परदानशीं महिला काले कपड़ों में खिड़की के पास बैठी थी । जैसे ही हम कमरे में घुसे वह खड़ी हो गई ।

होम्स ने प्रसन्नतापूर्वक कहा, " गुड मॉर्निंग मैडम ! मेरा नाम शेरलॉक होम्स है । ये हैं डॉ. वाटसन , मेरे खास दोस्त और सहयोगी । इनके सामने आप बेझिझक अपनी बात कह सकती हैं। वाह! मुझे यह देखकर खुशी हो रही है कि मिसेज हडसन ने अँगीठी जलाने की समझदारी दिखा दी है। इस अँगीठी को आप अपने पास रख लीजिए और मैं एक कप गरम कॉफी ऑर्डर करता हूँ, क्योंकि मैं देख रहा हूँ कि आप ठंड से काँप रही हैं । "

उस महिला ने अपनी जगह बदलते हुए धीमी आवाज में कहा, " मैं ठंड की वजह से नहीं काँप रही हूँ । "

" तब क्या है ? "

" यह डर है मि . होम्स , डर! " इतना कहकर उस महिला ने अपना नकाब ऊपर उठा दिया । अब हम देख सकते थे कि वह महिला वाकई बड़ी दयनीय स्थिति में थी , उसका चेहरा पीला पड़ गया था और उसकी बेचैन डरी हुई आँखें शिकार के लिए पीछा किए जानेवाले जानवर की आँखों की तरह लग रही थीं । उसके चेहरे और शरीर से पता चलता था कि वह लगभग तीस वर्ष की होगी । लेकिन उसके बाल असमय ही पक गए थे ।

उसकी आँखें थकी हुईं , मरियल सी थीं । होम्स ने उस पर अपनी तेज और अनुभवी नजर डाली ।

होम्स ने आगे की ओर झुकते हुए सांत्वना भरे शब्दों में उसके हाथों को थपथपाते हुए कहा, "डरिए मत ! मैं सब ठीक कर दूंगा । मुझे लगता है, आप आज सुबह ही ट्रेन से आई हैं । "

"तो , क्या आप मुझे जानते हैं ? "

"नहीं, मैंने आपके दस्तानेवाली बाईं हथेली में वापसी का टिकट देखा है । आप सुबह जल्दी ही चल पड़ी होंगी और स्टेशन पहुँचने के लिए आपने कच्चे रास्ते पर घोड़ागाड़ी से भी यात्रा की होगी । "

महिला जोर से चिहुँकी और मेरे सहयोगी की ओर अचरज से देखने लगी । वह मुसकराते हुए बोला, "इसमें कोई रहस्य नहीं है , मैडम! आपके जैकेट की बाईं बाँह पर कम - से- कम सात जगह कीचड़ के धब्बे लगे हैं । ये धब्बे बिलकुल ताजा हैं । घोड़ागाड़ी के अलावा और कोई सवारी इस तरह से कीचड़ नहीं उछालती है, और फिर आप तो चालक के बाईं ओर बैठी होंगी । "

वह बोली, "आपका जरिया चाहे जो भी हो , पर आप बिलकुल सही हैं । मैं घर से सुबह छह बजे से पहले ही चली और बीस मिनट में लेदरहेड पहुँची, फिर वाटर लू के लिए पहली ट्रेन पकड़कर मैं यहाँ आ गई । सर , मैं अब इस तनाव को और नहीं झेल सकती हूँ; अगर यह ऐसे ही बना रहा तो मैं पागल हो जाऊँगी । मेरी सहायता करनेवाला कोई नहीं है - उस अकेले आदमी को छोड़कर, जो यह कर सकता है । मैं आपके बारे में सुन चुकी हूँ मि . होम्स , मुझे आपके बारे में मिसेज फारिंटोश ने बताया है, जिनकी सहायता आपने बहुत ही कठिन परिस्थितियों में की थी । उन्हीं से मुझे आपका पता मिला है । सर, क्या आपको ऐसा नहीं लगता है कि आप मेरी सहायता कर सकते हैं और जिस घने अँधेरे ने मुझे घेर रखा है, उस पर थोड़ी रोशनी तो डाल ही सकते हैं । इस समय आपकी सेवाओं के लिए पुरस्कार देने की मेरी क्षमता नहीं है, पर छह हफ्तों या एक महीने में मेरी शादी हो जाएगी, तब अपनी खुद की आमदनी पर मेरे नियंत्रण के बाद आप मुझे एहसान फरामोश नहीं पाएँगे । " ।

होम्स ने अपनी दराज खोली और उसमें से केस वाली एक छोटी सी नोटबुक निकाली, जिसे वह संदर्भ देखने के लिए अपने पास रखते थे ।

वे बोले, " फारिंटोश ओ हाँ, मुझे वह केस याद आ गया, जिसका संबंध उस दूधिया मुकुट से था । मेरे खयाल से वाटसन ! यह तुम्हारा मेरे साथ आने के पहले का केस था । मैडम , मैं इस मामले में आपसे सिर्फ इतना ही कह सकता हूँ कि जिस तरह से मैंने आपकी दोस्त के लिए काम किया था , उसी तरह से आपका भी काम करने में मुझे खुशी होगी, और जहाँ तक इनाम का सवाल है, मेरा पेशा अपने आप में ही इनाम है । लेकिन जब भी आपका समय अनुकूल हो , आप मेरा भुगतान कर सकती हैं । अब मैं आपसे अनुरोध करता हूँ कृपया, सिलसिलेवार ढंग से हर बात बता दें , ताकि मैं इस मसले पर अपनी राय कायम कर सकूँ । "

हमारी आगंतुक ने जवाब दिया, " ओह! मेरे डर की स्थिति की वास्तविकता यह है कि मेरा डर बहुत ही अस्पष्ट सा हैं और मेरे संदेह बहुत ही छोटे- छोटे बिंदुओं पर ही निर्भर हैं , जो कि दूसरों को बहुत ही महत्वहीन लग सकते हैं । यहाँ तक कि जिससे मुझे सहायता पाने का अधिकार है, वह भी मुझे एक घबराई हुई औरत के रूप में ही परामर्श देता है । परंतु वह इस तरह की बात नहीं कहता है । यह सबकुछ मैं आपके सांत्वना भरे शब्दों और आपकी आँखों में पढ़ सकती हूँ । मैंने सुना है मि. होम्स , कि आप आदमी के दिल की कई परतों के भीतर गहराई से छुपी हुई दुष्टता को भी देख लेते हैं । आप मुझे बताएँ कि इन खतरों से घिरे रहते हुए मैं इनके बीच कैसे रहूँ ?"

" मैडम, मैं आपकी बातों पर पूरा ध्यान दे रहा हूँ । "

" मेरा नाम हेलन स्टोनर है और मैं अपने सौतेले पिता के साथ रहती हूँ , जो इंग्लैंड की पुरानी सैक्सन फैमिली सरी की पश्चिमी सीमा पर स्टाक मोरान के रायलाट्स के बचे हुए अंतिम व्यक्ति हैं । "

होम्स ने स्वीकृति में अपना सिर हिलाया और कहा, " मैं इस नाम से परिचित हूँ । "

"किसी समय यह परिवार इंग्लैंड के धनिकों में से एक था और इसकी जागीर की सीमाएँ उत्तर में बर्कशायर तथा पश्चिम में हैंपशायर तक फैली हुई थीं । पिछली शताब्दी में एक के बाद एक इसके वारिस लंपट और फिजूलखर्ची की आदतोंवाले थे । रीजेंसी के दिनों में

यह परिवार एक जुआरी के हाथों पूरी तरह से बरबाद हो गया था। कुछ एकड़ जमीन और दो सौ साल पुराना वह घर , जो कि अब गिरवी पड़ा है, के सिवाय कुछ भी नहीं बचा ।

इसके अंतिम जागीरदार ने अपनी जिंदगी की गाड़ी एक अभिजात वर्गीय भिखारी के रूप में दयनीय तरीके से खींची । पर उसके एकमात्र बेटे , यानी मेरे सौतेले पिता ने देखा कि इन्हें नए तरीके का जीवन अपनाना चाहिए । उन्होंने अपने एक संबंधी से धन उधार लिया, जिससे वे डॉक्टरी की डिग्री हासिल कर सके । इसके बाद मेरे पिता कलकता चले आए, जहाँ अपनी काबिलीयत और अच्छे चरित्र से उन्होंने एक बहुत ही अच्छी प्रैक्टिस जमा ली ।

एक दिन घर में हुई किसी लूट के कारण उन्होंने गुस्से में अपने पड़ोस में रहनेवाले खानसामे को इतना मारा कि वह मर ही गया । फाँसी की सजा से वे बाल - बाल बचे। इसकी वजह से उन्हें लंबे समय तक जेल में रहना पड़ा ।फिर वे चिड़चिड़े और हताश व्यक्ति के रूप में इंग्लैंड वापस आ गए ।

"जब डॉ . रायलाट भारत में थे तो वहीं उन्होंने मेरी माँ से विवाह किया , जो कि बंगाल फौज के मेजर जनरल स्टोनर की एक खूबसूरत विधवा थीं । मेरी बहन जूलिया और मैं जुड़वाँ थीं और मेरी माँ की दोबारा शादी के समय हमारी उम्र केवल दो साल की ही थी । मेरी माँ के पास एक हजार पाउंड सालाना आता था और यह पूरा - का - पूरा ही उसने डॉ . रायलाट को वसीयत कर दिया था । हालाँकि हम उनके साथ इसी शर्तनामे के साथ रहते थे कि हमारी शादी होने पर हममें से हरेक को सालाना कुछ धन दिया जाएगा । इंग्लैंड वापस लौटने के कुछ ही समय के बाद मेरी माँ की मौत हो गई । वे आठ साल पहले क्रीव के पास एक रेल दुर्घटना में मारी गईं। इसके बाद डॉ . रायलाट ने लंदन में अपनी प्रैक्टिस जमाने की कोशिश छोड़ दी और हमें साथ लेकर स्टाक मोरान के अपने खानदानी मकान में रहने चले आए । मेरी माँ ने जो पैसा हमारे लिए रख छोड़ा था, वह हमारी जरूरतों के लिहाज से काफी था और हमारी खुशिगों में बाधाएँ आएँगी, ऐसा भी नहीं मालूम पड़ता था ।

"परंतु इस साल हमारे सौतेले पिता के स्वभाव में एक भयानक परिवर्तन आ गया । अपने पड़ोसियों से मिलने जुलने और नए मित्र बनाने के बजाय , जो कि उन्हें वहाँ देखकर बहुत खुश हुए थे कि स्टाक मोरान के रायलाट वापस अपने घर आ गए हैं , उन्होंने अपने आपको अपने घर में ही बंद कर लिया और कभी - कभी ही बाहर निकलते

थे, वह भी तब जब कोई उनके रास्ते से गुजरता था और उससे झगड़ा करने । गुस्से में हिंसा की सनक तक पहुँचना उस परिवार के लोगों की एक आनुवंशिक आदत रही है । मेरे सौतेले पिता के मामले में मेरा मानना है कि इसकी तीव्रता का कारण एक लंबे समय तक गरम मुल्क में रहना भी रहा है । उनके ऐसे असभ्य झगड़ों की एक लंबी श्रृंखला सी बन चुकी थी, जिसमें दो तो पुलिस थाने में जाकर खत्म हुए और फिर वे उस गाँव के लिए खतरा बन चुके थे। लोग - बाग उनसे डरकर भागने लगे थे, क्योंकि उनमें काफी शारीरिक बल था और गुस्से में वे बेकाबू हो जाते थे ।

" अभी पिछले ही हफ्ते उन्होंने वहीं के एक लोहार को चहारदीवारी से नीचे नदी में फेंक दिया था । फिर जो पैसा मैंने साथ मिलकर इकट्ठा किया था , उसे देकर हमने इस दूसरी मुसीबत से अपना बचाव किया । कुछ घुमंतू बनजारों को छोड़कर कोई भी उनका मित्र नहीं था । उन्होंने झाड़ - झंखाड़ से भरी अपनी जमीन , जिससे हमारी खानदानी जागीर का भी पता चलता था , इन बंजारों को डेरा डालने के लिए दे रखी थी । बदले में वे अपने तंबुओं में इनका आतिथ्य - सत्कार करते थे और कभी- कभी इनके साथ सप्ताहांत में दूर कहीं घूमने भी चले जाते थे। भारतीय जानवरों के प्रति भी उनकी दीवानगी थी , जो कि उनके पास वहाँ से भेज दिए जाते थे। इस समय उनके पास एक चीता और एक लंगूर है और ये दोनों ही उनके मैदान में खुले घूमते रहते हैं । ये गाँववालों के लिए उतने ही भयावह हैं , जितना कि उनके मालिक ।

" आप इसका अंदाज लगा सकते हैं कि मेरी और मेरी बहन की जिंदगी में अब तक कोई बड़ा सुख नहीं रहा । हमारे यहाँ कोई भी नौकर नहीं टिकता था । एक लंबे समय से हमने खुद ही घर का सारा काम किया है । मेरी बहन की मौत के समय उसकी उम्र सिर्फ तीस साल थी, फिर भी उसके बाल मेरी ही तरह सफेद हो गए थे। "

" क्या तुम्हारी बहन की मौत हो चुकी है ? "

" उसकी मौत अभी दो साल पहले ही हुई है और उसी की मौत की वजह से मैं आपसे बात करना चाहती हूँ । आप समझ ही सकते हैं कि जिस तरह की अपनी जिंदगी के बारे में मैंने आपको बताया है, हम अपनी उम्र और स्थिति के शायद ही किसी और व्यक्ति को ऐसी हालत में देखना चाहेंगे । हमारी माँ की एक अविवाहित बहन , यानी हमारी एक मौसी भी हैं , जिनका नाम मिस ऑनोरिया वेस्टफेल है । वे हैरो के पास रहती हैं । हमें कभी - कभी ही इनके घर जाने का मौका मिलता है । दो साल पहले क्रिसमस पर जूलिया

वहाँ गई थी । वहाँ उसकी मुलाकात नौसेना के एक मेजर से हुई, जो कि अभी आधी तनख्वाह पर काम कर रहा था और जिसके साथ उसका विवाह भी तय हो गया । वापस लौटकर मेरी बहन ने इसकी जानकारी मेरे सौतेले पिता को दी । उन्होंने इस शादी का विरोध नहीं किया था , परंतु शादी की तय तारीख से पंद्रह दिनों पहले ही वह भयानक घटना घट गई , जिसने मेरी अकेली साथी को मुझसे छीन लिया । "

शेरलॉक होम्स अपनी कुरसी पर पीठ टिकाकर बैठे थे। उनकी आँखें बंद थीं और उनका सिर कुशन पर टिका हुआ था , उन्होंने अपनी अंधमुँदी आँखें खोलीं और अपने आगंतुक की ओर देखा । फिर बोले, "कृपया खुलकर बताएँ । "

" मेरे लिए इसे बताना बहुत ही आसान है, क्योंकि उस भयानक वक्त की हर घटना मेरी याददाश्त में बनी हुई है । जैसा कि मैं पहले ही बता चुकी हूँ कि वह इमारत बहुत ही पुरानी है और अब इसका एक ही हिस्सा रिहायशी इस्तेमाल में आता है । इस हिस्से में शयन के कमरे निचले तल पर हैं और बैठक - कक्ष इस इमारत के बीचवाले भाग में है । इन कमरों में से पहला कमरा डॉ. रायलाट का , दूसरा मेरी बहन और तीसरा मेरा खुद का है । उन कमरों में आपस में कोई संपर्क नहीं है , पर वे सभी एक ही गलियारे में खुलते हैं । क्या मैं साफ - साफ बता पा रही हूँ ?"

"बिलकुल ठीक । "

"तीनों कमरों की खिड़कियाँ बाहर लॉन में खुलती हैं । उस भयावह रात को डॉ. रायलाट अपने कमरे में जल्दी ही चले गए थे, हालाँकि हम जानती थीं कि वे सो नहीं रहे थे, क्योंकि मेरी बहन को उनके उस भारतीय सिगार की तेज महक से परेशानी होती थी , जिसे पीने की उनकी आदत थी । वह अपने कमरे से निकलकर मेरे पास चली आई

और वहाँ कुछ देर बैठकर उसने अपनी होनेवाली शादी के बारे में कुछ बातें भी की थीं । ग्यारह बजे वह मेरे पास से जाने के लिए उठी, फिर दरवाजे पर थोड़ा रुककर उसने मेरी ओर मुड़कर देखा और बोली, " यह बताओ हेलन ! क्या तुमने रात के अंधेरे में किसी को सीटी बजाते सुना है?"

" नहीं तो । " मैंने जवाब दिया ।

" मेरे खयाल से सोते समय तुम्हारी आवाज तो सीटी की तरह नहीं ही निकलती होगी ? ""बिलकुल नहीं, पर क्यों ?"

"क्योंकि पिछली कुछ रातों से सुबह करीब तीन बजे मुझे हमेशा एक धीमी पर साफ सीटी की आवाज सुनाई पड़ती है । मैं कच्ची नींद में ही सोती हूँ और इसीलिए इसकी आवाज मुझे जगा देती है । मैं यह नहीं बता सकती हूँ कि यह आती किधर से है, शायद बगलवाले कमरे से या लॉन से । मैंने सोचा कि तुमसे पूछू कि शायद तुमने इसे सुना होगा । "

"नहीं , मैंने नहीं सुना । यह दूर ठहरे हुए उन बनजारों की होनी चाहिए । "

"बहुत मुमकिन है, पर यदि यह आवाज लॉन में थी तो मुझे आश्चर्य है कि तुमने इसे कैसे नहीं सुना? "

"हाँ , पर मैं तुमसे अधिक गहरी नींद में सोती हूँ । " ।

"अच्छा, खैर कोई बात नहीं । वह मुझे देखकर मुसकराई और मेरा दरवाजा बंद कर दिया , फिर कुछ ही देर बाद मुझे उसके दरवाजे का ताला बंद होने की आवाज सुनाई पड़ी । "

होम्स ने कहा, "सच! क्या रोजाना रात को कमरे में ताला लगाना आप लोगों की आदत है? "

"हमेशा । "

"क्यों ? "

"मैं आपको पहले ही बता चुकी हूँ कि डॉक्टर ने एक चीता और एक लंगूर पाल रखा था । दरवाजा बंद किए बगैर हमें सुरक्षा नहीं महसूस होती थी । "

"बिलकुल ठीक । मेहरबानी करके अपनी बात जारी रखिए । "

"उस रात मैं सो नहीं सकी । आनेवाली बदकिस्मती की एक धुंधली सी अनुभूति ने मुझ पर असर कर दिया था । आपको याद होगा कि मेरी बहन और मैं जुड़वाँ बहनें थीं और आप जानते ही हैं कि दो समान आत्माओं के बीच संपर्क का कितना सूक्ष्म बंधन होता है । वह रात बहुत ही भयानक थी । बाहर हवा में तेज गर्जन की सी आवाज थी और खिड़कियों पर बारिश की चोट और थपथपाहट हो रही थी । अचानक इस तेज आँधी के थपेड़ों के बीच ही एक औरत की डर से भरी चीखने की भयानक आवाज आई । मैं समझ गई कि यह आवाज मेरी बहन की ही है । मैं अपने बिस्तर से उछलकर उठी । मैंने शॉल

लपेटा और गलियारे की तरफ भागी । जैसे ही मैंने अपना दरवाजा खोला, मुझे सीटी की एक धीमी सी आवाज सुनाई पड़ी, यह ठीक वैसी ही आवाज थी जैसी कि मुझे मेरी बहन ने बताया था और कुछ ही पलों बाद एक झनझनाहट की आवाज आई, जैसे कि धातु की कोई चीज नीचे गिर पड़ी हो । जब मैं दौड़कर अपनी बहन के कमरे में पहुँची तो मैंने देखा कि उसका दरवाजा खुला हुआ अपने कब्जे पर धीरे से झूल रहा है । मैंने डरते हुए देखा कि न जाने क्या सामने आनेवाला है । गैलरी की लैंप से आनेवाली रोशनी में मैंने अपनी बहन को देखा । उसका चेहरा डर से पीला पड़ गया था , उसके हाथ सहायता के लिए आगे की ओर फैले हुए थे और उसका पूरा शरीर किसी शराबी की तरह आगे-पीछे झूल रहा था । मैं भागकर उसके पास गई और उसे अपनी बाँहों में समेट लिया, पर उसी समय उसके पैरों ने जवाब दे दिया और वह जमीन पर गिर पड़ी । वह इस तरह से तड़प रही थी, जैसे भयानक तरीके से अकड़ गई हो । पहले-पहल मुझे लगा कि उसने मुझे नहीं पहचाना, पर वह चीखती हुई आवाज में बोली, जिसे मैं कभी नहीं भूल पाऊँगी।

"हे भगवान् ! हेलन! एक फीता था यहाँ । एक छींटदार फीता । "

"कोई ऐसी बात थी जिसे वह कहना चाहती थी और उसने डॉक्टर के कमरे की ओर हवा में इशारा भी किया , परंतु फिर से आई उसकी अकड़न ने उसके शब्दों को बाहर निकलने नहीं दिया । अपने सौतेले पिता को चिल्लाकर आवाज देते हुए मैं बाहर की ओर भागी । हड़बड़ी में ही उनके कमरे में उनके ड्रेसिंग गाउन में ही मेरी उनसे मुलाकात हुई । जब वे मेरी बहन के पास पहुँचे तब तक वह बेहोश हो चुकी थी । हालाँकि उन्होंने उसके मुँह में ब्रांडी डाली और उसे गाँव में ही चिकित्सा सहायता के लिए भी भेजा, परंतु सारी कोशिशें बेकार हो गईं और वह बिना होश में आए ही धीमे- धीमे डूबती हुई मौत के आगोश में चली गई । यही मेरी प्यारी बहन का भयानक अंत था । "

होम्स ने कहा, "एक मिनट रुको, क्या तुम उस धातु की आवाज और सीटी के बारे में निश्चित हो ? क्या तुम कसम खाकर कह सकती हो ? "

"उसकी मौत के बाद हुई छानबीन में मुझसे यही पूछा गया था । मेरा यही मानना है कि मैंने इसे सुना था, मगर आँधी और पुराने हो चुके घर की आवाज में हो सकता है मुझे धोखा हुआ हो । "

"क्या तुम्हारी बहन कपड़े पहनकर तैयार थी ? "

" नहीं , वह अपने सोनेवाले कपड़ों में ही थी । उसके दाएँ हाथ में एक जली हुई माचिस की तीली और बाएँ हाथ में माचिस की डिबिया थी । "

" इससे ऐसा लग रहा था कि जब उसे खतरा महसूस हुआ होगा , तब इसे जानने के लिए उसने माचिस जलाई होगी । छानबीन करनेवाला किस नतीजे पर पहुंचा था ? "

" चूंकि डॉक्टर का व्यवहार इस प्रांत में बड़ा ही खतरनाक रहा है, इसीलिए उसने इस मामले की छानबीन बहुत ही ध्यानपूर्वक की थी, परंतु वह मौत का कोई संतोषजनक कारण ढूँढ़ पाने में असफल ही रहा । मेरे सबूतों से पता चलता था कि दरवाजा भीतर से ही बंद था और खिड़कियों में पुराने फैशन की लोहे की छड़ें लगी थीं , जिनसे सारी रात सुरक्षा रहती थी । चारों तरफ की दीवारें काफी मजबूत थीं और जमीन भी उतनी ही ठीक थी । वहाँ की चिमनी काफी चौड़ी थी , साथ ही उस पर लोहे की जाली भी लगी हुई थी । अब यह निश्चित है कि जिस समय मेरी बहन के साथ यह हादसा हुआ, तब वह बिलकुल अकेली थी । इसके अलावा उसके शरीर पर किसी भी प्रकार की चोट का निशान भी नहीं मिला था । "

" जहर के बारे में तुम्हारा क्या खयाल है ? "

" डॉक्टरों ने इसकी जाँच कर ली थी और इसमें उन्हें कुछ भी नहीं मिला । "

" तब तुम क्या सोचती हो कि इस अभागी लड़की की मौत कैसे हुई ? " ।

" मेरे अनुसार तो उसकी मौत का कारण सिर्फ डर और घबराहट है; पर वह कौन सी चीज थी , जिससे वह डरी, इसका अंदाजा मैं नहीं लगा पाती हूँ । "

" क्या वे बनजारे उन दिनों वहीं ठहरे हुए थे। "

" हाँ , थोड़े- बहुत वहाँ हमेशा ही रहते हैं । "

" फीता - यानी छींटदार फीते के संकेत से तुम क्या समझती हो ? "

" कभी -कभी मुझे लगता था कि यह केवल उन्माद की स्थिति में की गई बात है या यह कुछ लोगों के समूह को दरशाता है, जो कि शायद इन बसे हुए घुमंतू बनजारों का भी हो सकता है । मैं नहीं जानती कि उनमें से कुछ लोग छींटदार रूमाल अपने सिर पर बाँधते हैं और शायद उसी के बारे में उसने कहा हो । "

एक असंतुष्ट व्यक्ति की तरह होम्स ने अपना सिर हिलाया । वे बोले, "मामला काफी गंभीर है, प्लीज , तुम अपनी बात जारी खो। "

"तब से अब तक दो साल बीत चुके हैं और मेरा जीवन हाल ही तक इतना एकाकी कभी नहीं रहा है । मेरा एक बहुत ही अच्छा दोस्त है , जिसे मैं पिछले कई सालों से जानती हूँ, उसने एक महीने पहले ही शादी के लिए मेरा हाथ माँगा था । उसका नाम आर्मीटोज है और वह रीडिंग के पास ही के क्रेनवाटर के मि . आर्मीटोज का दूसरा बेटा है ।

मेरे सौतेले पिता ने इस रिश्ते का कोई विरोध नहीं किया और हम बसंत के मौसम में शादी करनेवाले हैं । दो दिन पहले ही इमारत के पश्चिमी हिस्से में मरम्मत का काम शुरू हुआ था, जिसमें मेरे बेडरूम की दीवार पर टूट- फूट हो रही थी । इसलिए मुझे उसी कमरे में आना पड़ा, जिसमें मेरी बहन की मौत हुई थी और मुझे उसी बिस्तर पर सोना पड़ा, जिस पर वह सोई थी । आप मेरे डर का अंदाजा लगा सकते हैं कि जब पिछली रात मैं जग गई और उसके उस भयानक अंत के बारे में सोचने लगी, तभी अचानक मैंने धीमी सीटी की आवाज सुनी, जो कि उसकी अपनी ही मौत का इशारा भी थी । मैं उछलकर उठी और लैंप जलाया, पर मुझे कमरे में कुछ भी नहीं दिखा । मैं अब बिस्तर पर फिर से जाने में भी काँप रही थी , फिर भी मैं तैयार हुई और जैसे ही दिन की रोशनी हुई, मैं बाहर आई ।

मैंने क्राऊन इन पर एक घोड़ागाड़ी पकड़ी और फिर लेदरहेड आकर आपके पास इस इरादे से चली आई कि मैं आपसे मिलूँ और आपकी राय लूँ । "

मेरे सहयोगी ने कहा , "तुमने बहुत ही समझदारी का काम किया, पर क्या तुमने मुझे अब सबकुछ बता दिया है ?"

"जी हाँ , सबकुछ। "

"आपने सबकुछ नहीं बताया है, मिस रायलाट ! आप अपने सौतेले पिता के बारे में छिपा रही हैं । "

"क्यों , आपका क्या मतलब है ?"

जवाब में होम्स ने उस आगंतुक के घुटने पर रखे उसके हाथ पर लटकती काली झालर को पीछे उलट दिया ।

उसकी सफेद कलाई पर पाँच नीले निशान पड़े हुए थे, जिनमें चार उँगलियों के और एक अँगूठे का निशान था ।

होम्स ने कहा, " तुम्हारे साथ क्रूर व्यवहार होता है । "

महिला के चेहरे का रंग गहरा हो गया और उसने अपनी कलाई ढक ली । वह बोली, " वह एक ताकतवर आदमी है और शायद उसे अपनी ताकत का अंदाज नहीं है । "

वहाँ अब एक लंबी चुप्पी छाई हुई थी, होम्स अपनी ठुड्डी को अपने हाथों में टिकाए अँगीठी की आग को ध्यान से देख रहे थे ।

" यह बड़ा ही गंभीर मामला है। "

" इससे पहले कि मैं अपने काम की रूपरेखा तय करूँ , मुझे अभी हजारों बातें जाननी हैं । फिर भी हमारे पास गँवाने के लिए एक पल भी नहीं है । यदि हम आज ही स्टाक मोरान जाते हैं , तब क्या यह मुमकिन है कि बिना तुम्हारे सौतेले पिता की जानकारी के ही हम उन कमरों को देख सकें ? "

" जी हाँ , ऐसा हो सकता है, क्योंकि उन्होंने आज किसी बहुत जरूरी काम से शहर आने के लिए कहा है ।

संभावना है कि वे आज सारा दिन बाहर रहेंगे और वहाँ रुकावट डालनेवाला कोई भी नहीं होगा । हमारे यहाँ एक घरेलू नौकरानी है, जो कि बूढ़ी और बेवकूफ है, मैं उसे आसानी से हटा सकती हूँ । "

" वाह वाटसन! हमारे साथ चलने में तुम्हें दिक्कत तो नहीं है ? "

"बिलकुल नहीं । "

" तब हम साथ - साथ ही आएँगे । अब तुम कहाँ जा रही हो ? "

" मैं एक - दो काम निपटा लेना चाहूँगी, चूँकि मैं शहर में ही हूँ , पर मैं 12 बजे वाली गाड़ी से वापस चली जाऊँगी, ताकि आपके आने के समय मैं वहाँ मौजूद रहूँ । "

" तुम वहाँ दोपहर तक हमारी प्रतीक्षा कर सकती हो । मुझे भी यहाँ कुछ छोटे- मोटे काम निपटाने हैं । क्या तुम रुकोगी और नाश्ता करोगी ? "

"नहीं, मुझे अब चलना चाहिए । मेरा मन पहले से काफी हलका हो चुका है, क्योंकि मैंने अपनी समस्या आपको बता दी है । मैं आज दोपहर में आपका इंतजार करूँगी। "

उस महिला ने अपने चेहरे पर मोटा सा नकाब डाल लिया और तेजी से कमरे से बाहर निकल गई ।

शेरलॉक होम्स ने अपनी कुरसी की पुश्त पर अपनी पीठ टिकाते हुए पूछा, "वाटसन! तुम इस बारे में क्या सोचते हो ?"

"यह मामला काफी गंभीर और खतरनाक लगता है । "

"अगर वह महिला सही कह रही थी कि उस कमरे की दीवारें और जमीन पक्की हैं और दरवाजे, खिड़कियों तथा चिमनी से कोई घुस नहीं सकता है, तो इसका मतलब है, उसकी बहन मौत के वक्त बिलकुल अकेली थी । "

"तब उस रातवाली सीटियों का क्या मतलब है और उस मरनेवाली महिला के उन खास शब्दों का क्या अर्थ है ?"

"मैं नहीं सोच पा रहा हूँ । "

"उस रात को बजनेवाली सीटियों और बनजारों के समूह की मौजूदगी, जिनका कि उस बुजुर्ग डॉक्टर के साथ नजदीक का रिश्ता भी है । जब इन दोनों विचारों को साथ मिला दें तब इस तथ्य पर विश्वास होने लगता है कि डॉक्टर की रुचि उसकी सौतेली बेटी की शादी न होने देने में ही है । उस फीते की ओर मरनेवाले का इशारा और वह आवाज मेटल की उस झनझनाहट की हो सकती है, जो सुरक्षा के लिए लगी उन छड़ों के गिरने की वजह से हुई हो । मेरे मत से इस आधार पर इस दिशा में सोचने से यह रहस्य खुल सकता है । "

"तब उन बनजारों ने क्या किया होगा ?"

"मुझे इसका अंदाजा नहीं है । "

"कई जगहों पर मैं इन विचारों से असहमत हूँ । "

"मैं भी , और इसीलिए हम आज खासतौर से स्टाक मोरान जा रहे हैं । मैं यह देखना चाहता हूँ कि क्या हमारे प्रतिद्वंदवी अभी भी खतरनाक हैं या हम उनको जान - समझ

चुके हैं । आगे देखें शैतान के नाम पर क्या होता है । " ___ मेरे साथी के ये शब्द अभी मुँह से निकले ही थे कि एक धक्के के साथ अचानक हमारा दरवाजा खुला और सामने एक बड़े डील -डौलवाला आदमी दिखा । उसका पहनावा खेतों में काम करनेवालों और पेशेवरों के पहनावों का मिला- जुला रूप था । उसके सिर पर काली ऊँची सी हैट थी और उसका कोट लंबा था, उसने गेटर्स पहन रखे थे और हाथ में एक चाबुक लहरा रहा था । वह इतना लंबा था कि दरवाजे की ऊँची चौखट को उसका हैट छू रहा था और उसकी चौड़ाई ने दरवाजे की चौड़ाई को करीब- करीब ढक ही लिया था । उसका बड़ा सा चेहरा , जिस पर हजारों झुर्रियाँ पड़ी हुई थीं और जो सूरज के ताप से जलकर पीला हो चुका था । उस आदमी के चेहरे पर दुष्टता के चिह्न थे और वह बारी -बारी से हम दोनों की तरफ अपनी गहरी हरी- हरी आँखों से देख रहा था । उसकी ऊँची पतली और बिना मांसवाली नाक जंगली शिकारी चिडिया की तरह थी ।

उस आगंतुक ने पूछा, "तुममें से होम्स कौन है ?"

मेरे सहयोगी ने शांति से कहा, "मेरा नाम है, सर । "

"मैं स्टाक मोरान का ग्रिम्सबाई रायलाट हूँ । "

होम्स ने सौम्यता से कहा, "डॉक्टर , प्लीज बैठिए । "

"मैं यहाँ बैठने नहीं आया हूँ । क्या मेरी सौतेली बेटी यहाँ आई थी ? मैं उसका पता लगाने के लिए पीछा करता हुआ आया हूँ । वह तुमसे क्या कह रही थी ?"

होम्स ने कहा , "इस साल मौसम के लिहाज से थोड़ी ठंड ज्यादा है । "

वह बुजुर्ग आदमी गुस्से के मारे जोर से चीखा, "वह तुमसे क्या कह रही थी ?"

मेरे साथी ने शांति से अपनी बात जारी रखी, "मैंने सुना है कि इस बार केसर काफी होगा । "

हमारे नए आगंतुक ने कहा, "तुम मुझे बरगला रहे हो न ?"

इतना कहकर वह एक कदम आगे बढ़ा और अपने हाथ के उस चाबुक को लहराते हुए बोला, "बदमाश! मैं तुमको जानता हूँ , मैं पहले भी तुम्हारा नाम सुन चुका हूँ । तुम होम्स हो , जो हर काम में दखलंदाजी करता है । " मेरा सहयोगी मुसकराया ।

"होम्स , दूसरों के कामों में रुचि लेनेवाला । "

उसके चेहरे पर मुसकराहट और फैल गई ।

"होम्स , स्कॉटलैंड यार्ड का भूतपूर्व अधिकारी । "

होम्स ने अपना मुँह दबाकर हँसते हुए कहा, "तुम्हारी बातचीत बहुत मजेदार है, अब जब तुम बाहर जाना तो दरवाजा बंद कर देना । यह यहाँ का तयशुदा कायदा है । "

"जब मैं अपनी बात कह लूँगा तभी जाऊँगा । तुम मेरे मामले में दखलंदाजी करने की हिम्मत मत करो । मैं जानता हूँ कि मिस स्टोनर यहाँ क्यों आई थी । मैंने इसका पता लगा लिया है । मैं कुछ भी कर सकता हूँ , मैं बहुत ही खतरनाक आदमी हूँ , जिसके साथ दुश्मनी भारी पड़ेगी । यह देखो! वह तेजी से आगे बढ़ा और अँगीठी कुरेदनेवाली लोहे की छड़ को लपककर उठा लिया, और फिर उसे अपने भूरे बड़े- बड़े हाथों से घुमाकर गोल - गोल मोड़ दिया ।

"देखो, अपने आपको दूर ही रखो। " गुर्राते हुए वह बोला और उस लोहे की छड़ को कमरे में अँगीठी की ओर फेंक दिया ।

"यह आदमी काफी मिलनसार मालूम पड़ता है । " होम्स ने हँसते हुए कहा ।

"मैं बहुत मोटा तो नहीं हूँ, पर यदि वह मुझसे कहता तो मैं उसे अपनी कलाई की पकड़ भी दिखा देता, जो कि उसकी कलाई की पकड़ से कमजोर नहीं है । "

ऐसा कहकर होम्स ने लोहे की उस छड़ को थोड़े से ही प्रयास से फिर से सीधा कर दिया था ।

"मुझे लगता है, उसने मुझे चकरा देने के लिए मेरे साथ बदसलूकी की है । यह घटना हमारी छानबीन को बल दे रही है, हालाँकि मुझे विश्वास है कि हमारी दोस्त की उस थोड़ी सी लापरवाही से इस जंगली ने उसे ढूँढ़ निकाला, पर उससे उसे परेशानी नहीं होगी । और अब वाटसन! हमें नाश्ते का ऑर्डर कर देना चाहिए और फिर हमें डॉक्टर की ओर चलना चाहिए, ताकि हमें इस मामले में कुछ सहायता मिल सके । "

शेरलॉक होम्स जब घूमकर लौटे तब तकरीबन एक बज रहा था । उनके हाथ में नीले रंग के कागज की एक शीट थी, जिस पर कुछलिखा था और चित्र बनाए गए थे ।

" मैंने उस मृतक महिला की वसीयत देखी है । इसका ठीक -ठीक मतलब समझने के लिए मैं आज की मौजूदा कीमत के अनुसार इसका हिसाब लगाना चाहता हूँ । उसकी पत्नी की मौत के समय उसकी कुल आमदनी 1100 पाउंड से कुछ ही कम थी , खेती में कमी आने पर भी यह 750 पाउंड से कम नहीं होगी । अब अगर उनकी शादी हो जाती है, तब हर लड़की 250 पाउंड की आय का दावा कर सकती है । अब यह स्पष्ट है कि यदि दोनों लड़कियों की शादी हो जाती है तब यह पैसा बहुत ही कम रह जाता है , यहाँ तक कि उनमें से कोई एक भी इस आदमी को बहुत ही दयनीय स्थिति में पहुँचा देती । मेरा सुबह का काम बेकार नहीं गया, क्योंकि इससे यह पता चल जाता है कि ऐसे काम के बीच में रुकावट डालना उसका एक उद्देश्य हो सकता है । वाटसन! अब समय गँवाना खतरनाक हो सकता है, खासतौर से तब, जबकि वह बुजुर्ग यह जान चुका है कि हम उसके मामले में रुचि ले रहे हैं , इसलिए अगर तुम तैयार हो तो हमें एक गाड़ी बुला लेनी चाहिए और वाटर लू की ओर चलना चाहिए । आप अपनी रिवॉल्वर अपनी जेब में रख लेंगे तो मुझ पर बहुत एहसान होगा , क्योंकि जो आदमी छड़ को मोड़कर गाँठ लगा सकता है, उसके साथ बहस करने के लिए इसका इस्तेमाल एक कारगर तर्क साबित हो सकता है । हमें टूथब्रश भी रख लेना चाहिए । "

वाटर लू से लेदरहेड के लिए ट्रेन पकड़ने में हम भाग्यशाली रहे और वहाँ पहुँचने पर स्टेशन से हमने भाड़े पर एक घोड़ागाड़ी ली तथा उन सँकरी गलियों से होकर हम चार या पाँच मील तक चले । दिन पूरी तरह साफ था और सूरज चमक रहा था , आकाश में बादल रुई के फाहों से उड़ रहे थे। सड़क किनारे के पेड़ और झाड़ियों में हरी- हरी कोपलें आ गई थीं और हवा में एक आनंददायक खुशबू तथा धरती की नमी मिली हुई थी । मेरे लिए बसंत के इस मधुर आगमन, और हम जिस भयानक काम की छानबीन के लिए नियुक्त किए गए थे, के बीच एक अजीब सी विषमता थी । मेरा सहयोगी उस घोड़ागाड़ी में सामने की तरफ बैठा हुआ था । उसने अपनी बाँहें मोड़ रखी थीं और उसका हैट उसकी आँखों पर झुका हुआ था । वह अपनी ठुड्डी को छाती पर झुकाए किसी गंभीर सोच में डूबा हुआ था । अचानक उन्होंने मेरे कंधे को थपथपाया और एक चरागाह की तरफ इशारा करते हुए कहा, " वहाँ देखो । "

उस ढलान पर घने पेड़ोंवाला मैदान दूर- दूर तक फैला हुआ था , जिससे वह मैदान और भी घना मालूम पड़ता था । पेड़ों की शाखाओं के बीच से उस पुरानी इमारत की स्लेटी रंग की छत दिखाई पड़ रही थी ।

होम्स ने कहा , " स्टाक मोरान । "

कोचवान ने जवाब दिया , " जी हाँ सर, वह डॉ . ग्रिम्सबाय रायलाट का घर है । "

होम्स ने पूछा, " वहाँ पास में और कोई इमारत है क्या ? हमें वहीं जाना है । "

कोचवान ने दूर बाई तरफ कुछ मकानों की ओर इशारा किया, " वहाँ पर एक गाँव है, पर यदि आप उस मकान में जाना चाहते हैं तो इधर से उस छोटी सीढ़ी पर चढ़कर फुटपाथ से होकर जा सकते हैं । वहीं पर वह औरत टहल रही है । "

होम्स ने पलकें झपकाते हुए कहा, " मेरे अनुमान से वह महिला मिस स्टोनर ही हैं और हाँ , तुमने जैसा बताया है, हम वैसा ही करेंगे । "

हम घोड़ागाड़ी से उतर गए और उसे उसका भाड़ा दे दिया । भाड़ा लेकर वह वापस लेदरहेड की ओर चल दिया । जैसे ही हम उस छोटी सीढ़ी पर चढ़े, होम्स ने कहा, " मुझे लगता है कि वह आदमी सोचता होगा कि हम वास्तुशिल्पी हैं या यहाँ किसी और काम से ही आए हैं । तभी हमारी बातचीत बंद हो गई । गुड आफ्टरनून मिस स्टोनर, आप देख रही हैं कि हम अपनी जबान के पक्के हैं । "

हमारा मुवक्किल सुबह से ही हमसे मिलने के लिए परेशान था , उसकी खुशी उसके चेहरे पर झलक रही थी ।

उसने गर्मजोशी से हमसे हाथ मिलाया और जोर से कहा, " मैं आपका बहुत ही उत्सुकता से इंतजार कर रही थी । सबकुछ बिलकुल ठीक है । डॉ . रायलाट शहर गए हैं और उनके शाम से पहले आने की उम्मीद भी कम ही है । "

होम्स ने कहा , " हम डॉक्टर से मुलाकात का मजा ले चुके हैं । " ।

और फिर उन्होंने कम- से- कम शब्दों में उसे वह सारा किस्सा सुना दिया । जैसे ही मिस स्टोनर ने यह सुना , उसका चेहरा सफेद पड़ गया ।

" हे भगवान् ! " वह चीखी, " इसका मतलब, उसने मेरा पीछा किया था । "

" ऐसा ही लगता है । "

" मैं नहीं जानती थी कि वह इतना धूर्त है , जब वह वापस आएगा, तब क्या करेगा? "

"वह अपने आपको सुरक्षित करेगा, क्योंकि वह देखेगा कि इस मामले में कोई उससे भी अधिक चालाक है । तुम आज की रात अपने आपको उससे बचाकर कमरे में बंद रखना । अगर वह हिंसक हो जाएगा , तब हम तुम्हें तुम्हारी मौसी के पास हारो ले चलेंगे । अब हमें इस समय का सदुपयोग कर लेना चाहिए , इसीलिए हमें उन कमरों की तरफ ले चलो, जिनकी हमें छानबीन करनी है । "

___ यह इमारत स्लेटी रंग की थी और इसके पत्थरों पर फूलों के उभार बने हुए थे। इसका बीचवाला भाग ऊपर की ओर उठा हुआ था और दोनों तरफ के हिस्से केकड़े के पंजों की तरह बाहर की ओर निकले हुए थे। इन हिस्सों में से एक हिस्से की खिड़कियाँ टूटी हुई थीं और उनमें लकड़ी के फट्टे जड़े हुए थे। उनकी छत बीच से थोड़ी गिर गई थी, जिससे यह एक खंडहर सा मालूम पड़ता था । इमारत के बीच वाले भाग की मरम्मत थोड़े बेहतर ढंग से हुई थी । लेकिन दाहिनी ओर वाला हिस्सा इसकी तुलना में काफी आधुनिक था और खिड़कियों के छाजन एवं चिमनियों के निकलते धुएँ से पता चलता था कि इमारत के इसी हिस्से में लोग रहते हैं । दीवाल के आखिर में कुछ पाईट खड़े किए गए थे और दीवाल पर पत्थरों में कुछ टूट - फूट का काम भी हुआ था । लेकिन हमारे पहुँचने के समय वहाँ पर कोई काम नहीं हो रहा था । होम्स ने उस बिना कटे, छंटे लॉन में ऊपर -नीचे होकर चलते हुए खिड़कियों के बाहर काफी ध्यान से देखा ।

"ऐसा लगता है कि यही वह कमरा है, जिसमें तुम सोती हो और बीचवाला कमरा तुम्हारी बहन का है । वह तीसरा कमरा डॉ . रायलाट का है ?"

"आपने बिलकुल ठीक कहा, पर अब मैं बीचवाले कमरे में सोती हूँ । "

"मेरी समझ से कुछ रद्दोबदल का काम होने के कारण ही ऐसा है । हालाँकि दीवाल के आखिरी हिस्से में किसी मरम्मत की बहुत जरूरत नहीं है । "

"ऐसा लगता है कि मुझे मेरे कमरे से हटाने के लिए यह सब किया गया था । "

"हाँ , इस बात से एक राय जरूर बनती है । यहाँ सँकरे हिस्से के दूसरी तरफ एक गलियारा है, जिसमें तीनों कमरे के दरवाजे खुलते हैं और उनमें खिड़कियाँ भी हैं । "

"हाँ , पर वे बहुत ही छोटी हैं । किसी के घुसने के लिहाज से तो बहुत ही छोटी । "

"तुम दोनों बहनें जिस तरह से अपना कमरा रात को बंद कर लेती थीं , तब इनमें किसी का भी बाहर से घुस पाना नामुमकिन था । क्या तुम अपने कमरे में जाओगी और शटर को भीतर से बंद करके दिखाओगी ?"

मिस स्टोनर ने वैसा ही किया और होम्स ने ध्यानपूर्वक उन खिड़कियों की जाँच करने के बाद उनके शटर को खोलने की हरसंभव कोशिश की , पर उन्हें इसमें सफलता नहीं मिली । इनमें किसी भी प्रकार की झिरों तक नहीं थी , जिसमें से चाकू डालकर बीचवाले डंडे को ऊपर उठाया जा सके । फिर होम्स ने अपने लेंस से उनके कब्जों को भी देखा, जो कि ठोस लोहे के बने थे। वे बिलकुल अच्छी कारीगरी के साथ बनाए गए थे। उसने कुछ परेशानी से अपनी ठुड्डी को खुजाया और कहा, " मेरे अनुसार, जब शटर बंद है, तब इसमें से कोई भी अंदर - बाहर नहीं आ सकता है । देखते हैं कि भीतर से इस मामले पर कोई रोशनी पड़ती है क्या ?"

कोने में बना हुआ एक छोटा सा दरवाजा सफेद पुते गलियारे की तरफ ले जाता था, जहाँ उन तीनों बेडरूम के दरवाजे खुलते थे। होम्स ने तीसरे कमरे को देखने से मना कर दिया और तुरंत उस दूसरेवाले कमरे में घुसा , जिसमें मिस स्टोनर अब सोती हैं और इसी कमरे में ही उनकी बहन अपने दुर्भाग्य को प्राप्त हो चुकी थी । पुराने ग्रामीण घरों की तरह यह एक छोटा सा घरेलू कमरा था , जिसकी छत नीची थी और दीवाल में आतिशदान की जगह बनी हुई थी । कमरे के कोने में दराजोंवाली एक भूरे रंग की अलमारी और एक सफेद पतला बेड था । खिड़की के बाईं तरफ एक ड्रेसिंग टेबल थी । इस सामान के साथ - साथ इसमें लकड़ी के कामवाली दो छोटी कुरसियाँ और बीच में एक चौकोर कालीन भी बिछा हुआ था । कमरे की दीवारों पर चारों तरफ भूरे रंग के लकड़ी के फट्टे लगे थे, उनकी बलूत की लकड़ी को कीड़े खा चुके थे, वे इतने पुराने और बदरंग थे कि इनसे पता लग रहा था कि वे वहाँ उस पुरानी इमारत की शुरुआत से ही थे। होम्स ने कोने से एक कुरसी खींची और उस पर आराम से बैठ गया । उसकी आँखें उस कमरे के चारों तरफ बार- बार घूम रही थीं और वह हर चीज को बहुत ही ध्यान से देख रहा था ।

उसने उस घंटी की लटकती हुई रस्सी , जिसका फंदना तकिए के पास था , देखकर पूछा, "इस घंटी से किसे पुकारा जाता है ?"

"यह हाउसकीपर के कमरे तक जाती है । "

"कमरे की और चीजों के मुकाबले यह नई मालूम पड़ती है । "

"हाँ , यह सिर्फ दो साल पहले ही लगाई गई थी । "

"मेरे अनुमान से तुम्हारी बहन ने ही इसके लिए कहा होगा । "

"नहीं, मैंने उसे इसका इस्तेमाल करते हुए कभी नहीं सुना । हमें जो चाहिए होता था , उसे हम खुद ही ले लिया करती थीं । "

"इसका मतलब, इतनी सुंदर घंटी का यहाँ लटकना बेकार ही था । मुझे माफ करना, पर मैं इस कमरे की जमीन भी देखना चाहूँगा । " उसने अपना लेंस निकाला और इसे हाथ में पकड़कर अपने चेहरे के पास ले गया और फिर तेजी से आगे -पीछे करते हुए फट्टों में पड़ी दरार को ध्यान से देखा । यही काम उसने कमरे के चारों तरफ लगे लकड़ी के पैनलों पर भी किया । अंत में वह बिस्तर के पास आया और कुछ देर तक इसे घूरता रहा , फिर दीवाल पर ऊपर-नीचे अपनी नजरें दौड़ाई । उसने घंटी की रस्सी को अपने हाथों में पकड़ा और फिर इसे एक झटके के साथ खींचा ।

वह बोला, "अरे , यह तो दिखावटी है । "

"क्या यह बजेगी नहीं ?"

"नहीं, यह तो तार से भी नहीं बँधी है । बड़ी मजेदार बात है । तुम देख सकती हो कि यह वहाँ उस थोड़े से खुलनेवाले रोशनदान के छोटे से हुक से बाँधी गई है । "

"बहुत अजीब सी बात है! मैंने इस पर पहले कभी ध्यान ही नहीं दिया । "

होम्स बुदबुदाते हुए बोला, "अजीब बात है! इस कमरे में एक - दो चीजें अजीब सी हैं , जैसे – वह बिल्डर कितना बेवकूफ है कि उसने कमरे का रोशनदान दूसरे कमरे में खोल दिया है, इस समस्या के लिए वह बाहर की हवा ले सकता था । "

महिला ने कहा, "यह काफी नया बना हुआ है । "

होम्स ने जवाब दिया , "ठीक यही काम घंटी की रस्सी के साथ किया गया है । "

"हाँ , काफी छोटे- छोटे बदलाव हो चुके हैं । "

"ये लोग काफी अजीब मालूम पड़ते हैं, दिखावटी रस्सी , रोशनदान , जिसमें से हवा नहीं आती है। मिस स्टोनर आपकी अनुमति हो तो हम उस कमरे को भी अंदर से देख लें ।"

डॉ. ग्रिम्सबाय रायलाट का कमरा उसकी सौतेली बेटियों के कमरों की तुलना में बड़ा था , पर उसकी सजावट साधारण ही थी । कमरे में एक बेड और लकड़ी की किताबों की एक अलमारी थी , जिसमें किताबें भरी हुई थीं । ज्यादातर वे किताबें तकनीकी विषयों पर ही थीं । बिस्तर के बगल में बाँहोंवाली एक कुरसी, एक गोल टेबल और कोने में एक बड़ी सी लोहे की तिजोरी रखी थी । होम्स उन सारे सामानों के पास गया और उनको बड़े ही ध्यान से देखा ।

होम्स ने तिजोरी को थपथपाते हुए पूछा, " यह क्या है? "

" मेरे सौतेले पिता के काम के कागज हैं । "

" इसका मतलब है, तुम इसके अंदर देख चुकी हो । "

" सिर्फ एक बार , कई साल पहले, मुझे याद है कि यह कागजों से भरी हुई थी । "

" यहाँ कोई बिल्ली तो नहीं है ? "

" नहीं , बड़ी अजीब सी बात है । "

" यहाँ, देखो । उन्होंने दूध की एक छोटी सी प्लेट उठाई, जो कि उसके ऊपर ही रखी हुई थी । "

" नहीं, हमारे पास बिल्ली नहीं है, पर यहाँ एक चीता और एक लंगूर जरूर है । "

" ओह , हाँ! चीता भी एक बड़ी बिल्ली ही है । फिर भी एक प्लेट दूध उसको संतुष्ट नहीं कर पाएगा । यही एक बात है, जिसके लिए मैं निश्चित होना चाहता हूँ । "

होम्स उस लकड़ी की कुरसी के सामने पालथी मारकर बैठ गया और बड़े ही ध्यान से उसे देखने लगा । अपने लेंस को जेब में रखकर उठते हुए बोला, " धन्यवाद ! यहाँ कुछ चीजें बहुत ही रोचक हैं । "

उसकी निगाह बिस्तर के कोने पर लटके हुए कुत्ते के पट्टे पर पड़ी । पट्टा इस ढंग से लिपटा हुआ था, जैसे इसका चाबुक से फंदा बनाया गया हो ।

"वाटसन! तुम्हें क्या लगता है ?"

"यह एक साधारण सा पट्टा है, पर मैं यह नहीं समझ पा रहा हूँ कि यह इस तरह से क्यों बँधा है ?"

"यह बहुत सामान्य सा नहीं है । यह दुनिया बहुत बुरी है और जब एक चालाक आदमी अपना दिमाग अपराध में लगा देता है, तब यह और भी बुरी हो जाती है । मिस स्टोनर , मेरे खयाल से मैंने अब काफी कुछ देख लिया है ।

आइए, अब बाहर लॉन में चलें । "

मैंने अपने साथी का चेहरा इतना गंभीर पहले कभी नहीं देखा था और जब हम उस छानबीन से वापस लौटे तब उसकी भौंहों पर भी एक तनाव था । हमने उस लॉन में कई बार चहलकदमी की , पर जब तक वह स्वयं ही अपने विचारों से बाहर नहीं निकला, मैंने और मिस स्टोनर ने उसे छेड़ना उचित नहीं समझा ।

उसने कहा, "मिस स्टोनर, यह बहुत ही जरूरी है कि आप हर हालत में मेरी राय के अनुसार ही काम करें । "

"मैं ऐसा ही करूँगी। "

"यह मामला काफी गंभीर है और आपकी जिंदगी आपके काम करने के ढंग पर ही निर्भर करेगी। "

"मैं आपको बता चुकी हूँ कि अब मेरी जान आपके हाथों में ही है । "

"सबसे पहली बात यह है कि मैं और मेरा साथी रात को आपके कमरे में ही रहेंगे । " मैंने और मिस स्टोनर ने उसकी तरफ अचंभे से देखा ।

"हाँ , ऐसा ही है । आइए , मैं आपको बताता हूँ । मेरे खयाल से गाँव में ठहरने के लिए कोई जगह तो होगी ही ?"

"हाँ , वहाँ क्राउन में है । "

"बहुत अच्छी बात है, वहाँ से तुम्हारी खिड़कियाँ तो दिखाई पड़ती ही होंगी?"

"बिलकुल । "

"जब तुम्हारा सौतेला पिता वापस लौटे, तब तुम अपने सिर में दर्द का बहाना करके अपने कमरे में ही रहना । जब वह सोने चला जाए तब तुम अपनी खिड़की के पल्ले खोल देना और उसकी कुंडी हटा देना, हमारे इशारे के लिए तुम वहीं पर एक लैंप जलाकर रख देना , साथ ही तुम कमरे से अपने काम की वे चीजें भी निकाल लेना, जिनके साथ तुम्हें दूसरे कमरे में रहना है । मेरा विश्वास है कि मरम्मत का काम चलने के बावजूद तुम उस कमरे में एक रात आराम से रह लोगी । "

"हाँ , बहुत ही आसानी से । "

"बाकी तुम हमारे ऊपर छोड़ दो । "

"हम तुम्हारे कमरे में ही रात गुजारेंगे और उस शोर की वजह भी जानेंगे, जिसने तुमको परेशान कर रखा था । "

मेरे साथी की बाँहों पर अपना हाथ रखते हुए मिस स्टोनर ने कहा, " मि . होम्स , ऐसा लगता है कि आपने अपना मन पक्का कर लिया है । "

"शायद , ऐसा ही है । "

"तब कृपा करके मुझे मेरी बहन की मौत का कारण भी बता दीजिए । "

"यह सब बताने से पहले मैं इसका स्पष्ट सबूत भी आपके सामने रखना चाहूँगा । "

"आप कम - से- कम इतना तो मुझे बता ही सकते हैं कि क्या मेरा सोचना सही है कि उसकी मौत अचानक डर जाने की वजह से ही हुई थी ?"

"नहीं, मुझे ऐसा नहीं लगता है । मेरे खयाल से इसकी कोई और वजह है । और मिस स्टोनर , अब हमें चलना चाहिए , क्योंकि यदि डॉ . रायलाट वापस आ गए और उन्होंने हमें देख लिया , तब हमारी सारी मेहनत बेकार हो जाएगी । तुम बहादुरी से रहना , अगर तुम मेरे बताए रास्ते पर चलोगी तो निश्चिंत रहो कि हम तुम्हें डरानेवाले खतरे को तुमसे दूर भगा देंगे । "

क्राउन के उस छोटे से होटल में होम्स और मेरे लिए एक बेडरूम तथा बैठनेवाले कमरे का इंतजाम करना कोई मुश्किल काम नहीं था । हमारा कमरा पहली मंजिल पर था , इसकी खिड़की से हम आने - जानेवाले फाटक और स्टाक मोरान के रिहायशी हिस्से को

भी देख सकते थे। शाम के धुंधलके में हमने देखा कि डॉ. ग्रिम्सबाय रायलाट एक घोड़ागाड़ी से लौटे, जिसे एक लड़का चला रहा था और उनकी विशाल काया उसके पीछे बैठी है । उस लड़के को बड़े से लोहे के फाटक को खोलने में थोड़ी परेशानी हो रही थी । तभी हमने डॉक्टर की गरजती आवाज सुनी और देखा कि वह उस लड़के को गुस्से से मुक्का दिखा रहे थे। घोड़ागाड़ी अंदर चली गई और कुछ ही पलों के बाद हमने देखा कि पेड़ों के झुरमुटों से छनकर किसी एक बैठक-कक्ष से लैंप की रोशनी बाहर आ रही है । जब हम उस गहराते अँधेरे में साथ-साथ बैठे थे, तब होम्स ने कहा, "वाटसन! क्या तुम्हें पता है कि आज की रात तुम्हें अपने साथ लेकर चलने में मुझे थोड़ी हिचक हो रही है, वहाँ किसी खतरे की संभावना है ?"

"क्या मैं वहाँ तुम्हारी कोई सहायता कर सकूँगा ?"

"तुम्हारी मौजूदगी ही बहुत कारगर हो सकती है । "

"तब मैं जरूर चलूँगा । "

"मैं तुम्हारा एहसानमंद हूँ । "

"तुमने खतरे की बात कही है । तुमने उस कमरे में जरूर कुछ देखा है, जो कि मुझे नहीं दिखाई पड़ा । "

"नहीं , पर मुझे लगता है कि मैंने थोड़ा अधिक निष्कर्षनिकाल लिया है । मेरे अनुमान से तुमने भी वह सब देखा है, जो मैंने देखा है । "

"मैंने उस घंटी और रस्सी से अधिक अजीब वहाँ कुछ भी नहीं देखा और इसका इस्तेमाल क्या है, मैं इसकी सिर्फ कल्पना ही कर सकता हूँ । "

"तुमने उस रोशनदान को भी देखा होगा ?"

"हाँ , पर मुझे ऐसा नहीं लगता है कि दो कमरों के बीच एक छोटा रोशनदान कुछ अजीब सा है । यह इतना छोटा है कि एक चूहा भी मुश्किल से इसमें से निकल सकेगा । " ।

" मैं जानता था कि हमारे स्टाक मोरान आने के पहले से ही हमें वहाँ एक रोशनदान मिलेगा । "

"होम्स! "

"हाँ , मुझे पता था । तुम्हें उस महिला की बात याद होगी, जिसमें उसने कहा था कि उसकी बहन को डॉ . रायलाट के सिगार की महक आती थी । इससे पता चलता है कि दोनों कमरों के बीच कोई संबंध है । यह छोटा भी हो सकता है और यदि बड़ा होता तो मौत के बाद भी कोरोनर की टिप्पणी में उसका उल्लेख अवश्य होता । "

"इसके होने में नुकसान क्या है ? "

"हाँ , पर इनमें एक ही समय पर होने का एक विचित्र सा संबंध है , जैसे रोशनदान का बनाया जाना , रस्सी का लटकाना और एक महिला, जो कि बिस्तर पर सोई, उसका मरना । क्या यह तुम्हें कुछ सोचने पर मजबूर नहीं करता है ? "

"मैं अभी भी इनमें कोई संबंध नहीं देख पा रहा हूँ । "

"क्या तुमको उस बिस्तर में कुछ खास नजर आया था ? "

"नहीं । "

"यह जमीन से जड़ा हुआ था । क्या तुमने पहले भी कभी इस तरह का जमीन से जड़ा हुआ बेड देखा है ? "

"मैं कह नहीं सकता हूँ । "

"वह औरत अपना बेड सरका नहीं सकती थी । इसे उस रोशनदान और रस्सी के ठीक सामने की जगह पर ही रहना होगा और हम यह भी कह सकते हैं कि यह रस्सी घंटी बजाने के लिए नहीं थी । " ।

मैंने जोर से कहा, "होम्स ! ऐसा लग रहा है कि तुम जो कह रहे हो , मैं उसे वाकई कुछ - कुछ समझ रहा हूँ । हम सचमुच किसी भयानक अपराध को रोकने के लिए ठीक समय पर यहाँ पहुँच गए हैं । "

"अत्यंत भयानक, जब एक डॉक्टर ऐसा गलत काम करता है, तब वह पहला अपराधी होता है । उसके पास ताकत भी है और जानकारी भी । यह आदमी गहराई से चोट करता है, पर वाटसन! हमें भी गहराई से ही चोट करनी होगी । रात खत्म होने से पहले हमारे पास बहुत सी भयानक बातें होंगी । चलो, कुछ घंटों तक खुश रहने के लिए और मन बहलाव के लिए पाईप पीते हैं । "

तकरीबन नौ बजे पेड़ों के बीच से दिखनेवाली रोशनी बुझ गई और उस इमारत की तरफ पूरी तरह अँधेरा छा गया था । धीमे- धीमे दो घंटे बीत गए और तभी अचानक ग्यारह बजने के साथ ही हमारे ठीक सामने एक तेज रोशनी दिखाई पड़ी ।

अपने पैरों पर उछलते हुए होम्स ने कहा, "वह इशारा हमारे लिए है और यह बीचवाली खिड़की से आ रहा है । "

जब हम वहाँ से निकल रहे थे, तभी होम्स ने होटल के मालिक से कहा, "हम किसी परिचित से मिलने जा रहे हैं और रात में हम वहीं रुक भी सकते हैं । " अगले ही पल हम बाहर अँधेरी सड़क पर आ गए थे, हमारे चेहरे पर तीखी ठंडी हवा लग रही थी । सामने एक पीली रोशनी धुंधली मंजिल की तरफ ले जाने के लिए हमें रास्ता दिखा रही थी ।

हमें उस मैदान में घुसने में थोड़ी परेशानी का सामना करना पड़ा, क्योंकि उस पुरानी चहारदीवारी में जगह - जगह बिना मरम्मतवाली दरारें पड़ी हुई थीं । पेड़ों के बीच से अपनी जगह बनाते हुए हम लॉन तक पहुँच गए और इसे पार भी कर लिया । जैसे ही हम खिड़की से होकर भीतर घुसने ही वाले थे कि चंपा की झाड़ियों में से एक बच्चे की तरह कूदकर कोई निकला और घास में लड़खड़ाता हुआ सा अँधेरे मैदान में भाग गया ।

मैं फुसफुसाया, "हे भगवान् ! क्या आपने उसे देखा? "

होम्स भी मेरी ही तरह एक पल के लिए चौंक पड़ा था । उसने अपने हाथों से मेरी कलाई को जकड़ रखा था , फिर उसकी धीमी सी हँसी मेरे कानों में पड़ी । वह फुसफुसाकर बोला, "यह भी इसी परिवार का सदस्य है , यह वही लंगूर है । "

मैं डॉक्टर के उन अजीब से पालतू जानवरों के बारे में भूल ही गया था । इनमें एक चीता भी शामिल था , जो कि शायद किसी भी पल हमारे कंधों पर चढ़ सकता था । होम्स की बातों को मानते हुए मैंने अपने जूते उतारे और कमरे के भीतर पहुँचकर काफी हलका महसूस किया । मेरे साथी ने बिना आवाज किए ही खिड़कियों के दरवाजे बंद कर दिए और लैंप उठाकर मेज पर रख दिया । उसने कमरे में चारों तरफ एक नजर दौड़ाई । वहाँ सबकुछ वैसा ही था जैसा कि हमने दिन के समय देखा था । फिर वह मेरी तरफ खिसका और अपने हाथों को अपने मुँह के चारों तरफ पाइप की तरह गोल बनाकर मेरे कानों में फुसफुसाकर बोला, “थोड़ी सी भी आवाज हमारी सारी योजना पर पानी फेर देगी । "

मैंने सहमति में सिर हिलाया, ताकि वह समझ जाए कि मैंने सुन लिया है ।

"वह हमें रोशनदान से देख सकता है । इसलिए हमें बिना रोशनी के ही बैठना होगा । " मैंने फिर सिर हिला दिया ।

"देखो, सो मत जाना, तुम्हारी जिंदगी इसी पर निर्भर है । अपनी पिस्तौल तैयार रखना, हमें इसकी जरूरत पड़ सकती है । मैं बिस्तर के किनारे बैठा हूँ और तुम कुरसी पर बैठो । " मैंने अपना रिवॉल्वर बाहर निकाल लिया और इसे मेज के ऊपर एक किनारे रख दिया । होम्स अपने साथ एक लंबी छड़ी लेकर आया था । इसे उसने बिस्तर पर अपनी बगल में ही रख दिया था । इसी से सटाकर उसने माचिस की डिबिया रख दी और अधजली मोमबत्ती को भी रख लिया, और फिर लैंप भी बुझा दिया । अब हम बिलकुल ही अँधेरे में बैठे थे ।

"मैं उस भयानक रतजगे को क्या कभी भूल पाऊँगा? मुझे कुछ भी सुनाई नहीं पड़ रहा था । यहाँ तक कि साँसों की आवाजें भी नहीं और मैं यह भी जानता था कि मुझसे कुछ ही फीट की दूरी पर आँखें खोले हुए मेरा साथी भी मेरी ही हालत में बैठा हुआ है । दरवाजे की झिर्रियों से बहुत ही कम रोशनी दिख रही थी और हम चुपचाप अँधेरे में बैठे इंतजार कर रहे थे। बाहर किसी जंगली चिड़िया की कभी- कभी तेज आवाज आती थी और एक बार तो हमारी खिड़की के पास एक बड़ी बिल्ली की तरह किसी के गुर्राने की आवाज भी आई, जिससे हमें पता लगता था कि वह चीता वहाँ आजादी से घूम रहा है । बहुत दूर से आती उस चर्च की घड़ी के घंटों की आवाजें हमें हर चौथाई घंटे पर सुनाई देती थीं । वे चौथाई घंटे कितने लंबे मालूम पड़ते थे। बारह , एक, दो और तीन बज गए, पर अभी भी हम शांत बैठे हुए इंतजार कर रहे थे कि कुछ भी हो सकता है ।

अचानक रोशनदान की तरफ पल भर के लिए रोशनी की चमक दिखाई पड़ी, जो कि तुरंत ही गायब भी हो गई , पर अब तेल जलने और धातु गरम होने की महक आ रही थी । बगलवाले कमरे में किसी ने लालटेन जलाई थी ।

मैंने भी कुछ चलने की आवाज सुनी थी, पर फिर सब शांत हो गया, हालाँकि वह महक अब तेज हो गई थी । आधे घंटे तक मैं कान लगाए तनाव में बैठा रहा, तभी अचानक एक दूसरी तरह की आवाज सुनाई पड़ी – यह एक बहुत ही शांत और केतली से निकलनेवाली भाप की धीमी लगातार आती आवाज की तरह थी । अचानक ही मैंने सुना

कि होम्स बिस्तर से उछल पड़े और माचिस जलाकर उस घंटीवाली रस्सी पर तेजी से अपनी छड़ी मारने लगे । वे जोर से बोले, "वाटसन! तुमने देखा? अब तुम इधर देखो । " परंतु मुझे कुछ भी नहीं दिखाई दिया । अगले ही पल जब होम्स ने रोशनी जलाई, तब मैंने एक धीमी और साफ सीटी की आवाज सुनी, पर अचानक मेरी थकी हुई आँखों में आई चमक यह नहीं समझ पा रही थी कि वह क्या था , जिस पर मेरे साथी ने इतने वहशी ढंग से प्रहार किया । मैंने देखा कि उसका चेहरा डर से पीला पड़ गया था और घृणा से भर गया था ।

उसने अब चोट करना बंद कर दिया और वह रोशनदान की तरफ घूर रहा था , तभी मैंने उस सन्नाटे को चीरती हुई भयानक चीख सुनी । यह आवाज तेज और बहुत तेज होती चली गई, इस भयानक चीख में पीड़ा, भय और क्रोध सभी कुछ शामिल था । लोग कहते हैं कि दूर गाँव में , यहाँ तक कि चर्च के पास भी उस चीख ने अपने बिस्तरों में दुबके लोगों को जगा दिया था । इससे मेरा दिल भी थोड़ा घबरा गया, मैं चुपचाप खड़ा होम्स की ओर देख रहा था और वह मुझे, यह तब तक जारी रहा , जब तक कि वह आती हुई आवाज बिलकुल बंद नहीं हो गई ।

मैंने कहा, "इसका क्या मतलब है ?"

होम्स ने जवाब दिया , "इसका मतलब है, सबकुछ खत्म हो गया । और शायद अच्छा ही हुआ । अपनी पिस्तौल ले लो , अब हम डॉ. रायलाट के कमरे में चलेंगे। "

__अपने चेहरे पर गंभीरता लिए हुए उसने लैंप जलाया और गलियारे की तरफ चल पड़ा । उसने कमरे का दरवाजा दो बार थपथपाया , परंतु भीतर से कोई जवाब नहीं आया । इसके बाद होम्स ने दरवाजे का हैंडल घुमाया और कमरे के भीतर घुसे, मेरे हाथ में पिस्तौल थी ।

कमरे के अंदर का दृश्य अजीब सा था । मेज पर काले रंग की लालटेन रखी थी और उसका ढक्कन आधा खुला हुआ था । इसकी तेज रोशनी सामने रखी लोहे की तिजोरी पर पड़ रही थी , जिसका दरवाजा भी अधखुला था । इस मेज के बगल में लकड़ी की कुरसी पर डॉ. ग्रिम्सबाय सलेटी रंग का गाउन पहनकर बैठे थे। उनके नंगे घुटने आगे की ओर निकले हुए थे, उनके पैरों में तुर्कीवाली लाल चप्पलें थीं और गोद में एक लंबा सा पट्टा था , जिसे हम दिन में देख चुके थे। उनकी ठुड्डी ऊपर की ओर उठी हुई थी

और आँखें छत के कोने को भयानक ढंग से घूर रही थीं । इनकी भौंहों के किनारे एक खास तरह का पीले रंग का फीता बँधा था , जिस पर भूरे रंग की चितियाँ थीं , जो कि लगता था उनके माथे पर कसकर बँधा था । जब हम कमरे में घुसे, तब उन्होंने न तो आवाज की और न ही हिले ।

होम्स ने फुसफुसाते हुए कहा, " फीता ! वही छींटदार फीता! "

मैं एक कदम आगे बढ़ा ही था कि अचानक डॉक्टर के सिर पर पड़ी पगड़ी जैसी चीज हिली और फिर उसके बालों के पीछे एक साँप की भयानक गरदन और हीरे के आकार जैसा उसका सिर दिखा ।

होम्स चीखे, " यह एक जहरीला साँप है । "

" भारत में पाया जानेवाला सबसे जहरीला साँप , इसके काटने पर वह दस सेकेंड में ही मर गया होगा । हिंसा वास्तव में हिंसा करनेवाले पर ही वापस आती है, षड्यंत्र करनेवाला उसी गड्ढे में गिरता है, जिसे वह दूसरों के लिए खोदता है । आओ इस प्राणी को वापस उसकी माँद में ही पहुँचा देते हैं और फिर हम मिस स्टोनर को किसी ठीक - ठाक जगह ले जाएँगे । अब यहाँ की पुलिस को यह पता लगाने दो कि यहाँ क्या हुआ था । "

इतना कहने के साथ ही उन्होंने उस कुते के पट्टे को झटके से मृतक की गोद से उठा लिया और उसके फंदे को साँप के गले की तरफ फेंका, फिर उसी के सहारे साँप को फँसाकर साँप के बैठने की भयानक जगह से उसे उठा लिया और लगभग एक हाथ की दूरी बनाकर रखते हुए वापस उसी तिजोरी में फेंक दिया और फिर तिजोरी को बंद कर दिया ।

स्टाक मोरान के डॉ . ग्रिम्सबाय रायलाट की मौत की यह वास्तविक सच्चाई थी । यह जरूरी नहीं है कि मैं इस कहानी को यह कहकर विस्तार से बताऊँ कि कैसे हमने उस डरी हुई लड़की को उसकी बुरी स्थिति से बचाया , कैसे हम उस लड़की को सुबह की ट्रेन से उसकी मौसी के घर ले गए , कैसे जाँच की वह धीमी प्रक्रिया चली और डॉक्टर की दुर्गति उसके खतरनाक जीवों के साथ खेलने की वजह से हुई । इस केस के बारे में जो भी कुछ थोड़ा मुझे अभी जानना बाकी था , उसे शेरलॉक होम्स ने अगले दिन वापस चलते समय मुझे बताया ।

वह बोला, " वाटसन! मैं पूरी तरह से गलत नतीजे पर पहुँच गया था , क्योंकि आधी-अधूरी जानकारी से किसी भी तर्क तक पहुँचना कितना खतरनाक हो सकता है । उन बनजारों की वहाँ मौजूदगी और उस बेचारी लड़की का फीता शब्द का इस्तेमाल , जिसे उसने माचिस की रोशनी की झलक में ही देखा था , यह सब मुझे भटकाने के लिए काफी था । मैं यह दावे के साथ कह सकता हूँ कि यही एक चीज थी , जिसने मुझे सोचने पर मजबूर कर दिया था कि कमरे में रहनेवाला जिससे भी डरा , वह चीज बाहर खिड़की या दरवाजे से अंदर नहीं आई थी । जैसे ही मैंने तुम्हें वह रोशनदान और बिस्तर पर लटकती रस्सी दिखाई थी, तभी मुझे इस बात का खयाल आया था । जमीन से बँधे बिस्तर को देखकर मुझे लगा कि यह रस्सी रोशनदान और बिस्तर तक किसी पुल का काम करने के लिए बँधी थी । साँप का विचार अचानक ही मुझे कौंधा, क्योंकि डॉक्टर को भारत से ऐसे ही जीव भेजे जाते थे । अब मैं बिलकुल ही सही रास्ते पर था , क्योंकि जहर का पता लगाना आसान नहीं था, वह भी तब, जबकि एक चालाक और निर्दयी आदमी इसमें शामिल हो , साथ ही वह पूरब से प्रशिक्षण भी प्राप्त कर चुका हो । जहर की तेजी भी यही साबित करती थी, मृतक के शरीर पर उन दो छेदों को देखने के लिए भी एक तेज नजर की जरूरत होती है , जहाँ से वह जहर शरीर में घुसा होगा । फिर मैंने उस सीटी के बारे में सोचा । सुबह की रोशनी उसके शिकार को जगा दे, इससे पहले ही उस साँप को वापस बुलाना होगा , इसीलिए उसने साँप को प्रशिक्षित भी किया था और शायद उसे वापस बुलाने के लिए ही वहाँ पर दूध भी रखा गया था । वह इसे उसी समय रोशनदान से होकर बिस्तर तक जाने के लिए रख देता था । साँप कमरे में रहनेवाले को काट भी सकता था और नहीं भी काट सकता था । शायद वह एक हफ्ते तक हर रात बच जाती थी, परंतु एक दिन वह उस साँप का शिकार बन ही गई ।

"डॉक्टर के कमरे में घुसने से पहले ही मैं इन नतीजों पर पहुँच चुका था । उसकी कुरसी को देखकर मुझे पता चल गया था कि वह इसका इस्तेमाल साँप को रोशनदान से भेजने के लिए करता था । तिजोरी, दूध की प्लेट और चाबुक का फंदा देखकर मेरा रहा- सहा शक भी जाता रहा। धातु की आवाज , जो कि कमरे में रहनेवाले को सुनाई पड़ती थी, वह मुमकिन है डॉक्टर द्वारा तिजोरी के जल्दी से खोले जाने की वजह से होती थी , क्योंकि साँप उसी तिजोरी में रखा गया था । इन सब बातों को ध्यान में रखते हुए तुम जानते ही हो कि मैंने सबूत के लिए वे कदम उठाए थे। मैंने उस साँप की फुफकारने की आवाज

सुनी थी और मुझे उम्मीद है, तुमने भी सुनी होगी, फिर मैंने जल्दी से रोशनी जलाई और उस पर आक्रमण कर दिया था ।

"साँप को रोशनदान की तरफ से वापस भेजे जाने की वजह से दूसरी तरफ वह अपने मालिक पर ही चोट कर बैठा । साथ- ही - साथ उस पर मेरी छड़ी की चोट ने उसकी साँपवाली प्रवृत्ति को जगा दिया, परिणामस्वरूप उसके सामने जो भी पहला व्यक्ति दिखा, उसे ही उसने डस लिया । इस प्रकार मैं किसी -न-किसी रूप में डॉ . रायलाट की मौत का जिम्मेदार हूँ, परंतु इसका मेरी आत्मा पर कोई बोझ नहीं है । "

# सिल्वर ब्लेज

सुबह नाश्ते की मेज पर हम बैठे ही थे कि होम्स बोल पड़ा, " वाटसन ! डर है कि मुझे अब जाना ही पड़ेगा । "

" जाना! कहाँ? "

" डार्टमोर ; किंग्स पाइलैंड । "

मुझे बहुत आश्चर्य नहीं हुआ । वाकई, मुझे केवल इतना ही ताज्जुब हुआ कि वह अपने असाधारण केस में पहले से ही नहीं डूबा हुआ था , जो कि इंग्लैंड के एक सिरे से लेकर दूसरे सिरे तक चर्चा का विषय था । सारे दिन मेरा साथी कमरे में अपनी छाती पर अपनी ठुड्डी झुकाए और भौंहें चढ़ाए किसी उधेड़बुन में गंभीरता से कुछ सोच रहा था , साथ- ही - साथ वह कड़क तंबाकू से अपनी पाइप को बार- बार भरता और सुलगाता भी जाता था । वह मेरे किसी भी प्रश्न और टिप्पणी पर बहरा सा हो गया था । हर अखबार का ताजा संस्करण हमें एक नजर डालने के लिए और फिर कोने में फेंक दिए जाने के लिए, हमारे अखबार के एजेंट के द्वारा हमें भेज दिया जाता था । अभी भी वह शांत ही था, पर मैं यह अच्छी तरह जानता था कि वह कौन सी बात थी , जिस पर वह सोच रहा था । लोगों के सामने सिर्फ एक ही समस्या थी, जिसने उसके आकलन की शक्ति को चुनौती दी और वह थी बेसेक्स कप के पसंदीदा घोड़े का गायब हो जाना एवं इसके प्रशिक्षक की दुःखद हत्या । फिर उसने अचानक ही इस नाटक के इरादे की घोषणा कर दी , जिसका मुझे पहले से ही अंदाजा और उम्मीद थी ।

" तुम्हारे साथ चलने में मुझे बहुत ही खुशी होगी , अगर मैं बीच में न पड़ रहा हूँ तो ! " मैंने कहा ।

प्रिय वाटसन , " तुम्हारा चलना तो मेरे लिए बड़ा सम्मान जनक होगा और जहाँ तक मैं समझता हूँ कि आपका वक्त जाया भी नहीं होगा, क्योंकि इस मामले में कुछ ऐसे बिंदू हैं , जो कि इसे पूरी तरह से अनोखा बनाते हैं । मेरे हिसाब से , हमारे पास पेडिंग्टन से ट्रेन पकड़ने का अभी वक्त है, और अपने सफर में हम इस केस पर आगे बात करेंगे ।

आपका मुझ पर एहसान होगा, अगर आप अपनी उस बेहतरीन दूरबीन को भी अपने साथ लेकर चलें । "

और फिर यही हुआ कि एक घंटे या कुछ और देर बाद ही मैंने अपने आपको गाड़ी के पहले दरजे में कोने में बैठा हुआ पाया, गाड़ी एक्जेटर के लिए उड़ी चली जा रही थी, जबकि अपने तीखे नैन - नक्श और उत्सुकता भरे चेहरेवाला शेरलॉक होम्स कानों तक ढकी टोपी पहने उन ताजेतरीन कागजों के बंडल में डूबा हुआ था , जो कि उसने पेडिंग्टन में ही इकट्ठा किए थे। उनके अंतिम कागज को सीट के नीचे डालने के बहुत पहले ही मैंने पढ़ना बंद कर दिया था, फिर उसने अपना सिगारवाला डिब्बा मेरी तरफ बढ़ा दिया । ट्रेन की खिड़की से बाहर की तरफ देखते हुए वह बोला, “अच्छा तो हम चल तो अच्छी चाल से रहे हैं, "और फिर एक निगाह अपनी घड़ी पर डाली, "इस समय हमारी रफ्तार साढ़े तिरपन मील प्रति घंटे की है । "

मैंने कहा, "चौथाई मील के निशानवाले खंभों पर मैंने ध्यान नहीं दिया है । "

"मैंने भी नहीं । पर इस लाइन पर टेलीग्राफ के खंभे साठ गज की दूरी पर लगे हुए हैं और इसीलिए इनका जोड़ बहुत ही आसान है । मुझे लगता है कि तुमने जॉन स्टारकर के कत्ल और सिल्वर ब्लेज के गायब होनेवाले मामले पर ध्यान दिया होगा ? "

"टेलीग्राफ और क्रॉनिकल ने जो कुछ भी बताया है, वह मैं देख चुका हूँ । "

"यह उस तरह के मामलों में से है, जिसमें नए सबूतों को प्राप्त करने के लिए विवरणों के विश्लेषण के बजाय तार्किकता की कला का इस्तेमाल होना चाहिए । यह त्रासदी पूरी तरह से इतनी असामान्य और बहुत से लोगों के लिए तो निजी महत्त्व की थी कि हम अनुमान, अटकल और परिकल्पना की बहुतायत को महसूस कर रहे थे ।

रिपोर्टरों और टिप्पणी करनेवालों की नमक -मिर्च लगी जानकारियों से मिली, पूरी तरह से अमान्य वास्तविकताओं से सच्चाई की रूपरेखा को अलग करना अपने आप में एक बड़ी समस्या थी । इस ठोस आधार पर खुद को जमाते हुए जो भी परिणाम निकल सकता है, उसे देखना और वे कौन- कौन से महत्त्वपूर्ण बिंदु हैं , जिन पर यह पूरा रहस्य टिका हुआ है, इसे जानना हमारा कर्तव्य बन चुका था । मंगलवार की शाम मुझे कर्नल रॉस , जो कि उस घोड़े के मालिक हैं और इंस्पेक्टर ग्रीगोरी, जो कि इस मामले की छानबीन कर रहे हैं , दोनों से ही मुझे निमंत्रण का एक टेलीग्राम मिला ।

"मंगलवार की शाम को मिला! " मैं चौंक पड़ा, "और आज बृहस्पतिवार की सुबह है । तुम कल ही क्यों नहीं चल दिए ?"

"प्रिय वाटसन , क्योंकि मुझसे एक बड़ी गलती हो गई थी कि मैंने इस घटना को एक मामूली घटना ही समझा था । तुम्हारे संस्मरणों के माध्यम से मुझे जो भी जानता है, वह भी यही समझेगा । जबकि वास्तविकता यह है कि मुझे इसके संभव होने का विश्वास ही नहीं हो रहा था कि इंग्लैंड का वह खास घोड़ा उत्तरी डार्टमोर जैसी छिटपुट आबादीवाली जगह में लंबे समय तक छिपा नहीं रह सकता है । घंटे दर घंटे कल से मैं यही सुनने की उम्मीद लगाए बैठा था कि वह घोड़ा मिल गया होगा और उसका अपहरणकर्ता भी जॉन स्टारकर का हत्यारा ही होगा, और फिर जब अगली सुबह मुझे पता चला कि फिट्जराय सिंपसन नाम के युवक की गिरफ्तारी से अधिक कुछ भी नहीं हुआ है तो मैंने महसूस किया कि अब मेरे सक्रिय होने का समय आ चुका है । एक तरह से मेरा कल का दिन बरबाद नहीं हुआ । "

"तब तुमने अपनी एक रूपरेखा बना ली होगी ?"

"कम - से - कम , इस मामले के जरूरी तथ्यों पर मैं एक पकड़ बना चुका हूँ । मैं उन्हें बताऊँगा, पर यह उस तरह से स्पष्ट नहीं है कि जैसे इसे किसी दूसरे व्यक्ति को अभी बताया जा सके और यदि मैं अपना काम शुरू करने की स्थिति तुम्हें स्पष्ट नहीं करूँगा तो मैं मुश्किल से ही तुम्हारे सहयोग की उम्मीद कर सकता हूँ । "

__ मैं कुशन का सहारा लेकर पीछे की तरफ झुका हुआ अपने सिगार के कश खींचने लगा । होम्स आगे की ओर झुककर अपनी लंबी और पतली तर्जनी को अपने बाएँ हाथ की हथेली पर बने बिंदुओं से उन घटनाक्रमों के रेखाचित्र को दरशा रहा था , जिसने हमारी यात्रा को निर्धारित किया था ।

वह बोला, "सिल्वर ब्लेज का संबंध आइसोनोमी प्रजाति से है और अपने मशहूर पूर्वजों की तरह इसने भी असाधारण कीर्तिमान बनाए हैं । इसका अब यह पाँचवाँ साल है और इसने घुड़दौड़ का हर इनाम कर्नल रॉस के लिए जीता है, जो कि इसके भाग्यशाली मालिक भी हैं । इस त्रासदी के घटने तक वह बेसेक्स कप का पहला पसंदीदा घोड़ा था और इस पर एक -तीन की बाजी लगती थी । वह रेस- प्रेमियों की पहली प्राथमिकता हुआ करता था और इसने कभी इन्हें निराश भी नहीं किया , ताकि इस पर बहुत अधिक रकम की

बाजी लगती रहे । यह भी स्पष्ट है कि वहाँ पर बहुत से ऐसे लोग भी थे, जिनकी बड़ी कोशिश रेस की झंडी गिरने तक सिल्वर ब्लेज को अगले मंगलवार तक वहाँ न पहुँचने देने में ही थी । "

- इस वास्तविकता को किंग्स पाइलैंड, जहाँ पर कर्नल का अस्तबल था , में भी काफी महत्व दिया जाता था । इस खास घोड़े की सुरक्षा के लिए सभी तरह के इंतजाम किए गए थे। घोड़े के प्रशिक्षक जॉन स्टारकर एक सेवानिवृत जॉकी हैं , अपना वजन बहुत बढ़ जाने से पहले जिन्होंने कर्नल के घोड़ों की वर्षों तक सवारी की है । वे कर्नल के यहाँ पाँच वर्षों तक जॉकी रहे हैं और फिर सात वर्षों से यहीं एक प्रशिक्षक के रूप में काम कर रहे हैं । उनकी छवि एक जोशीले और ईमानदार मुलाजिम की रही है । चूँकि यहाँ पर व्यवस्था छोटी है और इसमें केवल चार ही घोड़े हैं , इसलिए इनके नीचे तीन लड़के ही काम करते हैं । उन लड़कों में से एक हर रात अस्तबल में ही रहता है और बाकी लड़के अस्तबल की गैलरी में सोते हैं । उन सभी लड़कों का चरित्र बहुत ही अच्छा है । जॉन स्टारकर एक शादीशुदा व्यक्ति है और वह अस्तबल से करीब दो सौ गज दूर एक छोटे से गाँव में रहता है । उसके कोई संतान नहीं है, उसने एक नौकरानी भी रखी हुई है, वह एक खाता - पीता संपन्न व्यक्ति है । यहाँ चारों तरफ का इलाका बहुत ही वीरान सा था , परंतु इसके उत्तर में करीब आधा मील दूर देहाती मकानों का एक छोटा सा समूह था , जो कि तावी स्टाक के कांट्रेक्टरों ने उन असहाय, बीमार और अन्य दूसरे लोगों के लिए बनवाया था , जो कि डार्टमोर की ताजा हवा का आनंद लेना चाहते थे । तावी स्टाक , जो कि पश्चिम दिशा की ओर दो मील की दूरी पर मौजूद है , जबकि बंजर घाटीवाले मैदान के पार करीब दो मील की ही दूरी पर मेपल्टन का बड़ा प्रशिक्षण प्रतिष्ठान है , जिसका संबंध लार्ड बैकवाटर से है और इसका प्रबंधन सिलास ब्राउन द्वारा किया जाता है । यह घाटी चारों तरफ से हर दिशा में एक बंजर का ही रूप लिये हुए है और इसमें केवल कुछ घुमंतू बनजारे ही रहते थे। पिछले सोमवार की रात को जब वह त्रासदी घटी, तब वहाँ इसी तरह की सामान्य स्थिति थी ।

उस शाम घोड़ों ने अपना अभ्यास किया, उन्हें रोज की तरह ही पानी भी दिया गया और फिर रात को नौ बजे अस्तबल बंद भी कर दिए गए थे। लड़कों में से दो प्रशिक्षक के घर तक गए, वहाँ उन्होंने किचन में खाना भी खाया और तीसरा लड़का नेडहंटर पहरे पर ही था । नौ बजने के कुछ ही देर बाद उनकी नौकरानी एडिथ क्सट्र उसका खाना लेकर अस्तबल पहुँची, खाने में वह मसालेदार मटन लेकर गई थी । चूँकि पानी पीने का नल

अस्तबल में ही लगा हुआ है, इसीलिए वह पीने के लिए कुछ भी लेकर नहीं गई थी और अस्तबल का यह नियम है कि पहरे पर लगा लड़का वहाँ और कुछ भी नहीं पी सकता है । नौकरानी अपने साथ लालटेन भी लेकर गई थी , क्योंकि वहाँ अँधेरा बहुत था और रास्ता उस खुले बंजर टीलेवाले मैदान से होकर जाता था ।

एडिथ बैक्सटर अभी अस्तबल से तीस गज की ही दूरी पर थी कि एक आदमी अँधेरे से अचानक उसके सामने प्रकट हुआ , उसने उसे रुकने के लिए कहा । जैसे ही वह रुकी और उसने लालटेन की पीली रोशनी के घेरे में कदम रखा तो देखा कि वह आदमी सभ्य लोगों की तरह सलेटी रंग का ट्वीड का सूट और कैनवस की टोपी पहने हुए था । उसने गेटर्स ( घुटनों और एडियों के बीच पहने जानेवाला चमड़े का पट्टा) पहन रखे थे। उसके हाथ में मूठवाली एक भारी छड़ी भी थी । उस आदमी के पीले पड़े चेहरे और घबराहट भरे व्यवहार ने उस पर थोड़ा अजीब सा असर डाला । उसने सोचा कि उस अजनबी की उम्र तीस से कुछ अधिक ही होगी ।

उस अजनबी ने पूछा, " क्या तुम बता सकती हो कि मैं कहाँ हूँ ? मैं लगभग इस बंजर मैदान में ही सोने का अपना मन बना चुका था कि तभी मैंने तुम्हारी लालटेन की रोशनी देखी । "

वह बोली, " आप किंग्स पाइलैंड अस्तबल के पास हैं । "

" ओह , वाकई! क्या किसमत है, " वह जोर से बोला, "मैं समझता हूँ कि अस्तबलवाला लड़का वहाँ हर रात अकेला ही सोता है । शायद यह खाना तुम उसी के लिए लेकर जा रही हो । मुझे ऐसा लगता है कि तुम एक नई ड्रेस की कीमत कमाने को बुरा नहीं मानोगी , क्यों ? "

उसने एक मुड़ा हुआ सफेद कागज का टुकड़ा अपने कोट की अंदरवाली जेब से बाहर निकाला। " देखो आज की रात वह लड़का इसे अपने पास रख लेता है और तुम इस पैसे से एक सुंदर सी फ्रॉक खरीद सकती हो । "

वह लड़की उसके इस अजीबोगरीब व्यवहार से डर गई और उसके पीछे से होती हुई , उस खिड़की की तरफ भागी, जिससे वह रोजाना खाना पहुँचाती थी । खिड़की पहले से ही खुली हुई थी और अंदर हंटर एक छोटे से टेबल पर बैठा हुआ था । उसके साथ जो कुछ भी

घटित हुआ, वह हंटर को बताने लगी और तभी वह अजनबी व्यक्ति फिर से आ पहुँचा और खिड़की से झाँकते हुए बोला, "गुड ईवनिंग! मैं तुमसे कुछ कहना चाहता हूँ । "

जैसे ही वह बोला, लड़की ने शपथ खाकर बताया था कि उस समय कागज के टुकड़े का कोना उस आदमी की बंद मुट्ठी से झाँक रहा था ।

लड़के ने पूछा, "तुम्हें क्या काम है यहाँ पर? "

वह बोला, "मेरा काम तुम्हारी जेब गरम कर सकता है । बेसेक्स कप के लिए तुम्हारे पास दो घोड़े हैं - सिल्वर ब्लेज और बेयार्ड । मुझे एक सीधा सा सुझाव दे दो और फिर तुम घाटे में भी नहीं रहोगे । क्या यह सच है कि पाँच फलांगों में बेयार्ड दूसरों को सौ गज का अंतर दे सकता है ? और क्या अस्तबल ने उस पर अपना पैसा लगाया है ? "

लड़का चिल्लाया , "अच्छा, तो तुम उन बदमाश दलालों में से एक हो । रुको! मैं तुम्हें दिखाता हूँ कि हम उनके साथ किंग्स पाइलैंड में कैसा सलूक करते हैं । " वह उछला और अस्तबल को पार करता हुआ कुत्ते को खोलने के लिए भागा । लड़की घर की तरफ भागी और भागते समय जैसे ही उसने मुड़कर देखा तो पाया कि वह आदमी खिड़की के नीचे झुक रहा था । एक ही मिनट बाद जब हंटर बड़े से कुत्ते के साथ लौटा , तब तक वह आदमी गायब हो चुका था, हंटर उसे ढूँढ़ने के लिए चारों तरफ भागा, पर उसे उस आदमी का कोई भी निशान नहीं मिला ।

मैंने कहा, "एक मिनट के लिए रुकिए । क्या जब वह अस्तबलवाला लड़का कुत्ते को लाने के लिए भागा था , तब उसने अपने पीछे दरवाजा खुला छोड़ दिया था ? "

मेरा साथी फुसफुसाया, "बहुत अच्छे वाटसन , बहुत अच्छे! इस बिंदु ने मुझ पर इतना गहरा असर डाला कि मैंने कल ही इस मामले का खास टेलीग्राम डार्टमोर इसको स्पष्ट करने के लिए भेज दिया था । लड़के ने कमरा छोड़ने के पहले इसे बंद कर दिया था , और साथ ही मैं यह भी बता रहा हूँ कि खिड़की भी इतनी बड़ी नहीं थी कि एक आदमी उसमें से आसानी से निकल सके । "

हंटर ने अपने साथी साईसों के आने तक इंतजार किया, फिर प्रशिक्षक को इसका संदेश भेजा और बताया कि वहाँ पर क्या घटित हुआ था । स्टारकर यह सुनकर बहुत उत्तेजित था , हालाँकि वह इसके वास्तविक अभिप्राय को पूरी तरह से नहीं समझ पा रहा था । इसने उसे थोड़ा असमंजस में डाल दिया था । श्रीमती स्टारकर , जिनकी आँख रात में

एक बजे ही खुल गई थी , तभी उन्होंने देखा कि स्टारकर अपने कपड़े पहनकर तैयार हो रहा था । उनके पूछने पर जवाब में वह बोला, "घोड़े के बारे में सोचकर बेचैनी की वजह से मैं सो नहीं सका, और इसीलिए मैं यह देखने कि सब ठीक - ठाक है, अस्तबल तक जा रहा हूँ । " बारिश की बूंदों की आवाज खिड़की पर सुनकर उसकी पत्नी ने उसे घर पर ही रुकने को कहा, परंतु उसकी विनती के बावजूद उसने अपना बड़ा सा रेनकोट पहना और घर से निकल पड़ा ।

जब श्रीमती स्टारकर सुबह सात बजे सोकर उठीं , तब उन्होंने देखा कि उनके पति अभी तक नहीं लौटे हैं । वे जल्दी- जल्दी तैयार हुईं और नौकरानी को आवाज दी , फिर अस्तबल की ओर चल पड़ीं । अस्तबल का दरवाजा खुला हुआ था और भीतर हंटर कुरसी पर निढाल सोया पड़ा था । वहाँ उस पसंदीदा घोड़े की जगह भी खाली थी और उसके प्रशिक्षक का भी कुछ पता न था ।

दोनों लड़के , जो कि घोड़ों के सामान रखनेवाले कमरे के ऊपर भूसा काटने वाली गैलरी में सोए थे, जल्दी से उठ गए । चूँकि वे बहुत ही गहरी नींद में सोने के आदी थे। इसीलिए उस रात उन्होंने कुछ भी नहीं सुना । ऐसा मालूम पड़ता था कि हंटर किसी तेज नशे के प्रभाव में था , क्योंकि उसे बिलकुल भी होश नहीं था , इसीलिए उसे सोता छोड़कर वे दोनों लड़के और दोनों औरतें उस लापता घोड़े तथा उसके प्रशिक्षक को ढूँढ़ने बाहर भागे । उनको अभी भी उम्मीद थी कि प्रशिक्षक घोड़े को अभ्यास के लिए जल्दी लेकर चला गया होगा । किंतु घर के पास टीले पर चढ़ते समय जहाँ से पास के सभी टीले दिखाई पड़ते थे, वे उस गायब हो चुके पसंदीदा घोड़े का कुछ भी निशान न देख सके , बल्कि उन्हें कुछ ऐसी आशंका हुई कि वे किसी परेशानी में पड़ गए होंगे ।

___अस्तबल से करीब एक चौथाई मील की दूरी पर जॉन स्टारकर का ओवरकोट एक कँटीली झाड़ी में फँसा फड़फड़ा रहा था और उससे थोड़ी ही दूरी पर कटोरे के आकार का एक गड्ढा था , जिसकी तलहटी में उस दुर्भाग्यशाली प्रशिक्षक का मृत शरीर पड़ा हुआ था । उसका सिर किसी भारी हथियार से हिंसक ढंग से चोट पहँचाकर छिन्न -भिन्न कर दिया गया था और उसे जाँघ पर भी घायल कर दिया गया था , जहाँ पर कटने का एक लंबा निशान साफ दिख रहा था , जो कि लगता था कि किसी बहुत ही तेज धारदार हथियार से ही हुआ था । यह स्पष्ट था कि स्टारकर ने अपने हमलावर का जोरदार विरोध किया था , क्योंकि उसने अपने दाहिने हाथ में एक छोटा सा चाकू पकड़ रखा था

। चाकू पर मूठ तक खून के धब्बे लगे हुए थे और उसके बाएँ हाथ में एक लाल और काला सिल्क का मफलर लिपटा हुआ था, जो कि उस नौकरानी ने पहचान लिया कि यह वही मफलर था, जो पिछली शाम अस्तबल आनेवाले उस अपरिचित आदमी ने पहन रखा था । नशे के प्रभाव से बाहर आने के बाद हंटर भी उस मफलर के मालिक के बारे में काफी आश्वस्त हो गया था । उसे भी इस बात का यकीन था कि उसी अजनबी आदमी ने खिड़की के पास खड़े होते समय उसके मसालेदार मटन में कुछ नशा मिला दिया था, ताकि अस्तबल उनकी निगरानी से बच सके, और जहाँ तक गायब घोड़े का सवाल है, इसके बहुत से सबूत उस खतरनाक गड्ढे की तलहटी की मिट्टी में मौजूद थे, जो कि उस समय हुए संघर्ष के वक्त बन गए थे। हालाँकि जिस सुबह से वह घोड़ा गायब हुआ था, उसके बाद उस पर एक बड़ा इनाम भी घोषित कर दिया गया था, इसके साथ ही डार्टमोर के सभी बनजारों को इसके लिए चेतावनी भी दे दी गई थी, परंतु अभी तक उसकी कोई खबर नहीं मिली थी । अंततः एक जाँच से यह पता चला कि अस्तबलवाले लड़के के बचे हुए खाने में अच्छी मात्रा में अफीम का पाउडर मिला हुआ था, जबकि उसी रात घर में रहनेवाले लोगों ने इस खाने को ही खाया था, तब उन पर इसका कोई दुष्प्रभाव नहीं हुआ ।

ये सभी इस मामले के मुख्य तथ्य हैं, जिसमें सारे अनुमान बताए गए हैं और जहाँ तक संभव है, इसे बिना किसी लाग - लपेट के ही व्यक्त किया गया है । इस मामले में पुलिस ने जो कुछ भी किया है, उसे मैं संक्षेप में बताता हूँ ।

___ इंस्पेक्टर ग्रिगोटी, जिसे यह केस सुपुर्द किया गया है, वह एक बहुत ही काबिल अधिकारी है । यदि उसमें कल्पना की शक्ति भी होती तो वह अपने पेशे में बहुत आगे तक जा सकता था । आते ही उसने तत्परता से उस आदमी को खोज लिया और गिरफ्तार भी कर लिया, जिस पर संदेह स्वाभाविक रूप से हो रहा था । उसे ढूँढ़ने में थोड़ी ही परेशानी हुई, क्योंकि वह उन्हीं देहाती मकानों में रह रहा था, जिनके बारे में मैं पहले ही बता चुका हूँ । उराका नाम फिट्जराय सिंपसन है । उसकी पैदाइश बहुत ही अच्छे घर की और शिक्षा भी अच्छी थी, परंतु उसने अपना भाग्य रेस के जुए में नष्ट कर लिया था और अब वह लंदन के एक स्पोर्ट्स क्लब में रेस की बाजी और पैसों का हिसाब किताब रखनेवाले एकाउंटेंट के रूप में काम करता था । उसकी बाजियों के हिसाब-किताब से पता चलता है कि पाँच हजार पाउंड्स की बाजी की धनराशि उसके द्वारा उस पसंदीदा घोड़े के खिलाफ दर्ज की गई थी । गिरफ्तार होने पर उसने खुद ही बताया था कि वह किंग्स

पाइलैंड के घोड़ों की कुछ सूचना लेने के उद्देश्य से डार्टमोर आया था और उसकी रुचि अपने दूसरे पसंदीदा डेसबोरो के बारे में भी थी , जो कि मेपल्टन के अस्तबल में सिलास ब्राउन की देखरेख में था । पिछली शाम को उसके व्यवहार के बारे में जो कुछ भी बताया गया , उसमें उसने बताया कि उसकी कोई दुर्भावनापूर्ण योजना नहीं थी और वह केवल प्रत्यक्ष सूचना ही प्राप्त करना चाहता था । जब उसका मफलर उसके सामने रखा गया तब वह पीला पड़ गया और हत्या किए गए व्यक्ति के हाथ में इसकी मौजूदगी के बारे में बताने में वह पूर्णतया असमर्थ था । उसके भीगे कपड़े बता रहे थे कि वह पिछली रात को बारिश में बाहर निकला था और उसकी भारी मूठवाली छड़ी इस बात का सबूत थी कि यह वही हथियार हो सकता था , जिसके बार - बार प्रहार से उस प्रशिक्षक को गहरी चोटें आईं , परिणामस्वरूप वह मर गया । दसरी तरफ इस व्यक्ति के शरीर पर घाव या चोट का कोई निशान नहीं था , जबकि स्टारकर के चाकू की स्थिति से पता चलता है कि हमलावर पर चोट का कम - से - कम एक निशान तो होना ही चाहिए ।

"वाटसन ! संक्षेप में अब तुम सबकुछ जान चुके हो, पर यदि तुम इस पर थोड़ी और रोशनी डालो तो मैं तुम्हारा आभारी रहूँगा । "

मैंने होम्स के इस विवरण को बहुत ही रुचि लेकर सुना, जो कि उसने बहुत ही विवेचनापूर्ण और स्पष्टता के साथ मुझे बताया था । हालाँकि उन तथ्यों में से अधिकतर से मैं परिचित था और मैंने उनके आपसी संबंध तथा उनसे संबंधित महत्त्व को बहुत तरजीह नहीं दी थी ।

मैंने उससे पूछा कि क्या यह संभव नहीं है कि स्टारकर का घाव उनके आपसी संघर्ष में उसके अपने ही चाकू से लगा हो और दिमाग में चोट लगने के बाद उसकी मृत्यु हुई हो?

होम्स ने कहा, "ऐसा संभव हो पाना कठिन है; पर मुमकिन हो सकता है । ऐसी स्थिति में अभियुक्त के पक्ष के बहुत से बिंदुओं में से एक बिंदु गायब हो जाता है । "

मैंने कहा, "अभी भी मैं यह समझने में असमर्थ हूँ कि इसमें पुलिस का क्या विचार हो सकता है? "

मेरे साथी ने पलटकर जवाब दिया , "मुझे इस बात का डर है कि हमने अपना जो भी मत व्यक्त किया है , उसका इससे बहुत ही कड़ा विरोध है । पुलिस को लगता है कि मैं मान लूँ कि फिट्जराय सिंपसन ने ही उस लड़के को नशीला पदार्थखिलाया है और फिर

किसी तरह डुप्लीकेट चाभी का प्रबंध करते हुए अस्तबल का दरवाजा खोलकर अपहरण करने के इरादे से घोड़े को बाहर निकाल लिया होगा । घोड़े की लगाम भी गायब है, इसका मतलब है कि सिंपसन ने ही इसे लगाया होगा और फिर दरवाजा खुला छोड़कर जब वह घोड़े को लेकर बंजर क्षेत्र में दूर ले जा रहा होगा, तभी या तो उसकी मुलाकात घोड़े के प्रशिक्षक से हो गई होगी या फिर प्रशिक्षक ने उसका पीछा करके उसको पकड़ लिया होगा , परिणामतः उनमें झगड़ा हुआ, जिसमें सिंपसन ने अपनी भारी मूठवाली छड़ी से प्रशिक्षक के सिर पर जोर से मारा होगा और स्टारकर के उस चाकू की मार से भी खुद को बचा लिया होगा, जिसे वह प्रशिक्षक आत्मरक्षा के लिए इस्तेमाल करता था , फिर चोर या तो उस घोड़े को किसी छिपने के स्थान पर ले गया या लड़ाई के दौरान कहीं भाग निकला और अब वह इस बंजर टीले पर इधर -उधर घूमने-फिरने लगा होगा । दूसरी ओर विवेचनाएँ अभी और भी असंभाव्य हैं। हालाँकि जब मैं उस जगह पर एक बार रहूँगा, तब मैं इस मामले को बहुत जल्दी ही जाँच लूँगा, परंतु तब तक मैं यह नहीं कह सकता हूँ कि हम इस मामले की वर्तमान स्थिति से आगे किस प्रकार जा सकते हैं? "

हमें तावीस्टाक के उस छोटे से शहर तक पहुँचने से पहले ही शाम हो चुकी थी । यह शहर डार्टमोर के बड़े से घेरे के बीच में एक ढाल के उभार की तरह था । बाहर स्टेशन पर दो भले आदमी हमारा इंतजार कर रहे थे, जिनमें से एक लंबा और सुंदर था, उसके बाल व दाढ़ी किसी शेर की तरह थे तथा आँखें जिज्ञासा पूर्ण व छेदती सी हलके नीले रंग की थीं ; दूसरा व्यक्ति छोटा और फुरतीला था तथा इसने साफ - सुथरा फ्रॉकवाला कोट और गेटर्स पहन रखा था , इसकी मूंछे पतली और छंटी हुई थीं , साथ- ही - साथ इसने अपनी एक आँख पर लेंस भी लगा रखा था । साथ वाला व्यक्ति कर्नल रॉस था, जो कि एक जाना- पहचाना खिलाड़ी है और दूसरा व्यक्ति इंस्पेक्टर ग्रिगोरी है , जिसका नाम इंग्लिश जासूसी सेवा में बड़ी तेजी से चर्चित हुआ है ।

कर्नल ने कहा, " मैं बहुत खुश हूँ मि . होम्स कि आप आ गए । अपने से जो कुछ भी अच्छा हो सकता था , वह सब इंस्पेक्टर कर चुके हैं , परंतु मैं उस बेचारे स्टारकर को न्याय दिलाने एवं अपने घोड़े को वापस पाने के लिए कोई भी कसर नहीं छोड़ना चाहता हूँ । "

होम्स ने पूछा, " क्या कोई अन्य नया नतीजा सामने आया है ? "

इंस्पेक्टर बोला, "मुझे बड़े दुःख के साथ कहना पड़ रहा है कि इसमें बहुत ही थोड़ी प्रगति हुई है । हमारे पास एक खुली घोड़ागाड़ी है, आपको कोई एतराज हो तो, हम रोशनी कम होने से पहले उस जगह को देख लें ! और रास्ते में चलते हुए बातें भी कर लेंगे। "

एक मिनट बाद ही हम सभी उस आरामदेह घोड़ागाड़ी में बैठे और उस अनोखे पुराने डेवोनशायर शहर की ओर तेजी से आगे बढ़ रहे थे। इंस्पेक्टर ग्रिगोरी इस मामले में पूरी तरह से भरा हुआ था और अपनी टिप्पणियों का प्रवाह जारी रखे हुए था , जबकि होम्स कभी - कभी ही प्रश्न करते या बीच में टोकते थे । कर्नल रॉस अपनी बाँहों को मोड़े हुए पीठ टिकाकर आराम से बैठे थे और उनका हैट उनकी आँखों के ऊपर झुका हुआ था , जबकि मैं इन दोनों जासूसों के बीच होती बातचीत को रुचिपूर्वक सुन रहा था । ग्रिगोरी अपनी वही कहानी बता रहा था , जिसे करीब करीब उसी रूप में होम्स ट्रेन में मुझे पहले ही सुना चुका था ।

इंस्पेक्टर बोला, "फिट्जराय सिंपसन के चारों ओर काफी मजबूत जाल बुना गया है । "

" मुझे ऐसा लगता है कि यही वह आदमी है, साथ- ही - साथ यह भी महसूस होता है कि सबूत पूरी तरह से परिस्थितिवश उत्पन्न हुए हैं और इसमें जरा सा नया विकास परिणाम को उलट भी सकता है । "

"स्टारकर के चाकू का क्या हुआ ?"

"हम इस निष्कर्ष पर आ चुके हैं कि गिरते समय इसने स्वयं को ही इससे घायल कर लिया होगा । "

यह सभी परामर्श मेरे मित्र डॉ. वाटसन ने हमारे वहाँ पहुँचने पर दिए थे और यदि ऐसा हुआ तो यह सब सिंपसन के खिलाफ ही जाएँगे ।

" इसमें कोई शक नहीं है कि उसके पास न तो कोई चाकू है और न ही उस पर किसी चोट का निशान है । उसके खिलाफ सबूत वाकई बहुत ही मजबूत हैं । उसकी उस पसंदीदा घोड़े के गायब होने में विशेष रुचि थी । अस्तबल के लड़के को जहर देने में उस पर संदेह था ; वह वाकई तेज बारिश में बाहर गया था ; उसके पास बतौर हथियार वह भारी मूठवाली छड़ी थी और उसका मफलर मृतक के हाथों में पाया गया था । ऐसा लगता है, ज्यूरी के सामने जाने के लिए हमारे पास काफी कुछ है। "

होम्स ने अपना सिर हिलाया और कहा, "पर एक चतुर वकील इनकी धज्जियाँ उड़ा देगा । यदि वह घोड़े को घायल ही करना चाहता , तब इसने इसे वहीं क्यों नहीं कर दिया , अस्तबल के बाहर क्यों ले गया ? क्या इसके पास अस्तबल की दूसरी चाभी मिली थी ? उसे अफीम का पाउडर किस केमिस्ट ने बेचा था ? और इन सबसे ऊपर , इस शहर से अपरिचित उस व्यक्ति ने इस तरह के घोड़े को कहाँ छिपा दिया ? उस कागज के बारे में वह क्या कहता है, जिसे उसने उस नौकरानी को उस लड़के को देने के लिए दिया था?"

"वह कहता है कि यह एक दस पाउंड का नोट था, जो उसके बटुए में मौजूद था , परंतु दूसरी परेशानियाँ इतनी कठिन नहीं हैं , जितनी कि मालूम पड़ती हैं । वह इस शहर के लिए अपरिचित नहीं है । वह गरमी में दो बार तावीस्टाक आकर ठहर चुका है । वह अफीम शायद लंदन से लाई गई थी । वह चाभी , जिससे इस काम को अंजाम दिया गया, शायद फेंक दी गई होगी । घोड़ा किसी गड्ढे की तलहटी में या घाटी की किसी सुरंग में हो सकता है। "

"अपने मफलर के बारे में वह क्या कहता है ?"

"वह इसे स्वीकार करता है और कहता है कि मफलर खो गया था , किंतु इस मामले में एक नई बात सामने आई है, जो कि उसके इस घोड़े को अस्तबल से ले जाने की तरफ इशारा करती है। "

होम्स ने अपने कान खुजाए । "हमें कुछ ऐसी जानकारियाँ मिली हैं , जिनसे पता चलता है कि जहाँ पर हत्या हुई थी , उस जगह से एक मील की दूरी पर ही सोमवार की रात को कुछ खानाबदोश ठहरे हुए थे और मंगलवार को वे वहाँ से चले गए ।

"अब यह अनुमान है कि सिंपसन और उन खानाबदोशों के बीच कोई संबंध रहा होगा और शायद वह घोड़ा लेकर उनके पास जा रहा होगा और तभी उसका पीछा करके उसे पकड़ लिया गया होगा , शायद घोड़ा अभी भी उनके पास ही हो ?"

"ये खानाबदोश इस बंजर इलाके में घूमते रहते हैं । मैंने दस मील के घेरे में तावीस्टाक के प्रत्येक अस्तबल और बाहरी घरों को छान मारा है । "

"जहाँ तक मैं समझता हूँ , अभी एक और प्रशिक्षण अस्तबल यहाँ पास में ही बचा हुआ है । "

"हाँ, यह एक ऐसी बात है, जिसकी उपेक्षा हम लोगों को नहीं करनी चाहिए। "

"उनका घोड़ा डेसबोरो इस बाजी में दूसरे नंबर पर था , उनकी रुचि इस पसंदीदा घोड़े के गायब होने में होगी ।

जैसा कि सुनते हैं , उनके प्रशिक्षक सिलास ब्राउन ने इस आयोजन पर बहुत बड़ी बाजी लगाई थी और वह इस बेचारे स्टारकर का दोस्त भी नहीं है । "

"क्या मेपल्टन के अस्तबलों से इस सिंपसन का कुछ भी लेना - देना नहीं है? "

"बिलकुल भी नहीं । "

होम्स घोड़ागाड़ी में पीछे की तरफ पीठ टिकाकर बैठ गए और बातचीत बंद हो गई । कुछ ही मिनटों के बाद हमारे चालक ने लाल छोटी ईंटोंवाले एक साफ - सुथरे विला के सामने गाड़ी रोक दी । विला की दीवारों पर किनारी बाहर की तरफ लटकी हुई थी और यह विला सड़क के किनारे ही स्थित था । कुछ ही दूरी पर बाड़े के उस पार स्लेटी रंग की टाईलवाला एक बड़ा सा घर दिखाई पड़ रहा था । हमारे चारों तरफ वह बंजर मैदान एक हलका सा उभार लिये हुए, मुरझाते हुए फर्न के पौधे के काँसे के रंग सा क्षितिज तक फैला हुआ था , जो कि तावीस्टाक के चर्च के ऊँचे खंबों और पश्चिम दिशा के मकानों के समूहों से ही अलग होता था और जिनसे मेपल्टन के अस्तबलों का भी पता चल रहा था । होम्स के अलावा हम सभी उठ खड़े हुए, परंतु होम्स सामने आकाश में नजर गड़ाए अभी भी पीठ टिकाकर अपने खयालों में डूबा बैठा हुआ था । जैसे ही मैंने उसकी बाँह को छुआ । वह एक झटके से उठ गया और गाड़ी से बाहर निकल गया ।

कर्नल रॉस जो कि आश्चर्य से देख रहे थे, उनकी तरफ मुड़ते हुए होम्स बोला, " माफ कीजिएगा, मैं दिन में सपने देख रहा था । " उसकी आँखों में एक चमक थी और उसके व्यवहार में उत्तेजना को दबानेवाला भाव था , जिससे मैं भी सहमत था और इसका इस्तेमाल उसने इस ढंग से किया, जैसे कि मैं उसी के रास्ते पर हूँ और उसके हाथों कोई सुराग लग गया है; हालाँकि मैं इसका अंदाजा नहीं लगा सका कि यह उसे कहाँ से मिला।

ग्रिगोरी ने कहा, " मि. होम्स, शायद आप वारदातवाली जगह पर तुरंत ही जाना चाहेंगे? "

" मैं सोचता हूँ कि मुझे यहाँ थोड़ी देर रुकना चाहिए और एक या दो प्रश्नों के जवाब मुझे अभी विस्तार से जानने हैं । मेरे अनुमान से क्या स्टारकर यहाँ वापस लाया गया था ? "

" हाँ, वह वहाँ सीढ़ियों पर लेटा था, कल इसकी बाकी जाँच- पड़ताल होनी है । "

" कर्नल रॉस, क्या वह आपकी सेवा में कई वर्षों से है ? "

" मैंने उसमें हमेशा एक अच्छा सेवक ही पाया है । "

इंस्पेक्टर , "मुझे उम्मीद है उसकी मौत के समय जो कुछ भी उसकी जेब में था , आपने उसकी सूची बना ली होगी ? "

" वे सभी चीजें बैठक -कक्ष में मौजूद हैं , आप उन्हें देख सकते हैं । "

" मुझे इन्हें देखकर बहुत खुशी होगी । "

हम सभी सामनेवाले कमरे में एक कतार में खड़े हो गए और फिर कमरे के बीचवाली मेज के चारों तरफ बैठ गए, तब इंस्पेक्टर ने एक चौकोर टीन का बक्सा खोला और हमारे सामने कुछ चीजों का ढेर लगा दिया । इसमें माचिस की एक डिबिया , चरबी वाली दो इंच की मोमबत्ती, तंबाकू का एक ए. डी . पी . ब्रियारूट पाइप , सील की खाल से बनी एक थैली, सोने की जंजीरवाली चाँदी की घड़ी, सोने की पाँच गिन्नियाँ और हाथी दाँत की मूठवाला चाकू, जिसका फल बहुत ही अच्छा और कठोर था एवं उस पर विज ऐंड कं ., लंदन की छाप लगी हुई थी ।

होम्स ने इसे उठाकर बहुत ही गौर से देखते हुए कहा , " यह बड़ा अजीब सा चाकू है । मुझे इस पर खून के धब्बे दिख रहे हैं , ऐसा लगता है कि यही वह चाकू है, जो मृतक की मुट्ठी में था । "

" वाटसन ! यह चाकू वाकई तुम्हारी ही खोज की दिशा को बता रहा है न? "

मैंने कहा , " इसे हम मोतियाबिंद की चीर - फाड़वाला चाकू कह सकते हैं । "

"मुझे भी ऐसा ही लगता है । इसकी इतनी अच्छी धार किसी बहुत ही सूक्ष्म व नाजुक किस्म के काम के लिए बनाई गई है । एक बड़ी विचित्र सी बात है कि एक व्यक्ति इसे ऐसे कठोर- रूखे काम पर लेकर जा रहा था , खासतौर से जबकि यह उसकी जेब में बंद

भी नहीं हो सकता है । " ___ इंस्पेक्टर बोला, "इसकी नोक पर सुरक्षा के लिए कार्क की प्लेट लगी हुई थी , जो कि हमें इसके शरीर के बगल में पड़ी मिली थी । उसकी पत्नी ने हमें बताया था कि वह चाकू ड्रेसिंग टेबल पर पड़ा हुआ था और जैसे ही वह कमरे से बाहर निकला, उसने इसे उठाकर रख लिया था । यह एक कमजोर सा हथियार था, परंतु शायद उस समय इसके कब्जे में सबसे बेहतर हथियार यही था । " ।

" बहुत संभव है, परंतु ये कागज कैसे हैं ? "

" इनमें से तीन तो घास के डीलरों के खातों की रसीदें हैं ; एक कागज कर्नल रॉस के निर्देशों का पत्र है और यह हैट बनानेवाले की परची है , जिसमें बांड स्ट्रीट की मैडम लीजरीर ने विलियम डर्बीशायर को सैंतीस पाउंड का भुगतान किया । श्रीमती स्टारकर ने हमें बताया था कि डर्बीशायर उसके पति का मित्र है और कभी- कभी उसके पत्र इस पते पर आते रहते हैं । "

उन परचियों की ओर देखते हुए होम्स ने टिप्पणी की , " लगता है, मैडम डर्बीशायर महँगे शौक रखती हैं । एक अकेली ड्रेस के लिए बाईस गिन्नियाँ कुछ ज्यादा नहीं हैं क्या ? ऐसा लगता है कि यहाँ कुछ और जानने के लिए नहीं बचा है, अब हमें उस वारदातवाली जगह पर चलना चाहिए । "

जैसे ही हम बैठक - कक्ष से बाहर निकले , एक औरत , जो कि लगता था, हमारा ही इंतजार कर रही थी , एक कदम आगे बढ़ी और उसने इंस्पेक्टर की बाँह पर अपना हाथ रखा। उसका चेहरा मरियल सा , पतला एवं उत्सुकता से भरा हुआ तथा हाल ही की घटना के डर की छाप लिये हुए था ।

" क्या वह आपको मिल गया ? क्या आपने उसे ढूँढ़ लिया? " और फिर वह हाँफने लगी।

" नहीं , मिसेज स्टारकर! पर मि . होम्स हमारी सहायता करने लंदन से यहाँ आए हैं और जो भी संभव होगा, हम करेंगे । "

होम्स बोला, “मिसेज स्टारकर, कुछ समय पहले मैं वाकई आपसे प्लेमाउथ की एक पार्टी में मिल चुका हूँ । "

" नहीं , सर ! आपसे गलती हुई है । "

"मुझसे! क्यों ? मुझे पूरा यकीन है । आपने फाख्ते के रंग के सिल्क के कपड़े पहने हुए थे, जिसमें शुतुरमुर्ग के पंखों सी किनारी लगी हुई थी । "

महिला ने जवाब दिया, "सर! मेरे पास कभी भी ऐसी ड्रेस नहीं थी । "

होम्स ने कहा, "ओह , चलिए, आप ठीक ही कह रही हैं । " और फिर क्षमा माँगकर वह इंस्पेक्टर के पीछे बाहर चल दिया । उस बंजर टीले को पार करके थोड़ी दूर चलने पर हमें वह घाटी मिली, जिसमें वह मृत शरीर पड़ा हुआ मिला था । इसके ऊपरी किनारे पर कँटीली झाड़ी थी , जिसमें वह कोट फँसा हुआ पाया गया था ।

होम्स ने कहा , "जहाँ तक मैं समझता हूँ , उस रात को तेज हवा नहीं थी । "

"नहीं, पर बारिश तेज थी । "

"उस स्थिति में वह ओवरकोट उड़कर उस झाड़ी में नहीं फँस सकता, बल्कि उसे वहाँ पर रखा गया होगा । "

"हाँ , यह उस झाड़ी पर फैला दिया गया था शायद । "

"आपने तो मेरे मन में एक रुचि जगा दी है । ऐसा लगता है, यह जमीन काफी रौंदी गई है । इसमें कोई शक नहीं है कि सोमवार की रात से अब तक यहाँ से काफी लोग गुजरे होंगे । "

"यहाँ किनारे पर एक ओर चटाई का एक टुकड़ा बिछा दिया गया है और हम सभी उसी पर खड़े थे। "

"वाह! "

"इस झोले में मेरे पास एक जोड़ा स्टारकर का और एक जोड़ा सिंपसन का जूता है, साथ ही सिल्वर ब्लेज की लोहे की एक नाल भी है । "

" वाह इंस्पेक्टर! तुमने बहुत ही बेहतर काम किया है । " होम्स ने बैग ले लिया और उस गड्ढे में उतरने लगा, उसने उस चटाई को और बीच में सरका लिया, फिर अपने चेहरे पर एक खिंचाव सा लाते हुए अपनी ठुड्डी को हथेली पर टिकाए, अपने सामने की रौंदी हुई मिट्टी को ध्यान से देखा ।

और अचानक बोला, " हैलो! यह क्या है ? " यह आधी जली हुई मोमवाली माचिस की तीली थी , इसमें इतनी मिट्टी लगी हुई थी कि यह एक लकड़ी की पपड़ी लग रही थी ।

इंस्पेक्टर ने चेहरे पर थोड़ी नाराजगी का भाव लाते हुए कहा , "मैं यह नहीं सोच पा रहा हूँ कि मैंने इसे देखा कैसे नहीं ? "

" यह छिपी हुई और मिट्टी में दबी थी । मैंने केवल इसीलिए इसे देखा, क्योंकि मैं इसको खोज रहा था । "

" इसे पाकर आप क्या उम्मीद करते हैं । "

" मैं सोचता हूँ, यह ऐसे ही यहाँ नहीं पड़ी है। "

होम्स ने बैग से वे जूते बाहर निकाल लिये और जमीन पर पड़े निशानों से उन्हें मिलाया । फिर वह उस गड्ढे के ऊपरी किनारे तक हाथों के सहारे चढ़ा और झाडियों व फर्न तक कुहनियों के बल सरका ।

इंस्पेक्टर बोला, " मेरे हिसाब से, वहाँ अब और रास्ता नहीं है । मैंने इस मैदान की हर दिशा में सौ गज तक काफी ध्यान से जाँच कर ली है । "

होम्स ने उठते हुए कहा , " वाकई! आपके कहने के बाद मैं इसको पुन: करने की धृष्टता नहीं करना चाहूँगा, मगर अँधेरा होने से पहले मैं इस घाटी का एक छोटा सा चक्कर जरूर लगाना चाहूँगा, ताकि मैं इस जगह को समझ सकूँ और मैं सोचता हूँ कि घोड़े की इस नाल को अपनी अच्छी तकदीर के लिए मुझे इसे अपनी जेब में रख लेना चाहिए । "

कर्नल रॉस ने मेरे सहयोगी के शांत और काम करने के विशिष्ट तरीके को देखकर थोड़ी अधीरता दिखाई । उन्होंने अपनी घड़ी पर एक निगाह डाली और बोले , " इंस्पेक्टर! मैं चाहता हूँ कि आप मेरे साथ वापस चलें । बहुत से ऐसे विषय हैं , जिन पर मैं आपकी राय लेना चाहता हूँ और खासतौर से क्या मुझे अपने घोड़े का नाम बेसेक्स कप से बाहर करने की बात लोगों को बता देनी चाहिए ?"

"बिलकुल नहीं ! " होम्स नेनिर्णायक स्वर में थोड़ा जोर से कहा, "मैं नाम जारी रहने देने के पक्ष में हूँ । "

कर्नल ने झुककर अभिवादन किया और कहा , "सर , मुझे आपकी राय जानकर बहुत ही प्रसन्नता हुई । जब आप पूरा घूम लें , तब आप हमें उस बेचारे स्टारकर के घर पर मिल लें , फिर हम साथ ही तावीस्टाक चलेंगे। "

कर्नल इंस्पेक्टर के साथ वापस मुड़ गया, जबकि होम्स और मैं धीमे - धीमे बंजर मैदान पर चलने लगे । मेपल्टन के अस्तबल के पीछे सूरज डूबने लगा था, हमारे सामने का ढलवाँ मैदान सुनहरे रंग की आभा लिये हुए भूरे रंग में गहराया हुआ सा था , जिसमें मुरझाए हुए फर्न और कँटीली झाड़ियों पर शाम की धूप पड़ रही थी । परंतु यह प्राकृतिक सुंदरता मेरे साथी के लिए व्यर्थ ही थी, क्योंकि वह तो अपने गहरे विचारों में ही डूबा हुआ था ।

अंततः वह बोला, "वाटसन! इधर से । "

"हम थोड़ी देर के लिए यह सवाल छोड़ सकते हैं कि जॉन स्टारकर को किसने मारा, हम यह जानने पर ध्यान केंद्रित करें कि उस घोड़े के साथ क्या हुआ होगा ? अब यह मान लें कि वह घोड़ा उस त्रासदी के दौरान या बाद में खुद को छुड़ाकर भाग गया होगा , परंतु वह जा कहाँ सकता है ? घोड़ा समाज में रहनेवाला प्राणी है । यदि उसे खुला छोड़ दिया जाए तो उसकी अंत :प्रेरणा उसे वापस किंग्स पाइलैंड या मेपल्टन अस्तबल की ओर ही ले जाएगी । वह इस बंजर जमीन पर इधर - उधर क्यों भटकेगा ? वह अब तक जरूर देख लिया गया होगा और उसका अपहरण बनजारे क्यों करेंगे ? ऐसे लोग जब भी अशांति की चर्चा सुनते हैं तो वे उस जगह को छोड़ देते हैं , क्योंकि वे पुलिस के झंझट में नहीं पड़ना चाहते हैं । तब वे ऐसा घोड़ा बेचने की उम्मीद भी नहीं कर सकते । तब वे बहुत बड़े जोखिम में पड़ जाएंगे और इससे वे कुछ भी हासिल नहीं कर पाएँगे । यह बात बिलकुल ही स्पष्ट है । "

"तब वह है कहाँ ? "

"मैं यह पहले ही कह चुका हूँ , या तो वह किंग्स पाइलैंड में है या मेपल्टन में । वह किंग्स पाइलैंड में नहीं मिला , इसीलिए वह मेपल्टन में ही होगा । आओ एक अनुमान के आधार पर ही वहाँ चलते हैं , देखें कि इससे हमें क्या हासिल हो पाता है ? "

"जैसा कि इंस्पेक्टर ने बताया था कि बंजर का यह हिस्सा बहुत ही कठोर और सूखा है । किंतु इसकी ढाल मेपल्टन की तरफ है और तुम वहाँ से देख सकते हो कि वहाँ उधर

की तरफ एक बड़ा सा गड्ढा है, जो कि मंगलवार की रात को बहुत ही गीला हो गया होगा । यदि हमारा अनुमान सही है, तब घोड़े ने उसे जरूर पार किया होगा और इस बात में दम है कि हमें वहाँ उसके पैरों के निशान मिलने चाहिए । "

हम बातचीत करते हुए तेजी से चल रहे थे और कुछ ही मिनटों में उस बड़े गड्ढे के पास पहुँच गए । होम्स के कहने पर मैं उस गड्ढे के किनारे के दाहिनी तरफ से उतरा और वे बाई तरफ से उतरे, पर अभी मैं पचास कदम भी नहीं चल पाया था कि मैंने उनके चिल्लाकर पुकारने की आवाज सुनी और देखा कि वे हाथ हिलाकर मुझे बुला रहे थे। उनके सामने मुलायम जमीन पर घोड़े के पदचिह्न दिख रहे थे और उनके पास जेब में जो घोड़े की नाल थी वह उस छाप में ठीक - ठाक समा गई थी ।

___ होम्स ने कहा, " देखा, कल्पना का कमाल! यही वह चीज है, जिसका ग्रिगोरी के पास अभाव है । हमने कल्पना की थी कि क्या हो सकता था और अनुमान पर काम किया और फिर खुद को सही पाया । चलो अब आगे बढ़ते हमने उस दलदली तलहटी को पार किया और करीब एक चौथाई मील सूखी और कठोर जमीन पर चले । आगे फिर जमीन ढालू थी और वे पदचिह्न भी दिखाई पड़े। करीब आधे मील तक वे निशान फिर से गायब हो गए, परंतु उन्हें पाने के लिए हम मेपल्टन के काफी पास तक पहुँच गए । यह होम्स ही थे, जिन्होंने उन चिह्नों को पहले देखा और उन्हें देखते ही उनके चेहरे पर जीत का एक भाव दिखा । घोड़े के पदचिह्नों के पीछे अब एक आदमी के भी पैरों के निशान दिख रहे थे।

मैं जोर से बोला, " पहले घोड़ा अकेला था । "

" ऐसा ही लगता है कि यह पहले अकेला ही था । "

" अरे , देखो तो यह क्या है ? "

दोनों ही पदचिह्न अचानक वापस मुड़ गए थे और अब वे किंग्स पाइलैंड की दिशा की ओर थे। होम्स ने सीटी की आवाज निकाली और हम इनके निशानों के पीछे चल पड़े । उनकी आँखें पदचिह्नों पर ही टिकी थीं , परंतु मैं उससे कुछ हटकर एक ओर देख रहा था । तभी मुझे देखकर बड़ा आश्चर्य हुआ कि वही पदचिह्न फिर से वापस विपरीत दिशा की ओर आ रहे हैं ।

जब मैंने उनकी तरफ इशारा किया, तब होम्स बोले , "वाटसन! तुम समझ लो , यह तुम्हारे लिए है । तुमने हमारी काफी दूरी बचा दी है, क्योंकि इसने हमें हमारे चिह्नों पर वापस ला दिया है । चलिए, वापसी के चिह्नों के पीछे चलते हैं । "

__ हमें काफी दूर तक नहीं चलना पड़ा, निशान डामरवाले रास्ते पर जाकर खत्म हो गए थे । यह रास्ता मेपल्टन के अस्तबलों के फाटकों की ओर जा रहा था । जैसे ही हम वहाँ पहुँचे, एक साईस दौड़ता हुआ बाहर आया और बोला, "हम यहाँ किसी बाहरी व्यक्ति को नहीं देखना चाहते हैं । "

होम्स ने अपने वेस्टकोट की जेब में अपनी उँगली और अंगूठे को डाले हुए कहा , "मैं सिर्फ एक चीज पूछना चाहता हूँ ?"

"यदि मैं तुम्हारे मालिक सिलास ब्राउन से कल सुबह पाँच बजे मिलना चाहूँ तो यह बहुत जल्दी तो नहीं होगा ?"

"सर, यदि कोई आनेवाला है तो वे मौजूद रहेंगे, वे तो पहले से ही तैयार रहते हैं , परंतु यहाँ तो मैं खुद ही आपके प्रश्नों का जवाब देने के लिए मौजूद हूँ । नहीं, नहीं सर ! जहाँ तक मेरी अपनी कीमत है । मुझे कुछ दिखना भी तो चाहिए । फिर जैसा आप चाहें । "

शेरलॉक होम्स ने आधा क्राउन अपनी जेब से निकाला और उसे वापस फिर जेब में डाल दिया , उसने देखा कि गुस्से से घूरता हुआ एक बुजुर्ग आदमी फाटक पर हाथों में चाबुक लहराता हुआ टाँगें फैलाकर खड़ा है । "डॉसन ! क्या बात है ? गप्पबाजी मत करो, जाकर अपना काम करो । और तुम, तुम्हें यहाँ क्या काम है ?"

होम्स ने बहुत ही मीठे स्वर में कहा, "सर ! हम सिर्फ दस मिनट के लिए आपसे बात करना चाहते हैं । "

"मेरे पास बेकार घूमनेवालों से बात करने का समय नहीं है । हमें यहाँ अजनबी का आना पसंद नहीं । भाग जाओ, नहीं तो तुम्हारे पीछे कुत्ता छोड़ दूंगा । "

होम्स आगे की ओर झुके और उस प्रशिक्षक के कानों में फुसफुसाकर कुछ कहा। जिसे सुनते ही वह उत्तेजित हो गया और उसकी कनपटी गुस्से से लाल हो गई ।

वह चिल्लाया , "यह झूठ है, बिलकुल बकवास! "

"ठीक है! क्या हम इस बारे में यहीं लोगों के सामने बात करें या तुम्हारे कमरमें चलें?"

"अच्छा, तुम चाहते हो तो भीतर आ जाओ।"

होम्स मुसकराया और बोला, "वाटसन! मैं कुछ मिनटों में ही लौटकर आता हूँ।"

"हाँ, तो मि. ब्राउन, अब यह आप पर निर्भर करता है।"

अभी सिर्फ बीस मिनट ही बीते थे कि होम्स और वह प्रशिक्षक फिर से वापस आते दिखे, परंतु अब उस प्रशिक्षक की वह सारी गुस्सेवाली लाली मुरझाकर रंग छोड़ चुकी थी। इतने कम समय में ऐसा परिवर्तन मैंने पहले कभी नहीं देखा था कि जैसा मुझे सिलास ब्राउन के चेहरे पर दिखा। उसका चेहरा पीला पड़ चुका था और उसकी भौंहों पर पसीने की बूँदें झलक रही थीं; और चाबुक हवा में हिलती टहनी की तरह हिल रहा था। उसका उदंडता भरा व्यवहार भी अब गायब हो चुका था और वह मेरे साथी के बगल में घिघियाता हुआ वैसे ही चल रहा था कि जैसे एक कुत्ता अपने मालिक के बगल में चलता है।

वह बोला, "आपके निर्देशों का पूरा पालन होगा। मैं उन्हें पूरा कर दूंगा।"

होम्स ने उसकी तरफ देखते हुए कहा, "इसमें कोई गलती नहीं होनी चाहिए"

जैसे ही उसने होम्स की आँखों में एक धमकी भरी चेतावनी देखी तो वह काँप गया। "ओह, नहीं! इसमें कोई गलती नहीं होगी। यह काम जरूर हो जाएगा। क्या मुझे इसे पहले ही बदलना है या नहीं?"

होम्स ने एक मिनट रुककर कुछ सोचा और फिर जोर से हँस पड़ा। वे बोले, "नहीं, अभी नहीं। मैं इस बारे में तुमको लिलूँगा। हाँ, अब और कोई चालाकी नहीं, नहीं तो...?"

"ओह सर! आप मुझ पर विश्वास करें, आप मुझ पर विश्वास कर सकते हैं।"

"हाँ, ऐसा लगता है कि मैं कर सकता हूँ। अच्छा, तो तुमसे कल बात होगी।"

इतना कहकर वह उस आदमी के हिलते हुए हाथ पर ध्यान न देते हुए, जो कि उसने इन्हीं के लिए बाहर निकाला था, वापस मुड़ा और किंग्स पाइलैंड की ओर चल पड़ा।

जब हम साथ - साथ पैदल वापस आ रहे थे, तभी होम्स ने टिप्पणी की, "ट्रेनर सिलास ब्राउन उदंडता , भीरूता और टुच्चेपन का अद्भुत नमूना है, मैं शायद ही ऐसे व्यक्ति से पहले कभी मिला हूँ । "

"तब क्या घोड़ा उसी के पास है ?"

"उसने पहले तो घुड़की देने की कोशिश की , पर मैंने उसकी करनी का वर्णन इतने सही ढंग से किया कि वह यह मान गया कि जैसे मैं उसे यह सब करते हुए देख रहा था । वाकई, तुमने पैरों के उस चिह्न में एक खास तरह के चौकोर अँगूठेवाला निशान देखा था , जो कि बिलकुल उसके जूते के जैसा ही था , और यह भी सच है कि कोई भी मातहत कर्मचारी ऐसा काम करने का साहस नहीं करेगा । मैंने उसे बताया कि कैसे वह अपनी आदत के अनुसार पहले निचले मैदान में आया और उसने वहाँ एक अपरिचित घोड़ा बंजर में घूमते हुए देखा । फिर कैसे वह इसके पास गया और इसके सफेद माथे को देखकर, इसे पहचानकर कि यह तो मशहूर घोड़ा फेवरिट है, जिस निशान की वजह से ही तो उसका फेवरिट नाम पड़ा और फिर कैसे वह आश्चर्यचकित रह गया । उसे एक मौका मिला था कि यही वह घोड़ा था, जो कि उसके उस घोड़े को हरा सकता था, जिस पर वह अपना पैसा लगा चुका था । फिर मैंने यह भी बताया कि पहले किस प्रकार उसकी प्रेरणा उसे किंग्स पाइलैंड की तरफ ले चली और फिर बुराई ने उसे वह रास्तादिखाया, किस तरह वह रेस के खत्म होने तक उस घोड़े को छिपा सकता था और फिर किस प्रकार वह इसे वापस ले आया और इसे मेपल्टन में छिपा दिया । जब मैंने उसे यह सारा विवरण बताया तो वह हताश हो गया और फिर केवल अपनी जान बचाने की ही गुहार लगाने लगा ।

"परंतु उसके अस्तबलों में तो खोजबीन की जा चुकी थी । " ।

"ओह! उसके जैसे पुराने खिलाड़ी के पास धोखा देने के बहुत से तरीके हैं । "

"परंतु उसके पास घोड़ा रहने देने में क्या तुम्हें इसका डर नहीं है कि उसकी रुचि इसे नुकसान पहुंचाने में ही

"मेरे प्यारे साथी, वह इसकी सुरक्षा अपनी जान की ही तरह करेगा, क्योंकि वह जानता है कि इसको सुरक्षित पहुँचाना ही उसके ऊपर होनेवाली दया की आखिरी उम्मीद है । "

"कर्नल रास इस मामले में अधिक दया दिखानेवाला आदमी नहीं लगता है । "

" यह मामला कर्नल रॉस पर निर्भर नहीं है । मैं अपने ही तरीके से काम करता हूँ और जितना मुझे लगता है, उतना ही कम या अधिक मैं बताता हूँ । स्वतंत्र होकर काम करने का यही फायदा है । वाटसन, मैं नहीं जानता हूँ कि तुमने इस पर ध्यान दिया है कि नहीं , पर कर्नल का व्यवहार मेरे साथ थोड़ा उपेक्षापूर्ण रहा है, और उसकी कीमत पर अब मैं थोड़ा मजा लेना चाहता हूँ । उसको इस घोड़े के बारे में कुछ भी नहीं कहना है । "

" बिना तुम्हारे आदेश के बिलकुल नहीं बताऊँगा। "

" जॉन स्टारकर की हत्या किसने की है ? इस प्रश्न की तुलना में इन बातों का महत्त्व बहुत कम है। "

"और इसी में तुम अपने आप को लगाओ। पर आज की रात की ट्रेन से हम दोनों लंदन जाएँगे । "

मैं अपने साथी के शब्दों को सुनकर भौंचक्का रह गया । हमने अभी कुछ ही घंटे डेवानशायर में बिताए थे और उसने अपनी छानबीन इतनी बुद्धिमानी से शुरू की ही थी, जो अभी पूरी तरह से मुझे समझ में भी नहीं आई थी, कि वह इसे बीच में ही छोड़ रहा था । जब तक हम प्रशिक्षक के घर वापस नहीं आ गए, उनके मुँह से एक भी शब्द नहीं निकला । कर्नल और इंस्पेक्टर घर पर हमारा इंतजार कर रहे थे ।

होम्स ने कहा, " मेरा दोस्त और मैं रात की ट्रेन से शहर वापस जा रहे हैं , हम आपके खूबसूरत डार्टमोर की शानदार ताजी हवा का आनंद ले चुके हैं । "

इंस्पेक्टर ने अपनी आँखें चौड़ी की और कर्नल ने उपहास की मुद्रा में अपने होंठ गोल किए और कहा, " तो आप उस बेचारे स्टारकर के कातिल को गिरफ्तार न कर पाने के कारण बहुत निराश हैं । "

होम्स ने अपने कंधे उचकाए और बोले, " इस काम में वाकई बहुत सी कठिनाइयाँ हैं । फिर भी मैं यह चाहता हूँ कि कैसे भी आपका घोड़ा मंगलवार को रेस में भाग ले और मेरी आपसे प्रार्थना है कि आप अपने जॉकी को इसके लिए तैयार रखेंगे । क्या मैं आपसे जॉन स्टारकर की एक तसवीर ले सकता हूँ ?"

इंस्पेक्टर ने फोटो लिफाफे से बाहर निकाला और उसे दे दिया ।

"मि . ग्रिगोरी , आप मेरी सभी इच्छाओं का अनुमान लगा लेते हैं , क्या आप यहाँ थोड़ी देर के लिए रुकेंगे, ताकि मैं उस नौकरानी से एक प्रश्न पूछ सकूँ । "

जैसे ही मेरा साथी कमरे से बाहर गया , कर्नल रॉस ने रूखेपन से कहा, " मैं आपके लंदनवाले परामर्शदाता से थोड़ा निराश हूँ । जब से वे आए हैं, मुझे नहीं लगता है कि हम कुछभी आगे बढ़े हैं । "

मैंने कहा, " कम - से- कम आपको उनकी ओर से यह आश्वासन तो मिला है कि आपका घोड़ा रेस में दौड़ेगा । "

कर्नल ने अपने कंधे उचकाते हुए कहा, " हाँ , मुझे मात्र आश्वासन मिला है, और मैं अपना घोड़ा पाना चाहता जब वह दुबारा कमरे में घुसे तो मैं अपने साथी की प्रतिरक्षा में कुछ जवाब देने ही वाला था कि वे बोल पड़े, " हाँ , तो अब मैं तावीस्टाक के लिए पूरी तरह से तैयार हूँ । "

जैसे ही हम घोड़ागाड़ी में चढ़े तभी अस्तबल के एक लड़के ने हमारे लिए दरवाजा खोला । होम्स के दिमाग में अचानक कोई विचार कौंधा । उन्होंने आगे झुककर उस लड़के की बाँहों को छुआ और कहा, " तुम्हारे अस्तबल में कुछ भेड़ें भी हैं । उनकी देखभाल कौन करता है ? "

" मैं ही करता हूँ , सर! "

" क्या तुमने उनके साथ कुछ होते हुए देखा है ? " ।

" नहीं , सर! ज्यादा तो नहीं , पर उनमें से तीन भेड़ें लँगड़ा रही हैं । "

मैं देख सकता था कि होम्स बहुत ही खुश था और उसने प्रसन्नता से अपने हाथों को आपस में रगड़ा ।

मेरी बाँह में चिकोटी काटते हुए वे बोले, " दूर की कौड़ी, वाटसन! बहुत दूर की कौड़ी! "

" भेड़ों में हुए इस खास संक्रामक रोग पर मैं आपका ध्यान आकर्षित करना चाहूँगा, मि . ग्रिगोरी! "

" चलो कोचवान ! "

कर्नल रॉस के चेहरे पर वही भाव थे जो कि उन्होंने मेरे साथी की काबिलियत के लिए पहले से ही बना रखे थे, परंतु मैंने इंस्पेक्टर के चेहरे पर एक उत्सुकता का भाव देखा ।

उसने पूछा, "आप उन्हें जरूरी समझते हैं ?"

"बहुत ही ज्यादा जरूरी। "

"क्या इसमें कोई ऐसा बिंदु है, जिस पर आप मेरा ध्यान खींचना चाहेंगे? "

"हाँ , घटनावाली उस रात को कुत्ते के विचित्र से व्यवहार पर । "

"उस रात कुत्ते ने कुछ भी नहीं किया । "

शेरलॉक होम्स ने कहा , "यह एक अजीब सी बात है! "

चार दिनों के बाद ही मैं और होम्स बेसेक्स कप की रेस देखने विंचेस्टर जाने वाली ट्रेन में फिर से जा रहे थे ।

पहले से ही तय कार्यक्रम के अनुसार कर्नल रॉस स्टेशन के बाहर हमसे मिले और हम शहर से दूर रेस के मैदान की तरफ चल पड़े । उनके चेहरे पर गंभीरता थी और उनका व्यवहार काफी ठंडा था ।

कर्नल ने कहा, "मैंने अभी तक अपना घोड़ा नहीं देखा है । "

होम्स बोले, "मुझे लगा कि उसे देखकर आपने पहचान लिया होगा । "

कर्नल बहुत गुस्से में था , उसने कहा, " मैं पिछले बीस सालों से इस क्षेत्र में हूँ और इस तरह का प्रश्न पहले मुझसे किसी ने नहीं किया । एक बच्चा भी सिल्वर ब्लेज को उसके सफेद माथे और चित्तीदार अगले पैरों को देखकर पहचान लेगा । "

"रेस की बाजी का क्या हाल है ?"

" हाँ , यह इसका एक जिज्ञासावाला पहलू है । कल तक आप रेट पंद्रह -एक का रख सकते थे, पर आज अब कीमत कम और कम होते- होते मुश्किल से तीन - एक तक की ही रह गई है । "

होम्स बोले, "यह बात साफ है कि कोई कुछ जानता है । "

जैसे ही हम दर्शकदीर्घा के पास पहुँचनेवाले थे, मैंने रेस में भाग लेनेवाले प्रतिभागियों को देखने के लिए उनके सूची कार्ड पर एक नजर डाली ।

बेसेक्स कप

1. न्यूटन मालिक हेथ - लाल टोपी , दालचीनी के रंगवाली जैकेट

2. पुगिलिस्ट मालिक कर्नल वार्डलॉ – गुलाबी टोपी , नीली-काली जैकेट

3. डेसबोरोग मालिक लार्ड बैकवाटर - पीली टोपी और बाँहदार जर्सी

4. सिल्वर ब्लेज मालिक कर्नल रॉस – काली टोपी, लाल जैकेट

5 . आइरिश मालिक बालमोराल के . ड्यूक - पीली और काली पट्टी

6. रास्पर मालिक लार्डसिंगलफोर्ड - बैंगनी टोपी , काली बाँहदार जर्सी

कर्नल ने कहा , "हमने अपने दूसरे घोड़े को हटा दिया और आपके आश्वासन पर अपनी सारी उम्मीदें लगा दीं । क्यों , क्या हुआ ? कहाँ है सिल्वर ब्लेज ? "

रिंग से जोरदार आवाज आई, "सिल्वर ब्लेज पाँच से चार ! सिल्वर ब्लेज पाँच से चार ! डेसबरोग पाँच से पंद्रह । मैदान पर पाँच से चार । "

मैं चीखकर बोला, " वहाँ संख्या बढ़ रही है, वहाँ पर सभी छह घोड़े मौजूद हैं । "

कर्नल अधिक उत्तेजना से चीख पड़ा , " क्या वहाँ सभी छह घोड़े मौजूद हैं ? इसका मतलब मेरा घोड़ा रेस में दौड़ रहा है ? पर मुझे वह दिखाई नहीं पड़ रहा है । मेरा वाला रंग अभी सामने से नहीं गुजरा है । "

" केवल पाँच घोड़े ही गुजरे हैं , तब यही वाला होना चाहिए । "

जैसे ही मैं बोला, एक तगड़ा गहरे भूरे रंग का घोड़ा भार मापन के सामने से गुजरा और उसकी पीठ पर कर्नलवाली जानी - बूझी काली टोपी और लाल जैकेट भी मौजूद थी ।

घोड़े का मालिक चीखा, " वह मेरा घोड़ा नहीं है । उस घोड़े पर सफेद बाल नहीं हैं । मि . होम्स, यह आपने क्या किया ?"

मेरे साथी ने बिना परेशान हुए ही कहा, " देखो, देखो, वह कितना अच्छा दौड़ रहा है । " कुछ देर के लिए उसने मेरी दूरबीन लेकर देखा, वह आदतन चीखा, " वाह! क्या शानदार शुरुआत है । वे सब वहाँ हैं और अब मोड़ पर घूम रहे हैं । "

जब वे सीध में आते थे तब हमारी जगह से उनका दृश्य बहुत ही अच्छा दिखाई देता था । वे छह घोड़े आपस में इतने पास - पास थे कि एक कालीन से उनको ढका जा सकता था , परंतु आधी ही दूरी पर मेपल्टन अस्तबल का पीलावाला उनमें से आगे दिखा । इससे पहले कि वे हम तक पहुँचते , हालाँकि डेसबरोग की दौड़ काफी तेज थी , पर कर्नल का घोड़ा आँधी की तरह आया और अपने प्रतिद्वंद्वी के पहुंचने से छह लेंथ पहले ही पोस्ट को पार कर गया । बालमोराल के ड्यूक का आइरिश तीसरे नंबर पर था ।

कर्नल ने लंबी साँस लंबी भरते हुए और हाथों से अपनी आँखों को ढकते हुए कहा, " कैसे भी करके , यह रेस मेरी हो गई । " मैं यह स्वीकार करता हूँ कि इस रेस में मैंने न तो चित देखी और न ही पट । मि . होम्स , क्या आपको ऐसा नहीं लगता है कि आपने अपने रहस्य को कुछ ज्यादा ही लंबा खींचा?"

" सचमुच, कर्नल ! मगर आप सबकुछ जान जाएँगे । "

" आइए, साथ चलते हैं और घोड़े पर एक नजर डालते हैं । "

कर्नल ने कहा, " घोड़ा इधर है, और वे हमें उस तरफ ले चले, जहाँ सिर्फ घोड़े के मालिकों और उनके मित्रों को ही जाने की अनुमति थी । "

होम्स बोले , " आपको इस घोड़े के मुँह और पैरों को वाइन या स्पिरट से धुलवाना होगा, तब आप देखेंगे कि यह वही पहलेवाला सिल्वर ब्लेज ही है । "

" तुमने मुझे बहुत ही खूबसूरत सरप्राइज दिया है । "

" मुझे यह घोड़ा एक जालसाज के पास मिला और जैसे ही यह वापस भेजा गया , मैंने इसके दौड़ने की आजादी हासिल कर ली । "

" आपने तो कमाल ही कर दिया । घोड़ा भी बिलकुल ठीक -ठाक दिख रहा है । यह अपनी जिंदगी में इतना अच्छा कभी नहीं दौड़ा । आपकी योग्यता पर शक करने के लिए मैं आपसे हजार बार माफी माँगता हूँ । आपने मेरा घोड़ा मुझे वापस देकर बहुत बड़ा

एहसान किया है । आपकी मुझ पर एक और कृपा होगी, यदि आप जॉन स्टारकर के हत्यारे को भी पकड़ लें । "

होम्स ने धीमे से कहा, "मैं यह भी कर चुका हूँ । "

कर्नल और मैं उन्हें आश्चर्य से देखने लगे ।

"आपने उसे पकड़ लिया है! तब वह है कहाँ ? "

"वह यहीं पर है । "

"यहाँ! कहाँ? "

"इस समय वह मेरे साथ ही है । "

कर्नल गुस्से में भर गया और बोला, "मि . होम्स , मैं यह मानता हूँ कि आपका मुझ पर एहसान है, परंतु आपने अभी जो कहा, वह मेरे लिए एक बुरा मजाक या अपनी बेइज्जती ही है । "

शेरलॉक होम्स हँस पड़ा , "मैं आपको इसके लिए निश्चित कर देता हूँ कि मैंने आपको इस अपराध में शामिल नहीं किया है । असली हत्यारा तो आपके पीछे खड़ा है । " इसके साथ ही वह पीछे हटा और अपना हाथ उस घोड़े की चमकदार गरदन पर रखा ।

"घोड़ा! मैं और कर्नल दोनों ही चीखते हुए बोले ।

"जी हाँ, यही घोड़ा । और यदि मैं कहूँ कि यह इसने अपनी आत्मरक्षा में किया है तो यह इसके अपराध को कम कर सकता है । साथ ही जॉन स्टारकर आपके विश्वास के लिए बिलकुल ही अयोग्य व्यक्ति था । "

"देखिए, अगली रेस की घंटी बज गई । मैं अगली रेस में भी थोड़ी सी रकम जीतना चाहता हूँ । उपयुक्त समय गिलते ही मैं इस सब के बारे में विस्तार से बताऊँगा। "

उस शाम लंदन के लिए वापस अपने कोच में जब हम जा रहे थे, तब मुझे लगता था कि यह यात्रा कर्नल रॉस के साथ- साथ मेरे लिए भी काफी छोटी थी , क्योंकि मेरे साथी ने सोमवार की उस रात को डार्टमोर के प्रशिक्षण अस्तबल में घटी उस घटना को कुछ इसी ढंग से हमें बताया था ।

होम्स ने कहा, "मैं यह मानता हूँ कि अखबारों की सूचनाओं के आधार पर मैंने जो भी धारणाएँ बनाई थीं , वे पूरी तरह से गलत थीं । और फिर वहाँ इसके संकेत थे कि इसमें कौन सी वे तमाम जानकारियाँ नहीं थीं, जिन्होंने सच्चाई को भी छुपाया गया था । मैं पूरे यकीन के साथ डेवानशायर गया था कि फिट्जराय सिंपसन ही वास्तविक अपराधी है , हालाँकि मुझे लग रहा था कि उसके खिलाफ मिले सबूत पूरी तरह से सही नहीं हैं । जब मैं घोडागाड़ी में था और प्रशिक्षक के घर पहुँचने ही वाला था कि तभी उस मसालेदार मटन की विशेषता पर मेरा ध्यान गया । आप लोगों को याद होगा कि उस समय सभी प्रसन्न थे और मैं अनमना सा चुपचाप बैठा हुआ था । मैं अपने खुद के ही दिमाग पर अचंभित था कि इतने प्रत्यक्ष सुराग को मैंने कैसे अनदेखा कर दिया । "

कर्नल ने कहा , "मैं मानता हूँ कि अभी भी मैं नहीं देख पा रहा हूँ कि यह किस तरह से हमारे लिए सहायक  । "

" मेरे तर्कों की श्रृंखला की यह पहली कड़ी थी । अफीम का चूरा किसी भी हाल में स्वादहीन नहीं होता है । इसकी सुगंध बेकार नहीं है, पर इसे समझा जा सकता है, और जब इसे किसी सामान्य खाने में मिलाया जाता है तब खानेवाले को तुरंत ही इसका पता चल जाता है और तब वह संभवतः इसे और अधिक नहीं खाएगा । वह मटन करी तो सिर्फ एक माध्यम थी , जिससे उस स्वाद को धोखा दिया जा सके । इसमें किसी भी अनुमान की संभावना नहीं है कि उस अजनबी फिट्जराय सिंपसन ने उस रात को प्रशिक्षक के परिवार को वह करी परोसी थी और यह वाकई बहुत ही भयानक संयोग माना जाएगा कि वह उस रात को अफीम का चरा लेकर आया तथा जब करी परोसी गई . तब उसने इसकी महक को छिपाने के लिए उसे इसमें मिला दिया । यह बात सोच से बिलकुल ही परे है । इसीलिए सिंपसन तो इस मामले में अलग हो जाता है और हमारा ध्यान अब स्टारकर एवं उसकी पत्नी पर केंद्रित होता है कि यही वे दो लोग थे, जिन्होंने उस रात मसालेदार मटन को परोसने का निर्णय लिया था । जब खाना अस्तबलवाले लड़के के लिए अलग निकालकर रख दिया गया था , तभी इसमें अफीम मिलाई गई थी , क्योंकि दूसरों ने जब वही खाना खाया , तब उन पर इसका कोई दुष्प्रभाव नहीं पड़ा । उनमें से वह कौन था , जो नौकरानी की निगाह बचाकर उस खाने के पास पहुँचा था ?

"इस प्रश्न का जवाब तय करने से पहले मैंने उस कुत्ते की चुप्पी पर भी ध्यान दिया, क्योंकि एक वास्तविक निष्कर्ष निरपवाद रूप से दूसरे तथ्यों को भी दिखा देता है ।

सिंपसनवाली घटना से मुझे यह पता चल गया था कि वह कुता अस्तबल में ही रहता था , मगर जब कोई अस्तबल में घुसा और घोड़े को ले गया, कुता तब इतना भी नहीं भौंका कि गैलरी में सोए वे दोनों लड़के भी जाग पाते । इसका मतलब साफ है कि आधी रात को आनेवाले आगंतुक को कुता अच्छी तरह से पहचानता था ।

"मैं पूरी तरह से निश्चिंत था कि जॉन स्टारकर ही उस रात के अंधेरे में अस्तबल में गया था और उसी ने सिल्वर ब्लेज को बाहर निकाला था । पर किस लिए? यह बिलकुल ही स्पष्ट है कि बेईमानी के लिए और इसने अपने ही अस्तबल के लड़के को नशीला पदार्थ क्यों खिलाया था ? इस क्यों को जानने में मैं अभी भी असफल था । इरासे पहले इस तरह के बहुत से मामले आए हैं , जिसमें अपने ही घोड़ों को दलालों के हाथों सौंप और उन्हें धोखेबाजी से जीतने से रोककर काफी पैसा बनाया है । यह काम कभी- कभी जॉकी को मिलाकर और कभी- कभी निश्चित और सूक्ष्म ढंग से किया जाता है । यहाँ इसमें से कौन सा तरीका अपनाया गया था ? मुझे उम्मीद थी कि उसकी जेब से निकले सामानों से ही मुझे सहायता मिल सकती थी ।

“और इसमें हुआ भी ऐसा ही । आपको याद होगा कि उस मृतक के हाथ में एक खास तरह का चाकू मिला था , जिसका कोई भी समझदार आदमी बतौर हथियार इस्तेमाल नहीं करेगा । डॉ. वाटसन ने जैसा कि हमें बताया था कि इस तरह के चाकू का इस्तेमाल बड़े ही खास तरह के ऑपरेशन में चीर- फाड़ के लिए किया जाता है और इसका इस्तेमाल उस रात को एक खास तरह के ऑपरेशन के लिए ही किया जानेवाला था। कर्नल रॉस , आपको रेस के मामलों में हुए अपने ढेरों अनुभवों से यह पता होगा कि घोड़े के पुढे पर उसकी नस में एक छोटा सा चीरा लगाना संभव है और इसे चमड़ी के भीतर लगाया जा सकता है, ताकि किसी तरह का निशान न दिखाई पड़े। इस तरह से तैयार किया गया घोड़ा थोड़ा सा लँगड़ाने लगेगा और इसे अपने अभ्यास के दौरान खिंचाव महसूस होगा या गठिया से पीडित हो जाएगा और इसमें कोई बेईमानी भी नहीं दिखेगी। "

कनेल चीखा, " बदमाश! दुष्ट ! "

"हमें इस बात की जानकारी हो चुकी है कि जॉन स्टारकर क्यों उस घोड़े को बंजर टीले पर ले जाना चाहता था ? ऐसे तेज, तर्रार घोड़े को जब चाकू का चीरा लगाया जाएगा तब वह गहरी से गहरी नींद में सोनेवालों को भी जगा देगा , इसीलिए ऐसे काम के लिए खुले मैदान का होना बहुत ही जरूरी है । "

कर्नल ने कहा, "मैं अंधा हो गया था। और हाँ, इसीलिए उसने मोमबत्ती भी जलाई थी। "

" बेशक! पर उसके सामानों की जाँच करते वक्त मैं इतना भाग्यशाली था कि मुझे न केवल उस अपराध का तरीका ही पता चला बल्कि उसके उद्देश्य का भी पता चल गया था । एक दुनियादार आदमी होने के नाते कर्नल! आप जानते ही हैं कि कोई भी व्यक्ति किसी दूसरे की बिल पर्चियाँ अपनी जेब में रखकर नहीं घूमता है । हममें से अधिकतर लोग अपने खुद के ही बिल चुकता करने के लिए रख लेते हैं । मुझे यह तुरंत ही पता चल गया था कि स्टारकर दोहरी जिंदगी जी रहा था और उसने कहीं और भी अपना दूसरा घर बसा रखा था । बिल देखकर लगता था कि इस मामले में एक महिला भी है और जिसका स्वभाव काफी खर्चीला है । यह बात और है कि आप अपने नौकरों के साथ बहुत उदार हैं , फिर भी इसकी आशा कम ही है कि वे अपनी औरतों के लिए बीस गिन्नी की महँगी ड्रेस खरीद सकेंगे। मैंने श्रीमती स्टारकर से यह जानते हुए कि उनको पता नहीं है, फिर भी उनसे उनकी ड्रेस के बारे में पूछा था , इस बात से मैं संतुष्ट हो चुका था कि यह ड्रेस उन तक नहीं पहुंची थी । तब मैंने औरतों के परिधान सिलनेवाले का पता वहाँ से ले लिया और यह महसूस किया कि डर्बीशायर में उसे स्टारकर का फोटोग्राफ दिखाकर मैं आसानी से जानकारी प्राप्त कर लूँगा ।

"और इसके बाद तो सारा कुछ स्पष्ट था । स्टारकर घोड़े को उस गड्ढे में ले गया था जहाँ रोशनी नहीं थी । भागते समय सिंपसन का मफलर गिर गया था , जिसे स्टारकर ने घोड़े के पैरों से सुरक्षा के इस्तेमाल के इरादे से उठा लिया था । उस गड्ढे में वह जब घोड़े के पीछे आया और रोशनी जलाई तब घोड़ा उस अचानक पैदा हुई रोशनी से डर गया और जानवर की अजीब सी प्रकृति कि उसके साथ कुछ बुरा घटने वाला है, वह बिदक गया और उसने अपने स्टीलवाले खुरों से स्टारकर के माथे पर जोरदार प्रहार कर दिया । उधर स्टारकर बारिश होने के बावजूद इस सावधानी से करनेवाले काम के लिए अपना ओवरकोट पहले ही उतार चुका था , अतः वह गिर पड़ा और उसका चाकू उसकी ही जाँघ में धंस गया । "

"मैं अब सबकुछ स्पष्ट कर चुका हूँ । "

कर्नल जोर से चिल्लाया, "कमाल है । कमाल हो गया, लगता है आप वहीं थे। "

मेरा अंतिम निशाना, मैं स्वीकार करता हूँ, काफी लंबा था । मुझे इस बात ने सोचने पर मजबूर कर दिया था कि स्टारकर जैसा घाघ आदमी बिना किसी पूर्वाभ्यास के ही क्या नस काटनेवाले इस खास तरह के चाकू का इस्तेमाल कर लेगा? उसने किन चीजों पर अभ्यास किया होगा ? मेरी निगाह भेड़ों पर पड़ी और मैंने प्रश्न पूछा था , जिससे मुझे आश्चर्य के साथ पता चला कि मेरा अनुमान सहीथा ।

"जब मैं लंदन वापस लौटा तो मैंने उस ड्रेस बनानेवाले से स्टारकर के बारे में पूछा, उसने बताया कि डर्बीशायर में स्टारकर उसका एक असाधारण ग्राहक है, जिसकी एक खूबसूरत और बहुत ही महँगे शौक रखनेवाली बीवी भी है । मुझे इसमें कोई शक नहीं है कि उस महिला ने स्टारकर को सिर से पाँव तक कर्ज में डुबो दिया होगा और जिसकी वजह से उसे इस दुःखद रास्ते को अपनाना पड़ा होगा ।

कर्नल ने जोर देकर कहा, "आपने सभी चीजें बताईं , पर एक बात छोड़ दी, वह घोड़ा कहाँ था ?"

" हाँ , यह एक जगह बंद था और आपके एक पड़ोसी ने इसका खयाल रखा था । मैं सोचता हूँ कि हमें उसे क्षमा करते हुए भूल जाना चाहिए । मालूम पड़ता है क्लैफाम जंक्शन आ गया है । अगर मैं गलत नहीं हूँ तो हम दस मिनट से भी कम समय में विक्टोरिया में होंगे । कर्नल , अगर आप हमारे कमरे में साथ ही सिगार पीने चलें तो मुझे आपको कुछ और तरह के किस्से सुनाने में भी खुशी होगी, और हो सकता है , उन्हें सुनने में आपको भी मजा आए । "

बोहेमिया की बदनामी शरलॉक होम्स के लिए वह केवल एक औरत थी । मैंने शायद ही कभी उसे किसी दूसरे नाम से पुकारते सुना होगा । उसकी नजर में वह संपूर्ण नारी जाति पर छा जाती थी और उस पर प्रभुत्व स्थापित करती सी प्रतीत होती थी । ऐसा भी नहीं था कि उसके मन में एरीन एडलर के प्रति किसी प्रकार की प्यार की भावना थी । कोमल भावनाएँ, खासतौर पर उनके मस्तिष्क में काबिले नफरत भी थी । मैं तो इसको इस तरह से लेता हूँ कि वह दुनिया की सबसे अच्छी तर्क करनेवाली व निरीक्षण करनेवाली मशीन था ; पर जहाँ तक एक प्रेमी का सवाल है तो वहाँ वह गलत साबित होता । ताने व तिरस्कार के अलावा उसने कभी भी उससे नरमी से बात नहीं की थी । देखनेवालों के लिए ये सब बातें प्रशंसनीय हैं तथा व्यक्ति के व्यवहार व भावनाओं को बेपरदा करनेवाली हैं , किंतु एक प्रशिक्षित तार्किक व्यक्ति के लिए उसके अपने नाजुक और संतुलित व्यवहार

में ऐसे हस्तक्षेप को आने देना उसके ध्यान को भंग करना ही है, और यह उसकी संपूर्ण मानसिक क्षमता पर संदेह पैदा करना है ।

___ हाल ही तक होम्स से मेरी बहुत ही कम मुलाकातें हुई थीं । मेरी शादी ने हमें एक - दूसरे से थोड़ा दूर कर दिया था , जबकि होम्स अपनी उन्मुक्त प्रकृति के साथ समाज की सभी चीजों को नापसंद करते हुए अपनी पुरानी किताबों में डूबा बेकर स्ट्रीट में ही रह रहा था । हर हफ्ते कभी तो कोकीन और कभी अपनी महत्वाकांक्षा के साथ वह नशे की खुमारी तथा अपने सजग स्वभाव के साथ बना हुआ था । वह अपराध के अध्ययन के प्रति अपनी गहरी रुचि रखते हुए बिलकुल ही शांत था । वह अवलोकन की विलक्षण क्षमताओं को अपने अंदर समेटे हुए उन रहस्यों के सुराग ढूँढ़ लेता और उनसे परदा भी उठा देता, जिनको पुलिस अधिकारी निराधार मानकर छोड़ दिया करते थे ।

कभी- कभी मैं उसके कारनामे सुनता था कि किस तरह वह त्रिपाफ हत्या के केस में ओडेसा बुलाया गया था , जिसमें उसने ट्रिनकामले में एकिस्टन भाइयों की दुःखद कहानी का खुलासा किया और अंत में वह हॉलैंड के उस शाही परिवार के मिशन को भी सफलतापूर्वक पूरा कर पाया । इधर अपने पुराने सहयोगी और साथी के बारे में मुझे सिवाय उसकी उन खबरों के , जो कि अखबारों में छप जाती थीं, कुछ भी नहीं पता था ।

यह 20 मार्च, 1888 की रात थी और मैं एक मरीज को देखकर वापस लौट रहा था (मैंने अब फिर से मेडिकल प्रैक्टिस शुरू कर दी थी), तभी मैं बेकर स्ट्रीट से होकर निकला । जैसे ही मैं अपने उस पुराने चिर -परिचित दरवाजे के सामने से होकर गुजरा , मेरे मन में होम्स को फिर से देखने और यह जानने की इच्छा हुई कि वह अपनी असाधारण ऊर्जा का किस तरह से इस्तेमाल कर रहा है । उसके कमरे में पर्याप्त रोशनी थी और मैंने देखा कि उसकी लंबी व असाधारण काया मेरे सामने से दो बार गुजरी । वह अपने कमरे में तेजी से टहल रहा था । उसका सिर अपनी छाती पर झुका हुआ था और उसने अपने हाथ पीछे से बाँध रखे थे । मैं चूँकि उसकी हर आदत और मिजाज को समझता था , इसीलिए उसके इस व्यवहार से मुझे एक नई कहानी का पता चल रहा था । वह फिर से अपने काम में लग गया था । वह अपने नशे के सपनों से बाहर आ चुका था और किसी नई समस्या की खुशबू में डूबा हुआ था । मैंने घंटी बजाई, तो उसने उस कमरे की ओर इशारा किया, जो कि कभी मेरा हुआ करता था । उसके व्यवहार में बहुत अधिक उत्सुकता नहीं थी । ऐसा कभी-कभी ही होता था , पर मुझे लगा कि मुझे देखकर वह खुश है ।

बिना एक शब्द भी बोले अपनी दयालुता भरी आँखों के इशारे से उसने मुझे कुरसी पर बैठाया और अपना सिगारवाला डिब्बा मेरी तरफ फेंकते हुए कोने में पड़े लाइटर की ओर इशारा किया, फिर अँगीठी के सामने खड़े होकर उसने अपने खास आत्म-विश्लेषणवाले तरीके से मुझे देखा ।

"शादी से तुम खुश हो, वाटसन! जब से मैंने तुम्हें देखा है, तुम साढ़े सात पाउंड बढ़ गए हो । "

"सात ! " मैंने जवाब दिया ।

"वाकई, मुझे थोड़ा और अधिक सोचना चाहिए था । बस थोड़ा सा ही , और आगे से मैं इसका खयाल रखुंगा । "

"तुमने मुझे यह नहीं बताया कि तुम काम करने के लिए अपना मन बना चुके हो । "

"तब, तुम्हें कैसे पता चला? "

"मैंने यह सब देखा और जान गया । मैं यह कैसे जान सकता हूँ कि तुम हाल ही तक भागते रहे हो और तुम्हारे पास एक फूहड़ और लापरवाह नौकरानी है ? "

मैंने यह कहा, " मेरे प्यारे होम्स , बहुत हो चुका । क्या तुम कई सदियाँ जी चुके हो ? यह सच है कि मैं गुरुवार को दूर देहात में गया था और बड़ी गंदी हालत में घर पहुँचा, पर मैंने अपने कपड़े बदल लियेहैं । मैं यह सोच नहीं पा रहा हूँ कि तुमने इसका अंदाज कैसे लगाया ? जहाँ तक मेरी नौकरानी मेरीजेन का सवाल है, वह बहुत ही फूहड़ है, मेरी पत्नी भी उसे कई बार टोक चुकी है, पर तुम्हें यह सब कैसे पता चला ? "

वह थोड़ा सा मुसकराया और उसने अपने हाथों को आपस में रगड़ा, फिर बोला, "इसमें कुछ खास नहीं है, मेरी आँखों ने मुझे दिखाया कि तुम्हारे बाएँ जूते के भीतर की ओर, ठीक वहीं जहाँ पर अँगीठी की रोशनी चमक रही है , चमड़े पर छह बराबर खरोंचों के निशान लगे हैं । किसी ने लापरवाही से उन पर जमी मिट्टी की परत को हटाने के लिए खुरचा है, जिसकी वजह से ऐसा हुआ । अब तुम मेरा दूसरा निष्कर्ष देख सकते हो कि तुम बहुत ही खराब मौसम में बाहर गए थे और तुमने लंदन की खास तरह की बूट पॉलिश लगा रखी है । तुम्हारी प्रैक्टिस के मद्देनजर , जब एक भला आदमी मेरे कमरे में आइडोफार्म की महक के साथ घुसता है और उसके हैट के दाहिने तरफ के उभरे हिस्से

से पता चलता है कि उसने इसमें अपना आला छिपा रखा है, तब अगर मैं उसे मेडिकल पेशे का सक्रिय सदस्य न पुकारूँ तो फिर मैं वाकई बेवकूफ हूँ । "

इन नतीजों तक पहुँचने के उसके तरीकों को सुनकर मैं अपनी हँसी न रोक सका ।

मैंने कहा, "तुम्हारे बताए कारणों को जब मैं सुन रहा था , तब ये चीजें इतने मजेदार और सरल ढंग से मेरे सामने आ रही थीं कि जैसे इन्हें मैं खुद ही बता रहा होऊँ , हालाँकि तुम्हारे हर तर्क पर मैं तब तक भ्रमित था जब तक कि तुम अपनी प्रक्रिया को बता नहीं देते थे। अभी भी मुझे यकीन है कि मेरी आँखें तुम्हारी तरह ही अच्छी भली - चंगी होम्स बोला, "बिलकुल मुमकिन है। फिर उसने अपनी सिगरेट जलाई और आरामकुरसी पर बैठ गया ।

"तुम देखते तो हो , पर ध्यान से नहीं देखते । इन दोनों में काफी अंतर है, जैसे तुमने कई बार उन कदमों को देखा होगा, जो कि इस हॉल तक आते हैं । "

"कई बार । "

"कितनी बार ?"

" सौ बार तो देखा ही होगा । "

" तब बताओ, वे कितने कदम होंगे?"

"कितने कदम ? यह मैं नहीं बता पाऊँगा। "

" ऐसा ही है! तुमने इन्हें ध्यान से नहीं देखा, पर तुम उन्हें देख चुके हो । और यही मेरा बिंदु है । अब मैं तुमको बताता हूँ कि वहाँ सत्रह कदम हैं , क्योंकि मैंने उन्हें देखा है और ध्यान से देखा है। चूंकि तुम मेरी इन छोटी - छोटी समस्याओं में रुचि लेते हो और मेरे इन छोटे- छोटे अनुभवों को लिखते भी हो , इसलिए तुम्हारी इनमें रुचि हो सकती उसने गुलाबी रंग का मोटे कागज का एक टुकड़ा मेरी ओर उछाला, जो कि मेज पर खुला पड़ा हुआ था ।

वह बोला, "जोर से पढ़ो, यह आज की आखिरी डाक से आया है । " इस रुक्के में न तो तारीख थी और न ही पता ।

"आज की रात सवा आठ बजे आपसे मुलाकात की जाएगी , क्योंकि एक भला आदमी आपसे किसी गंभीर मसले पर परामर्श लेना चाहता है । यूरोप के शाही घरानों में से एक के लिए आपकी दी गई हाल ही की सेवाओं से पता चलता है कि आप ही वह व्यक्ति हैं , जिन पर उन मामलों का यकीन किया जा सकता है, जो कि बहुत ही खास हैं और जिन्हें बढ़ा - चढ़ाकर भी नहीं बताया जा सकता है । आपके बारे में यह जानकारी हमें कई सूत्रों से मिली है । आप उस समय अपने चेंबर में ही रहें और यदि आपका आगंतुक नकाब में आता है तो नाराज मत हो जाइएगा । "

मैंने टिप्पणी की , "यह तो वाकई एक रहस्य है, इससे आप क्या अंदाज लगाते हैं ?"

" मेरे पास कोई आँकड़ा नहीं है । बिना आँकड़े के किसी धारणा पर पहुँचना एक बड़ी गलती होगी । तथ्यों के अनुरूप धारणाएँ बनाने के बजाय व्यक्ति बेवकूफी से धारणाओं के अनुसार तथ्यों को तोड़ता- मरोड़ता है, परंतु इस पर ध्यान रखें कि आप इससे क्या परिणाम निकालते हैं ?"

"मैंने उस कागज और उस पर लिखी लिखावट दोनों को ही अच्छी तरह से देख लिया है। "

अपने साथी की ही तरह मैंने भी कहा, "जिस आदमी ने इसे लिखा है, उसके काफी संपन्न होने की संभावना है , क्योंकि ऐसे कागज का पैकेट आधे क्राउन से कम कीमत का नहीं होगा , यह खासा मोटा और मजबूत है । "

होम्स बोले , "खास - एक महत्त्वपूर्ण शब्द है । यह किसी भी हाल में इंग्लैंड का कागज नहीं लगता है, इसे रोशनी में लेकर चलो। "

मैंने ऐसा ही किया और देखा कि कागज की बनावट पर बड़ा ई , छोटा जी , बड़ा पी , बड़ा जी और छोटा टी बुना हुआ है ।

होम्स ने पूछा , "इसका तुम क्या अर्थ लगाते हो ?"

"इसमें कोई शक नहीं हैकि यह कागज बनानेवाले का नाम या उसका मोनोग्राम होगा।"

" ऐसा नहीं है, बड़े जी के साथ छोटा टी लिखा है, जो कि जर्मन भाषा में कंपनी के लिए इस्तेमाल होता है

और पी से वाकई पेपर का पता चलता है । ई और जी के लिए आओ, महाद्वीपीय गजेटियर पर एक निगाह डालते हैं । " उसने अपनी अलमारी से भूरे रंग का भारी-भरकम गजेटियर का खंड निकाला ।

"इगरिया यहाँ जर्मन भाषी क्षेत्र में है – यह है बोहेमिया । "

"यह जगह कार्लस्बाड से दूर नहीं है । वैसे यह जगह वैलंसटीन की मौत और उनकी कई काँच फैक्ट्रियों और कागज मिलों के कारण मशहूर है । इससे अब तुम क्या अनुमान लगाते हो ?"

उसकी आँखों में एक चमक आ गई थी और उसने अपनी सिगरेट से कामयाबी का एक गहरा नीला धुआँफेंका ।

मैंने कहा, "यह कागज बोहेमिया में बनाया गया है । "

"और यह भी तय है कि जिस व्यक्ति ने यह रुक्का लिखा, वह जर्मन है । क्या तुमने उस खास तरह के वाक्य की रचना पर ध्यान दिया है । एक फ्रांसीसी या रूसी आदमी इस तरह से नहीं लिख सकता है । एक जर्मन ही क्रियापदों के प्रयोग में शिष्टाचार का उपयोग नहीं करता है । अब केवल यह जानना रह जाता है कि वह जर्मन, जिसने उस बोहेमिया के कागज पर लिखा है और अपना चेहरा न दिखाने के लिए नकाब का प्रयोग कर रहा है, वह क्या चाहता है ? अगर मैं गलत नहीं हूँ तो वह यहाँ हमारे सभी शक - शुबहों को दूर करने आएगा । "

जैसे ही उसने अपनी बात खत्म की , घोड़ों के खुरों , पहिए के रुकने और घंटियों के खींचे जाने की एक तेज आवाज आई ।

होम्स ने सीटी की आवाज निकाली और कहा, " आवाज से पता चलता है कि घोड़ों की जोड़ी है । " और फिर खिड़की से बाहर झाँकते हुए बोले, "हाँ , एक छोटी सी बंद घोड़ागाड़ी है और एक जोड़ा सुंदर घोड़े भी हैं । एक की कीमत एक सौ पचास गिन्नी होगी । इस केस में और कुछ हो न हो , पर रकम है, वाटसन! "

"होम्स, मैं सोचता हूँ कि मेरा अब जाना ही बेहतर होगा । "

"बिलकुल नहीं, डॉक्टर! तुम जहाँ हो, वहीं रुके रहो । बिना तुम्हारे जैसे साथी के मैं कुछ भी नहीं हूँ । यह मेरा तुमसे वादा है कि यह केस बहुत ही रोचक होगा । इसे छोड़ना खेद का विषय होगा । "

" पर तुम्हारा मुवक्किल... "

" उसकी चिंता मत करो। मुझे तुम्हारी सहायता चाहिए तो उसे भी चाहिए । अब वह आ रहा है, इसीलिए कुरसी पर बैठ जाओ, डॉक्टर , और इस केस पर अपना पूरा ध्यान दो ।"

सीढियों और गलियारे में भारी और धीमे कदमों की आवाज आ रही थी और वह दरवाजे के ठीक बाहर आकर बंद हो गई । फिर दरवाजे पर एक तेज और अधिकार से भरी थपथपाहट हुई ।

होम्स ने कहा , " अंदर आ जाइए । "

एक आदमी अंदर कमरे में घुसा । उसकी ऊँचाई 6 फीट 6 इंच से कम नहीं थी , उसकी छाती और शरीर के बाकी अंग हरक्युलिस की तरह थे। उसका पहनावा काफी कीमती था, परंतु इंग्लैंड में इसे भद्दी रुचि का ही समझा जाएगा । उसकी बाँहों और सामने के दोहरे कोट तक झालर थी , जबकि कंधे पर गहरे नीले रंग का लबादा पड़ा था , जिसमें आग के रंग की सिल्क की धारियाँ थीं और यह उसकी गरदन पर बँधा हुआ था , जिसमें एक लहसुनिया भी जड़ा था । उसके जूते पिंडलियों तक ऊँचे थे और उनमें ऊपर की ओर एक कीमती भूरा फर भी लगा हुआ था । इस तरह वह पूरा - का -पूरा एक अतिसंपन्न क्रूर व्यक्ति का रूप लिये हुए था । उस आदमी ने अपने हाथों में मोटी चौड़ाईवाला एक टोप ले रखा था , हालाँकि उसे उसने सिर के ऊपरी हिस्से में ही पहना था । उसने अपना नकाब अपनी ठुड्डी तक खींच रखा था, जिसे उसने उसी समय ही ठीक किया, क्योंकि जैसे ही वह कमरे के भीतर घुसा , उसने अपना हाथ इसी काम के लिए ऊपर उठाया था । उसके चेहरे के निचले हिस्से को देखकर ऐसा मालूम पड़ता था कि वह व्यक्ति दृढ़ चरित्र का है, पर उसके मोटे लटकते होंठ और सीधी ठुड्डी से उसके जिद्दी होने का भी पता चलता था ।

उसने जर्मन लहजे में अपनी गरजती आवाज में पूछा, " आपको मेरा संदेश मिला होगा ? मैंने आपको बताया था कि मैं आपसे मिलूँगा। " फिर उसने हम दोनों की ओर इस आशय के साथ देखा कि वह हममें से किसे संबोधित करे ।

होम्स बोले, "कृपया बैठिए । यह हैं डॉ. वाटसन । मेरे साथी और सहयोगी , जो कि अकसर ही मेरे केसों में मेरी सहायता करते हैं । "

"मुझे किससे बात करनी चाहिए ? "

"आप मुझे काउंट वान क्राम कह सकते हैं , मैं बोहेमिया का एक सम्मानित आदमी हूँ । मैं समझता हूँ कि यह व्यक्ति आपका मित्र है और सम्मानित भी है, जिस पर मैं अपने बहुत ही महत्त्वपूर्ण मामले के लिए विश्वास कर सकता हूँ । अगर ऐसा नहीं है, तो मुझे आप से अकेले में ही बात करनी चाहिए । "

मैं जाने के लिए उठा ही था कि होम्स ने मेरी कलाई पकड़ ली , मुझे मेरी कुरसी पर वापस बैठा दिया और कहा, " आप मुझसे जो भी कहना चाहते हैं , इनके सामने कह सकते हैं । "

काउंट ने अपने चौड़े कंधे उचकाए और कहा , " तब मैं शुरू करता हूँ, आप दोनों को दो सालों के लिए पूरी गोपनीयता बरतने के लिए मैं अनुबंधित करता हूँ, क्योंकि इसके बाद इस मामले का कोई महत्त्व नहीं रह जाएगा । इस समय यह कहना भी काफी नहीं है कि इसका महत्त्व इतना है कि यह यूरोपीय इतिहास पर अपना प्रभाव डाल सकेगा । "

होम्स ने कहा , " मैं वादा करता हूँ । "

"और मैं भी । "

हमारे अजनबी आगंतुक ने कहा , " आप मुझे इस नकाब के लिए माफ करेंगे , क्योंकि वह सम्मानित व्यक्ति जिसने मुझे नियुक्त किया है, उसकी इच्छा है कि उसका एजेंट आपसे अपरिचित ही रहे और मैं माफी चाहता हूँ कि मैंने अभी जिस उपाधि से खुद को नवाजा, वह मेरी अपनी नहीं है । "

होम्स ने थोड़े रूखेपन से कहा, " मैं यह जानता था । "

"परिस्थितियाँ बहुत ही नाजुक हैं और इनको सँभालने के लिए एहतियात की जरूरत है, नहीं तो यह बदनामी की एक बड़ी वजह बन सकती है और यूरोप के शासकीय परिवारों में से एक को गंभीर नुकसान पहुँचा सकती है ।

खुलकर कहें तो यह मामला आर्मस्टीन के शाही घराने बोहेमिया के वंशज राजाओं को फँसा रहा है । "

होम्स ने खुद को आरामकुरसी में फँसाते हुए और अपनी आँखें बंद करके फुसफुसाते हुए कहा, " मैं यह भी जानता था । "

हमारे आगंतुक ने आराम से निष्क्रिय पड़े उस व्यक्ति की ओर आश्चर्य से देखा, जिसने खुद को यूरोप के एक अति ऊर्जावान एजेंट और त्वरित तार्किक व्यक्ति के रूप में स्थापित किया था ।

होम्स ने अपनी आँखें धीमे से खोलीं, अपने उस भीमकाय मुवक्किल की तरफ अधीरता से देखा और कहा , " यदि महामहिम अपने इस मामले को बताने की कृपा करें तो मैं आपको बेहतर परामर्श दे पाऊँगा। "

वह आदमी अपनी कुरसी से उछल पड़ा और कमरे में बेचैनी से इधर -उधर टहलने लगा , फिर बेचैनी के भाव के साथ उसने अपना नकाब नोचकर जमीन पर फेंक दिया और चीखकर कहा, " तुम सही कहते हो , मैं ही किंग हूँ ।

अब मुझे इसे छिपाने की क्या जरूरत है? "

होम्स फुसफुसाते हुए बोले, " वाकई , महामहिम ने मुझे नहीं बताया था, पर मैं जानता था कि मैं वेल्हम गागरिश सिगमंड वान आर्मस्टीन , कैसल पेलेस्टीन के महान् इयूक और बोहेमिया के वंशज किंग से बात कर रहा हूँ । "

हमारे विचित्र से आगंतुक ने फिर से कुरसी पर बैठते हुए और अपने ऊँचे सफेद माथे पर हाथ फेरते हुए कहा , " आप समझ ही सकते हैं कि मैं खुद ही इस तरह के काम करने का आदी नहीं हूँ , पर यह मामला इतना नाजुक था कि बिना इसमें खुद को शामिल किए मैं किसी एजेंट को बता नहीं सकता था । मैं आप से परामर्श लेने के लिए छिपकर प्राग से यहाँ आया हूँ । "

होम्स ने फिर अपनी आँखें बंद करते हुए कहा, " तब कृपया परामर्श लीजिए । "

" संक्षेप में कुछ तथ्य इस प्रकार हैं - करीब पाँच साल पहले वारसा की एक लंबी यात्रा के दौरान मेरी मुलाकात एक पहुँची हुई तिकड़मी महिला से हुई थी , उसका नाम एरन एडलर है । इसमें कोई शक नहीं है कि आप भी इस नाम से परिचित होंगे । "

होम्स ने अपनी आँखें मूंदे ही फुसफुसाते हुए कहा , " डॉक्टर, प्लीज जरा इस नाम को मेरी सूची में देखिए । "

इधर कई सालों से होम्स ने लोगों के नामों और उनसे संबंधित चीजों की जानकारियों को एक जगह सूची बनाकर रखने का तरीका अपना लिया था , क्योंकि इसके बिना उन्हें नाम और विषय जानने में मुश्किल होती थी । इस मामले में मैंने उस महिला का जीवन - परिचय ढूँढ़ निकाला, जो हिब्रू के गुरु और स्टाफ कमांडर ( जिन्होंने गहरे समुद्र की मछलियों के बारे में लिखा है ) के बीच थी ।

होम्स ने कहा, " मुझे देखने दो । "

वह सन् 1858 में न्यूजर्सी में पैदा हुई थी । वारसा के इंपीरियल संगीत नाट्य की गायिका और अब सेवानिवृत्त । संभव है, लंदन में ही रह रही हो । जैसा कि मैं समझता हूँ , महामहिम का इस जवान औरत से कभी संबंध था और इस औरत को महामहिम ने कुछ अंतरंग पत्र भी लिखे थे, अब आप उन पत्रों को वापस लेना चाहते हैं । "

"बिलकुल ऐसा ही है, पर कैसे? "

" क्या आपने उससे छुपाकर शादी की थी ? "

" नहीं । "

" कोई कानूनी कागज या प्रमाणपत्र ? "

" नहीं । "

" तब, महामहिम! मैं यह समझ नहीं पा रहा हूँ कि वह महिला जब उन पत्रों को ब्लैकमेल करने या किसी अन्य उद्देश्य के लिए प्रस्तुत करेगी, तब उनकी प्रामाणिकता कैसेसिद्ध करेगी ? "

" मेरी लिखावट से । "

" धोखाधड़ी भी हो सकती है । "

" वे मेरे निजी कागज हैं । "

" चोरी चले गए होंगे । "

"मेरी अपनी मुहर । "

"हूबहू वैसी ही बना ली गई होगी । "

"मेरे फोटोग्राफ । "

"ये भी लिये जा सकते हैं । "

"हम दोनों उस फोटोग्राफ में साथ- साथ थे। "

"ओह ! यही बुरा हुआ । महामहिम, यहाँ आपने वाकई असावधानी बरती है । "

"मैं उस समय पागल था , बिलकुल पागल! "

"क्या इस मामले में आप वाकई गंभीर थे? "

"उस समय मैं राजकुमार ही था और युवक भी , पर अब मैं तीस साल का हूँ । "

"वह चिट्ठियाँ वापस पाई जा सकती थीं । "

"हमने कोशिश की थी , पर हम असफल रहे । "

"महामहिम को इसके लिए धन खर्चा करना पड़ेगा । वे चिट्ठियाँ वापस मिल जानी चाहिए । "

"वह उन्हें बेचेगी नहीं । "

"तब चुरा ली जाएँगी । "

"पाँच बार कोशिश की जा चुकी है । मेरे धन के बल पर दो बार उसके घर में सेंध भी लगाई जा चुकी है । एक बार जब वह यात्रा कर रही थी तो हमने उसका सामान ही दूसरी जगह भिजवा दिया था । दो बार वह बीच रास्ते में ही उतारी जा चुकी है, फिर भी कोई फायदा नहीं हुआ । "

"उनका कोई निशान भी नहीं मिला? "

"बिलकुल नहीं । "

होम्स हँसा और बोला, "यह बहुत ही छोटी सी समस्या है । "

किंग छूटते ही बोल पड़े, " पर यह मेरे लिए बहुत ही गंभीर है। "

" वाकई ! वह उन फोटोग्राफ का क्या करना चाहती है ? "

"मुझे बरबाद करना । "

" पर कैसे ? "

" मैं शादी करनेवाला हूँ । "

" हाँ , मैंने सुना है । "

" वह स्कैंडेनेविया के किंग की दूसरी बेटी है और उसका नाम क्लोटिलडी लोपमैन वान सेक्से मेनिनजेन है । आप उसके परिवार के कड़ेसिद्धांतों के बारे में पता कर सकते हैं । वह खुद भी बहुत ही नाजुक स्वभाव की है । मेरे चरित्र पर शक की छाप ही इस संबंध को खत्म कर देगी । "

" और , एरन एडलर ? "

" वह उन फोटोग्राफ्स को वहाँ भेजने की धमकी दे रही है । और वह इसे कर भी देगी । आप उसे नहीं जानते हैं , वह बहुत ही कठोर स्वभाववाली है । उसकी शक्ल तो बहुत ही खूबसूरत औरत की है, पर मन बहुत ही कठोर आदमी का है । यदि मैं किसी और औरत से शादी करता हूँ तो वह किसी भी हद तक जा सकती है । "

" आपको यकीन है कि उसने इन्हें अभी तक वहाँ नहीं भेजा होगा । "

" मुझे पक्का यकीन है । "

" क्यों ? "

" क्योंकि उसने कहा है कि जिस दिन सगाई की घोषणा होगी, उसी दिन वह इनको भेजेगी और वह दिन अगला सोमवार ही है । "

होम्स ने जम्हाई लेते हुए कहा, " ओह, अभी तीन दिन बाकी हैं । यह बहुत अच्छी बात है, क्योंकि मुझे हाल ही में एक - दो और मामले निपटाने हैं । महामहिम , क्या लंदन में ही रहेंगे? "

"बिलकुल , तुम मुझे वहाँ लैंघम में काउंट वान क्राम के नाम से जान सकते हो । "

"तब मैं आपको वहीं कुछ लिखूंगा, ताकि आपको पता लग सके कि हमने कितनी प्रगति की है । "

"प्लीज जरूर! मैं बहुत ही बेचैन हूँ । "

" और धन? "

" उस पर आपको पूरा अधिकार है । "

" पूरा ? "

" मैं आपको पहले ही बता चुका हूँ कि मैं उन फोटोग्राफ के बदले अपने राज्य का एक प्रांत तक दे सकता हूँ । "

" और मौजूदा खर्च के लिए ? "

किंग ने अपने लबादे के भीतर से साँभर के चमड़े का एक भारी बटुआ निकालकर मेज पर रखते हुए कहा , "इसमें स्वर्ण के रूप में तीन सौ पाउंड्स और नाटों के रूप में सात सौ पाउंड्स हैं । "

होम्स ने अपनी नोटबुक से एक रसीद काटी और उन्हें दे दी ।

होम्स ने पूछा, " मिस का पता ? "

" ब्रॉनी लॉज, सरपेंटाइन एवेन्यू , सेंट जॉन्स वुड । "

होम्स ने इसे लिख लिया और कहा, " एक और प्रश्न , क्या उसका कोई फोटोग्राफ है ? क्या यह कैबिनेट साइज का है ? "

" हाँ । "

" ठीक है, महामहिम, गुड नाइट और मुझे विश्वास है कि हमारे पास आपके लिए एक अच्छी खबर होगी । "

जैसे ही वह घोड़ागाड़ी वापस जाने के लिए मुड़ी, उसने कहा , " गुड नाइट वाटसन! यदि तुम कल दोपहर तीन बजे आओ, तो मैं तुम्हारे साथ इस मामले पर बात करूँगा । "

: 2 :

मैं ठीक तीन बजे बेकर स्ट्रीट पहुँच गया था , पर होम्स अभी तक वापस नहीं लौटा था । मकान मालकिन ने मुझे बताया कि वह सुबह आठ बजे ही घर से निकल गया था । मैं आतिशदान के बगल में उनका इंतजार करने के इरादे से बैठ गया कि उनको देर हो सकती थी । मैं उनकी छानबीन में पहले से ही गंभीरतापूर्वक रुचि ले रहा था , हालाँकि इसमें विशेष गंभीरता या आश्चर्यजनक जैसा कुछ भी नहीं था , साथ- ही - साथ यह दो अपराधों से जुड़ा केस था , जिसे मैं पहले ही नोट कर चुका था, फिर भी इस केस की प्रकृति और इसके मुवक्किल की बड़ी हैसियत अपनी ही तरह की थी । वास्तव में , इस छानबीन की प्रकृति के अलावा जो चीज मेरे साथी के हाथ में थी , वह थी स्थिति पर उनका पूरी तरह से कब्जा और उनके सजग खोजी तर्क, जिन्होंने उनके काम करने के ढंग और अति जटिल रहस्यों को सुलझाने के उनके सूक्ष्म तरीकों को मेरे लिए मजेदार बना दिया था । मैं उसकी पक्की सफलता का इतना आदी था कि उसके असफल होने की संभावना मेरे दिमाग को छू तक नहीं गई थी ।

इस समय शाम के चार बजने ही वाले थे कि कमरे का दरवाजा खुला और शराबी की तरह बाल बिखेरे , गलमुच्छोंवाला उत्तेजित चेहरा लिये और अस्त - व्यस्त कपड़ों में होम्स कमरे में घुसा । अपने साथी के आश्चर्यजनक रूप से रूप बदलने के प्रयोग का अभ्यस्त होने पर भी मुझे अपने यकीन के लिए उसे तीन बार देखना पड़ा कि यह वही है । सहमति से सिर हिलाते हुए वह अपने बेडरूम में घुस गया और पाँच ही मिनट बाद ट्वीड का सूट पहने हुए वह अपने पहलेवाले रूप में बाहर निकल आया । अपने हाथों को जेब में डाले हुए उसने अँगीठी के सामने अपने पैर फैला दिए और फिर कुछ मिनटों तक खुलकर हँसता रहा ।

वह लगभग चीखते हुए बोले , " वाकई! "

हँसते हुए उसका गला रुंध सा गया और फिर वह असहाय होकर कुरसी पर पीछे होकर बैठ गया ।

" क्या बात है ? "

"यह वाकया बहुत ही मजेदार था । मुझे यकीन है कि तुम अंदाज भी नहीं लगा पाओगे कि मेरी सुबह आज कैसी रही और इसे खत्म करने के लिए मैंने क्या किया ?"

"मैं सोच भी नहीं पा रहा हूँ । मेरे खयाल से तुम मिस एडलर की आदतों और उसके घर को देखने गए होंगे । "

"बिलकुल ठीक! पर परिणाम कुछ अजीब सा था । फिर भी मैं तुम्हें बताऊँगा । आज सुबह आठ बजने के कुछ देर बाद ही मैं एक बेकार घुमक्कड़ आदमी का रूप बनाकर घर से निकल गया । वहाँ उन घोड़ेवालों के बीच मेरे लिए उनकी एक सद्भावना और आपसी समानता भी थी । उनमें से एक बन जाओ, तभी तुम्हें जो जानना है, वह तुम जान पाओगे । मैंने जल्दी ही ब्रॉनी लॉज ढूँढ़ निकाला । यह लॉज बिजो विला में है और इसके ठीक पीछे एक बगीचा है, पर यह सामने सड़क पर दो मंजिला बना हुआ है । दरवाजों में ताले लगे हैं , दाहिनी तरफ बैठने के लिए एक बड़ा कमरा है, जिसमें जमीन तक की लंबी खिड़कियाँ बनी हैं और उन्हें खोलने का इंतजाम इस तरह से है कि कोई बच्चा भी इसे खोल सके । वहाँ के कमरे बिलकुल सजे- सजाए हैं । इसके पीछे ऐसा कुछ भी नहीं था , सिवाय इसके कि गलियारे की खिड़की कोच हाउस के ऊपर तक पहुँचे। मैं यहाँ चारों तरफ घूमा और इसकी हर तरह जाँच की , पर मुझे ऐसा कुछ भी नहीं मिला ।

__ मैं तब नीचे सड़क पर आ गया और जैसा कि मुझे अंदाज था , वहाँ गली में एक छोटा सा अस्तबल मिल गया , जिसकी एक दीवार बगीचे से लगी हुई थी ।मैंने साईस से हाथ मिलाया और उसके घोड़ों को सहलाया, फिर दो पेंस व आधे गिलास शैग तंबाकू । मिस एरेन के बारे में जो मैं चाहता था, वे जानकारियाँ मुझे मिल गईं । उसके पड़ोस में रहनेवाले आधे दर्जन लोगों में मेरी बिलकुल ही दिलचस्पी नहीं थी , बल्कि यहाँ से मिला उसका जीवन परिचय सुनने के लिए मैं मजबूर हो गया था । "

मैंने पूछा, "एडलर का क्या हुआ?

"वह औरत वहाँ के सभी आदमियों का घमंड तोड़ चुकी है । वह बला की खूबसूरत है । ऐसा ही उस साईस ने मुझे बताया था । वह औरत अकेली ही रहती है और समारोहों में गाना गाती है । वह हर रोज पाँच बजे शाम को बाहर जाती है और ठीक सात बजे खाना खाने के लिए वापस आ जाती है । सिवाय गाना गाने के वह शायद ही कभी किसी और समय कहीं जाती है । वहाँ सिर्फ एक ही आदमी आता है, पर उनके आपस में संबंध अच्छे

हैं । वह साँवले से रंग का खूबसूरत नौजवान है, वह दिन में एक बार से कम नहीं आता है और कभी- कभी तो दो बार आता है । वह इनर टैंपल का रहनेवाला है और उसका नाम गाडफ्रे नार्टन है । देखा तुमने, कोचवान को विश्वास में लेने का फायदा । वे उसे सर्पेंटाइन के अस्तबल से लेकर दर्जनों बार घर आए और उसके बारे में सभी कुछ जान लिया ।

इन्हें जो भी कहना था , जब मैं सुन चुका तब मैं ब्रॉनी लॉज की तरफ एक बार और घूमने निकल गया और अपनी योजना पर सोचने लगा ।

" इस मामले में गाडफ्रे नार्टन का विशेष महत्त्व है । वह एक वकील है । इस बात से अशुभ संकेत मिलता है । उन दोनों के बीच कैसा रिश्ता था और वहाँ उसके बार - बार आने का क्या मकसद था ? क्या वह उसकी मुवक्किल थी या मित्र या फिर मालकिन थी ? यदि वह उसकी मुवक्किल है, तब मुमकिन है कि उसने वे फोटोग्राफ उसे रखने के लिए दे दिए होंगे । यदि वह मित्र या मालकिन है, तब इसकी संभावना कम ही है । अब प्रश्न यह उठता था कि मैं अपनी शुरुआत ब्रॉनी लॉज से करूँ या अपना ध्यान टैंपल में उस आदमी के चेंबर पर लगाऊँ । यह एक बड़ा ही नाजुक विषय था और इसने मेरी छानबीन के क्षेत्र को भी बढ़ा दिया था । मुझे लग रहा है कि मैं तुम्हें इन विवरणों को सुनाकर ऊबा रहा हूँ , पर मैं तुम्हें अपनी परेशानियाँ बता रहा हूँ, ताकि तुम इस परिस्थिति को समझ सको । "

"मैं तुम्हारी बातों पर पूरा ध्यान दे रहा हूँ । "

" मैं अभी इस मामले को अपने दिमाग में तय ही कर रहा था कि तभी एक घोड़ागाड़ी ब्रॉनी लॉज पर आकर रुकी और उसमें से एक आदमी बाहर कूदा । वह बहुत ही खूबसूरत , गहरे रंग का और पतली मूंछोंवाला ठीक वैसा ही नौजवान था , जैसा कि मैंने सुन रखा था । वह बहुत ही जल्दी में दिखता था, उसने तेज आवाज में कोचवान को ठहरने के लिए कहा और जैसे ही उस महिला ने दरवाजा खोला, वह उसे किनारे हटाकर शीघ्रता, पर सहजता से कमरे में घुस गया । "

" वह कमरे में करीब आधे घंटे तक रहा और मैं बैठक की खिड़कियों से केवल उसकी झलक भर ही देख सका । वह आगे - पीछे चहलकदमी कर रहा था और अपने हाथों को हिलाता हुआ उत्तेजना में बातें कर रहा था , उस औरत को मैं नहीं देख पा रहा था , तभी

अचानक वह कमरे से बाहर निकला और उसमें पहले की अपेक्षा अधिक हड़बड़ी दिख रही थी । जैसे ही वह घोड़ागाड़ी की तरफ बढ़ा , उसने अपनी जेब से सोने की घड़ी निकाली और इसे बहुत ध्यान से देखा तथा चिल्लाकर बोला, " गाड़ी तेजी से हाँको और पहले रीजेंट स्ट्रीट, ग्रास एंड हैन्की ले चलो और फिर इइजवेयर रोड पर सेंट मोनिका चर्च की तरफ चलो । अगर तुम बीस मिनट में पहुँचा दोगे , तो मैं तुम्हें आधी गिन्नी दूंगा । "

"वह दूर चला गया और मैं भौंचक्का खड़ा था कि मुझे उसका पीछा करना चाहिए कि नहीं , तभी एक छोटी घोडागाड़ी गली में आई। घोडागाड़ी के कोचवान के कोट के बटन अभी आध ही लगे थे, उसकी टाई उसके कानों के नीचे थी और घोड़े के साज- सामान के बिल्ले बकसुए से लटक रहे थे। यह अभी रुका भी नहीं था कि वह औरत हॉल के दरवाजे से ही उसे रुकने के लिए चिल्लाई । मैंने उसकी केवल एक ही झलक देखी थी , वह एक खूबसूरत महिला थी , उसका चेहरा ऐसा था कि कोई भी आदमी उस पर मर मिट सकता था ।

"वह चीखती हुई बोली, " सेंट मोनिका चर्च, जॉन । और अगर तुम मुझे वहाँ बीस मिनटों में पहुँचा दोगे तो मैं तुम्हें आधी अशरफी दूंगी । "

"इस मौके को छोड़ना अच्छा नहीं था , वाटसन । मैं अभी यह तय नहीं कर पा रहा था कि उसकी घोड़ागाड़ी के पीछे ही मैं खड़ा हो जाऊँ या इसके पीछे दौड़ पड़ूं । तभी एक दूसरी घोड़ागाड़ी आ गई । कोचवान ने ऐसे अस्त व्यस्त व्यक्ति को ऊपर से नीचे तक दो बार देखा और इससे पहले कि वह मना करता, मैं कूदकर गाड़ी में बैठ गया और फिर कहा," सेंट मोनिका चर्च चलो । अगर तुम बीस मिनट में पहुँचा दोगे तो मैं तुम्हें आधी अशरफी दूंगा । " इस समय बारह बजने में बीस मिनट बाकी थे और जो कुछ हुआ वह सामने ही था ।

"मेरी घोडागाड़ी तेज दौड़ी । मुझे नहीं लगता है कि मैं पहले कभी इतना तेज चला था , पर ये अभी मुझसे आगे थे। जब मैं वहाँ पहुँचा तो वे दोनों घोड़ागाड़ी चर्च के गेट के सामने खड़ी थीं और घोड़ों के मुँह से भाप निकल रही थी । मैंने कोचवान को भाड़ा दिया और तेजी से चर्च के भीतर भागा । वहाँ वे दोनों, जिनका मैंने पीछा किया था और एक पादरी के अलावा कोई नहीं था और ऐसा मालूम पड़ता था कि पादरी उनसे कुछ बहस कर रहा था । वे तीनों चर्च की मेज के सामने खड़े थे । मैं चर्च में लगी सीटों के किनारे

की जगह में चुपचाप खड़ा था । अचानक उन तीनों ने मेरी तरफ देखा और मुझे आश्चर्य तब हुआ, जब गाडफ्रे नार्टन मेरी तरफ दौड़कर आया । "

वह जोर से बोला, "बैंक गॉड! आपने यह अच्छा कर दिया । आओ, आओ । "

मैंने पूछा, "क्या बात है ? "

" आइए- आइए, केवल तीन मिनट ही लगेंगे, नहीं तो यह शादी वैध नहीं कही जाएगी। "

" मुझे चर्च की मेज के पास तक करीब - करीब खींच लिया और जब तक मैं कुछ समझता , मेरे कानों में फुसफुसाहट शुरू हो गई और मेरी गवाही उन चीजों के लिए हुई, जिन्हें मैं जानता तक नहीं था , जिनमें मिस एरेन एडलर और अविवाहित गाडफ्रे नार्टन की वैवाहिक सुरक्षा में सहयोग भी शामिल था । यह सबकुछ अचानक ही हुआ और एक तरफ से वह आदमी मुझे धन्यवाद दे रहा था और दूसरी तरफ वह औरत । जबकि पादरी बीच में खड़ा होकर मुसकरा रहा था । अपने जीवन में इस तरह की हास्यास्पद स्थिति का मैंने कभी सामना नहीं किया था , यह सोचकर अभी भी मुझे हँसी आ जाती है । ऐसा लगता है कि उनकी शादी की अनुमति मिलने में औपचारिकता की कमी रह गई होगी , क्योंकि पादरी ने बिना गवाह के शादी कराने से मना कर दिया था और मेरी सौभाग्यशाली उपस्थिति ने दूल्हे को सड़क पर बेस्टमैन ढूँढने की परेशानी से बचा लिया था । उस दुलहन ने मुझे एक अशरफी दी, जिसे मैं इस अवसर की स्मृति में अपनी घड़ी की चेन में पहननेवाला हूँ । "

मैंने कहा , "यह सबकुछ बहुत ही अप्रत्याशित मामला है । फिर क्या हुआ? "

___ "मैंने देखा कि मेरी योजनाएँ गंभीर रूप से जोखिम में पड़ गई थीं । ऐसा लगा कि वह जोड़ा तुरंत ही वापस जा सकता था और इसीलिए मुझे भी इसी के अनुसार कदम उठाना था । चर्च के गेट पर जब वे अलग हुए और वह आदमी टेंपल की तरफ गया तथा वह औरत अपने घर की तरफ , तब वह औरत उस आदमी से बोली, मैं हमेशा की तरह पाँच बजे पार्क में आ जाऊँगी ।

" मैं और कुछ न सुन सका और फिर वे दोनों अलग - अलग दिशाओं में चले गए । अब मैं अपना इंतजाम करने के लिए चला । "

" कैसा इंतजाम ? "

होम्स ने घंटी बजाते हुए जवाब दिया ,"कुछ ठंडा मीट और एक गिलास बियर हो जाए, मैं इतना व्यस्त था कि मैं खाने के बारे में सोच भी न सका और मेरी आज की शाम के भी व्यस्त रहने की संभावना है । डॉक्टर , मुझे तुम्हारे साथ की जरूरत होगी । "

"मुझे इसमें खुशी होगी । "

"तुम्हें कानून तोड़ना बुरा तो नहीं लगेगा? "

"बिलकुल नहीं । "

"गिरफ्तार होने की संभावना से भी नहीं? "

"अच्छे कारण के लिए ,बिलकुल नहीं । "

"हाँ ,कारण तो बहुत ही अच्छा है । "

"तब तो मैं तुम्हारा ही आदमी हूँ । "

"मुझे यकीन था कि मैं तुम पर भरोसा कर सकता हूँ । "

"मगर ,तुम चाहते क्या हो ? "

"जब मिसेज टर्नर ट्रे लेकर आएँगी, तब मैं तुम्हें बताऊँगा । जैसे ही मकान मालकिन कुछ खाने को लेकर आई ,वह उसकी तरफ भूख से मुड़ते हुए बोले ,"मैं खाते हुए ही बात करूँगा, क्योंकि मेरे पास वक्त नहीं है । इस समय करीब पाँच बज रहे हैं । अगले दो घंटों में ही हमें काम शुरू कर देना है । जैसे ही मिस एडलर या मैडम एडलर सात बजे वापस लौटती हैं ,हमें उनसे ब्रॉनी लॉज पर मुलाकात करनी है । "

"और तब । "

"यह तुम मेरे ऊपर छोड़ दो । जो होनेबाला है उसका इंतजाम मैं पहले से ही कर चुका हूँ । सिर्फ एक ही चीज है ,जिस पर हमें जोर देना है । चाहे जो भी हो, तुम बीच में मत पड़ना । समझ गए न? "

"क्या मुझे तटस्थ बने रहना है ? "

"चाहे जो भी हो , कुछ मत करना । वहाँ कुछ छोटी - मोटी अच्छी न लगनेवाली चीजें भी हो सकती हैं । इनमें शामिल मत होना । मेरे उसके घर में घुसते ही यह खत्म हो जाएँगी । इसके चार या पाँच मिनटों के बाद बैठक कक्ष की खिड़की खुलेगी और तुम्हें उस खुली खिड़की के पास ही मौजूद रहना है । "

"ठीक है । "

"और जब मैं अपना हाथ ऊपर करूँ , तब तुम उस चीज को कमरे में फेंक दोगे , जो मैं तुम्हें फेंकने के लिए दूंगा और उसी समय तुम आग- आग भी चिल्लाना । ठीक से समझ गए न । "

"बिलकुल । "

होम्स ने अपनी जेब से सिगार की तरह की एक लंबी सी चीज निकालते हुए कहा, " यह कोई बहुत खतरनाक चीज नहीं है । यह एक साधारण सा धुएँवाला रॉकेट है और इसके ऊपर अपने आप ही जल जानेवाला ढक्कन लगा हुआ है । तुम्हारा काम इसे छिपाकर अपने पास रखना है । जब तुम आग लगने की आवाज लगाओगे, तब इसमें कई लोग शामिल हो जाएँगे । तब तुम गली के मोड़ पर पहुँच जाना, जहाँ मैं तुमसे दस मिनट के बाद मिल लूँगा । मुझे लगता है कि मैंने सबकुछ स्पष्ट कर दिया है । "

"मुझे खिड़की के पास तटस्थ भाव से खड़े रहकर आपके ऊपर निगाह रखनी है और आपका इशारा मिलते ही इस चीज को खिड़की के भीतर फेंकना है, फिर आग- आग चिल्लाकर गली के मोड़ पर आपका इंतजार करना "बिलकुल ठीक । "

" तब आप मुझ पर पूरी तरह से भरोसा कर सकते हैं । "

"ठीक है, मैं सोचता हूँ कि अब समय आ गया है कि मुझे नई भूमिका की तैयारी कर लेनी चाहिए । "

होम्स अपने बेडरूम में गायब हो गए और जब कुछ मिनटों के बाद बाहर निकले तो वह एक सौम्य, सरल पादरी के रूप में थे। उनका चौड़ा काला टोप, ढीली पतलून , सफेद शर्ट और करुणामयी मुसकराहट के साथ उनकी परोपकारी जिज्ञासा ठीक फादर जॉन हारे की तरह ही लग रही थी । होम्स ने सिर्फ अपना पहनावा ही नहीं बदला, बल्कि उनकी भंगिमा , उनका व्यवहार और उसकी आत्मा भी परिवर्तित सी मालूम पड़ती थी । जब से वे

अपराध विशेषज्ञ बने, तब से मंच ने अपना एक बेहतरीन अभिनेता खो दिया और यहाँ तक कि विज्ञान ने तो अपना एक तर्कशास्त्री भी खो दिया ।

जब हम बेकर स्ट्रीट के लिए चले तब शाम के सवा छह बज रहे थे और अभी एक घंटा पूरा होने में दस मिनट बाकी ही थे कि हम सर्पेंटाइन एवेन्यू पहुँच गए । इस समय धुंधलका हो चुका था और जब हम ब्रॉनी लॉज के सामने आगे- पीछे टहल रहे थे, तब लैंपों की रोशनी जलनी शुरू हो गई थी । हम अभी लॉज में रहनेवाली का इंतजार कर रहे थे । यह घर बिलकुल वैसा ही था जैसा कि मैंने शेरलॉक होम्स के सारगर्भित विवरण से इसकी रूपरेखा खींची थी , परंतु यह इलाका मेरे अनुमान की तुलना में व्यक्तिगत कम लगता था । एक छोटी सी गली होने के बावजूद यहाँ का पास - पड़ोस काफी जीवंत था । गंदे कपड़ों में यहाँ कुछ लोग कोने में खड़े सिगरेट पी रहे थे और हँस रहे थे । कैंची की धार तेज करनेवाला एक आदमी अपने पहिए के साथ वहीं मौजूद था और दो चौकीदार एक नर्स के साथ हँसी-ठट्ठा कर रहे थे। कुछ जवान आदमी अच्छे कपड़े पहने हुए मुँह में सिगार लिये वहाँ मटरगश्ती कर रहे थे ।

जब हम लॉज के सामने चहलकदमी कर रहे थे, तभी होम्स ने कहा , "इस शादी ने मामले को काफी आसान बना दिया है । अब वह फोटोग्राफ दोधारी तलवार बन चुका है । यह मुमकिन है कि वह औरत यह नहीं चाहेगी कि मि . गाडफ्रे नार्टन इन फोटोग्राफ को देखें और ठीक उसी तरह हमारा मुवक्किल भी नहीं चाहता है कि यह उसकी राजकुमारी की आँखों के सामने आए । अब प्रश्न यह है कि हमें यह फोटोग्राफ मिलेगा कहाँ? "

" सचमुच, कहाँ? "

"इस बात की संभावना बहुत ही कम है कि वह औरत फोटो अपने साथ लेकर गई होगी । इनका आकार बड़ा है और औरत के कपड़ों में इनका छुपना नामुमकिन है । वह यह जानती है कि किंग उसे कहीं भी बीच रास्ते में ही रोकने और उसकी तलाशी लेने में सक्षम है । इस तरह के दो प्रयास पहले भी हो चुके थे। तब यह तय है कि वह इन्हें अपने साथ लेकर नहीं चलती है । "

" तब कहाँ? "

"यह उसके बैंकर और उसके वकील के पास हो सकता है । इसमें भी दोहरी संभावना है । मगर मैं इन दोनों के ही खिलाफ सोच रहा हूँ । औरतें स्वभाव से ही गोपनीय होती हैं

और वे अपनी स्वयं की ही गोपनीयता को ही पसंद करती हैं । वह इन्हें किसी और को क्यों देगी ? वह अपने आप पर ही भरोसा करेगी । एक व्यापारी पर इसका कुब क्या अप्रत्यक्ष या राजनीतिक प्रभाव डाला जा सकता है, अत: वह इसे किसी को नहीं बताएगी । इसके साथ ही यह याद रखो कि वह कुछ ही दिनों में इसका इस्तेमाल करने का निश्चय कर चुकी थी । फोटो वहीं होना चाहिए । इसे उसके घर में ही होना चाहिए । "

" मगर इसमें दो बार चोरी की जा चुकी है । "

" हुँह ! उन्हें नहीं मालूम होगा कि कैसे खोजा जाए ? "

" पर तुम कैसे खोजोगे ? "

" मैं नहीं खोलूंगा । "

" तब ? "

" वह मुझे खुद ही दिखाएगी। "

" मगर, वह मना कर देगी । "

" वह ऐसा नहीं कर पाएगी ।मुझे पहियों की आवाज सुनाई पड़ रही है । यह उसी की घोड़ागाड़ी की आवाज है । अब मेरे आदेशों का पालन करना । "

जैसे वह बोला, तभी एक घोड़ागाड़ी के बगलवाली लाइटों की चमक एवेन्यू के मोड़ से झलकी । यह एक छोटी सी घोड़ागाड़ी थी और ठीक लॉज के गेट के सामने आकर रुक गई । जैसे ही गाड़ी रुकी, एक आवारा सा दिखता आदमी एक कॉपर पाने की उम्मीद में तेजी से दरवाजा खोलने आगे आया, पर तभी एक - दूसरे लोफर ने इसी उम्मीद से उसे अपनी कुहनी का धक्का मारकर पीछे की ओर ढकेल दिया । तभी वहाँ दोनों में झगड़ा शुरू हो गया , जिसमें दोनों चौकीदार भी शामिल हो गए । वे लॉज में रहनेवाले आदमी का पक्ष ले रहे थे और कैंची की धार तेज करनेवाला आदमी उतनी की गरममिजाजी से दूसरे पक्ष की ओर था । अब उनमें धक्का -मुक्की शुरू हो गई और वह औरत , जो कि अभी घोड़ागाड़ी से उतरने ही वाली थी, उन झगड़नेवाले गुस्सैल लोगों के बीच फँस गई । वे लोग आपस में एक - दूसरे को जंगलियों की तरह मुक्के और छड़ियों से मार रहे थे। होम्स भीड़ में उस महिला को बचाने के लिए कूद पड़ा, पर जैसे ही वह वहाँ पहुँचा, वह जोर से चीखा और जमीन पर गिर पड़ा, उसके चेहरे से खून बह रहा था । उसके गिरते

ही चौकीदार एक ओर भागे और वहाँ के रहनेवाले दूसरी ओर पर बहुत से भले आदमी जो कि इस झगड़े में शामिल हुए बिना ही इसे मात्र देख रहे थे, वे इस घायल आदमी और उस महिला की सहायता करने के लिए इकट्ठा हो गए । एरेन एडलर, इसे अभी मैं यही पुकारूँगा, तेजी से आगे बढ़ी, हॉल की रोशनी में उसके शरीर की बनावट और भी आकर्षक लग रही थी । उसने गली में इधर -उधर देखा और बोली, "क्या इस बेचारे को चोट लग गई है ?"

कई आवाजें आईं, "यह मर गया है । " तभी एक अन्य बोला, "नहीं , नहीं ! अभी इसमें जान है । इससे पहले कि तुम इसे अस्पताल ले जाओ, यह मर जाएगा । "

एक औरत बोली, "यह बहुत बहादुर आदमी है । अगर यह बीच में नहीं आता तो वे बदमाश उस औरत का बटुआ ले गए होते । वे सब एक गिरोह के हैं और बदमाश भी । देखो, अभी इसकी साँस चल रही है । "

"यह इस तरह से गली में तो नहीं पड़ा रह सकता है, हमें इसे अंदर ले चलना चाहिए ।"

"बिलकुल ठीक है । उसे बैठनेवाले कमरे में ले आओ । वहाँ आरामदेह सोफा भी है । प्लीज, इधर से आइए । "

होम्स अब आराम- आराम से धीरे से ब्रॉनी लॉज में पहुँच गया और उस बैठक - कक्ष में लेट गया , जबकि मैं अभी भी खिड़की के बगल में खड़ा होकर अगली कार्रवाई के लिए उन्हें देख रहा था । लैंप जला दिए गए, पर परदे इसलिए नहीं गिराए गए थे कि मैं होम्स को सोफे पर लेटा हुआ देख सकूँ । मैं नहीं जानता था कि वह जो काम कर रहा था , उसका उन्हें कोई पछतावा था या नहीं , पर यह मैं जानता था कि मुझे अपने जीवन में इतनी शर्म पहले कभी महसूस नहीं हुई थी, क्योंकि मैं उस खूबसूरत महिला के खिलाफ एक साजिश में शामिल हूँ, जबकि वह उस घायल आदमी के लिए कितनी करुणा और गरिमा से उसके ठीक होने का इंतजार कर रही है । किंतु होम्स के साथ सबसे बड़ा विश्वासघात होगा कि उसने मुझे जो काम सौंपा था , उससे मैं अपने आपको पीछे खींच लेता । मैंने अपना दिल कड़ा किया और अपने कपड़ों में छिपाकर रखे हुए उस धुएँवाले रॉकेट को हाथ में ले लिया । मैंने सोचा कि आखिरकार हम उस औरत को चोट नहीं पहुंचा रहे हैं , बल्कि उसे दूसरों को चोट पहुँचाने से रोक भर रहे हैं ।

होम्स अब सोफे पर बैठ गया और मैंने उसके हावभाव देखे, जैसे कि उसे हवा की जरूरत महसूस हो रही थी । एक नौकरानी तेजी से भागी और खिड़कियाँ खोल दीं । ठीक उसी समय मैंने उसका हाथ ऊपर की ओर उठा देखा, जो कि मेरे लिए एक इशारा था और मैंने तुरंत ही वह धुएँवाला रॉकेट खिड़की से अंदर की तरफ उछाल दिया और आग - आग चिल्लाया । अभी मेरी आवाज पूरी तरह से बाहर गूंजी भी नहीं थी कि सभी भले-बुरे आदमियों की भीड़ वहाँ इकट्ठा हो गई और सब साथ मिलकर आग - आग चिल्लाने लगे । धुएँ का एक मोटा बादल कमरे से घुमड़ता हुआ खिड़की से बाहर निकला । मुझे अंदर कुछ भागते लोगों की झलक दिखी, पर तभी अगले ही पल होम्स की सांत्वना देने की आवाज सुनाई पड़ी कि यह झूठी चेतावनी है । लोगों की भीड़ से सरकता हुआ मैं अब अपने अगले पड़ाव गली के मोड़ पर पहुँच गया और दस मिनट के बाद ही मेरे साथी का हाथ अपने हाथों में पाकर मैं खुश था , और हम इस चिल्ल - पौं से दूर हो गए थे। हम कुछ मिनटों तक तेजी से चलते रहे , जब तक कि हम एक शांत गली में नहीं आ गए, जो कि हमें एड्जवेयर रोड की ओर ले जाती थी ।

होम्स बोला, "डॉक्टर! तुमने बहुत ही अच्छा काम किया । इससे बेहतर और कुछ हो भी नहीं सकता था । "

"क्या आपके पास फोटोग्राफ हैं ? "

"मैं जानता हूँ कि वह कहाँ हैं । "

"आपने उनका पता कैसे लगाया ? "

"उसने मुझे दिखा दिया, मैंने तुम्हें कहा था कि वह मुझे दिखाएगी । "

"मैं अभी भी अँधेरे में ही हूँ । "

होम्स ने हँसते हुए कहा , "मैं इसे रहस्य नहीं बनाना चाहता हूँ । यह मामला बिलकुल ही सीधा है । तुमने देखा होगा कि इस गली का हर आदमी इसमें शामिल था । वे सभी इस शाम यह सब करने के लिए पहले से ही तय थे। "

"मैंने इसका अनुमान लगाया था । "

"जब वह कतार जुटी तो मैंने अपने हाथ में गीला लाल पेंट लगा लिया था और मैं तेजी से उनके बीच दौड़ा और फिर जमीन पर गिर पड़ा, मैंने अपने चेहरे को हाथों से ढक लिया और इस तरह दया का पात्र बन गया । वैसे यह चाल काफी पुरानी है । "

"इसे तो मैं समझ ही गया था । "

"तब वे मुझे अंदर कमरे में ले गए । वह मुझे कमरे में ले जाने को मजबूर हो गई थी । इसके अलावा वह कर भी क्या सकती थी ? उनका बैठक - कक्ष ही वह कमरा है, जिस पर मुझे शुबहा था । यह कमरा उसके बेडरूम के पास ही है और इसे ही मैं देखना चाहता था । उन लोगों ने मुझे सोफे पर लिटा दिया, फिर मैंने हवा के लिए हाथ - पैर चलाए और खिड़की खोलना उसकी मजबूरी बन गई , इस तरह तुमको मौका मिल गया। "

"इससे तुम्हें क्या सहायता मिली? "

"यह काम बहुत ही जरूरी था । जब एक औरत देखती है कि उसके घर में आग लग गई है, तब वह तुरंत ही उसी चीज की तरफ भागती है, जिसकी कीमत उसकी निगाह में सबसे अधिक होती है । यह बिलकुल ही आवेग पर काबू पाने जैसी चीज है और मैं कई बार इसका फायदा उठा चुका हूँ । डार्लिंग्टन के बदलेवाले केस में यह मेरे इस्तेमाल की चीज थी और आनर्स्वर्थ कैसल के मामले में भी मैंने इसका इस्तेमाल किया था । एक शादीशुदा औरत अपने बच्चे के पास लपकती है और एक अविवाहित अपने गहने के पास पहुँचेगी । अब यह बिलकुल ही स्पष्ट था कि हमारी आज की महिला के पास उसके लिए इससे कीमती कुछ भी नहीं था, जिसकी हमें भी तलाश थी । वह इसे सुरक्षित करने के लिए भागी । आग लगने की चेतावनी अच्छे ढंग से दी गई थी, वह धुआँ और चिल्लाहट लोहे की तंत्रिकाओं को भी झकझोरने के लिए काफी था । उसने बहुत बेहतर ढंग से इसका जवाब भी दिया था । वह फोटोग्राफ घंटी के ठीक दाहिनी तरफ खिसकनेवाले दरवाजे के पीछे आले में रखे थे। वह वहाँ तुरंत ही पहुँची और जैसे ही उसने इन्हें अभी आधा ही बाहर निकाला था और मैंने इनकी अभी एक झलक ही देखी थी कि तभी मैं चीखा – यह सब झूठा शोर -गुल है, तब उसने उसे वहीं वापस रख दिया और रॉकेट की तरफ देखते हुए कमरे में भागी और तभी से मैंने उसे नहीं देखा है । मैं उठा और माफी माँगते हुए घर से बाहर निकल गया । मैं हिचकिचा रहा था कि मुझे तुरंत फोटोग्राफ हासिल करने का प्रयास करना चाहिए कि नहीं, तभी मैंने देखा कि कोचवान कमरे में आ

गया और मुझे ध्यान से देखने लगा । अब इंतजार करना ही बेहतर था , क्योंकि थोड़ी सी भी जल्दबाजी सबकुछ गड़बड़ कर सकती थी । "

" और अब ? "

" हमारी तलाश करीब -करीब पूरी हो चुकी है । मैं कल ही किंग को बुला लूँगा और तुमको भी , यदि तुम चाहो तो । हम बैठक -कक्ष में उस औरत का इंतजार करने के लिए बैठाए जाएँगे, पर जैसे ही वह वहाँ आएगी, मुमकिन है कि वह वहाँ न तो हमें और न ही उस फोटोग्राफ को पाएगी । महामहिम को इसमें संतोष होगा कि उन्होंने इसे अपने हाथों से ही प्राप्त किया है । "

" उन्हें आप कब बुलाएँगे? "

" सुबह आठ बजे । वह तब तक उठी नहीं होगी और हमारे लिए रास्ता साफ होगा । हमें बहुत ही सचेत रहना चाहिए, क्योंकि उसकी शादी उसकी आदतों और उसके जीवन में काफी परिवर्तन कर देगी । मुझे बिना देर किए ही किंग को तार भेज देना चाहिए । "

हम बेकर स्ट्रीट पहुँच गए और दरवाजे पर रुके , होम्स अपनी जेब में चाभी ढूँढ़ ही रहे थे कि किसी राहगीर की आवाज आई, " गुड नाइट , मिस्टर शेरलॉक होम्स । "

उस समय फुटपाथ पर कई लोग थे, परंतु यह शुभकामना किसी दुबले -पतले युवक की ओर से आई थी, जो कि शायद जल्दी में था ।

होम्स ने गली की धीमी रोशनी में उसे घूरते हुए कहा , " मैं इस आवाज को पहले भी सुन चुका हूँ, पर यह कौन हो सकता है ? "

# : 3 :

उस रात मैं बेकर स्ट्रीट में ही सोया था और जब हम सुबह ब्रेड और कॉफी का नाश्ता कर रहे थे, उसी समय बोहेमिया के किंग हमारे कमरे में धड़धड़ाते हुए घुसे और करीब-करीब चीखती सी आवाज में शेरलॉक होम्स का कंधा पकड़कर उनके चेहरे पर आँखें गड़ाते हुए पूछा, "क्या तुम्हें सचमुच वे फोटोग्राफ मिल गए?"

"अभी नहीं । "

"क्या तुम्हें उनके मिलने की उम्मीद है?"

"मुझे पूरी उम्मीद है । "

"तब चलिए, मैं चलने के लिए बेचैन हूँ । "

"हमें एक घोड़ागाड़ी कर लेनी चाहिए । "

"नहीं , मेरी बग्घी इंतजार कर रही है । "

"तब तो यह और भी आसान हो जाएगा । "

हम सभी एक बार फिर से ब्रॉनी लॉज की तरफ चल पड़े ।

होम्स बोले, "एरेन एडलर की शादी हो चुकी है । "

"शादी! कब ?"

"कल । "

"पर किससे ?"

"एक अंग्रेज वकील से, उसका नाम नार्टन है । "

"पर वह उससे प्यार नहीं करती थी । "

"मुझे उम्मीद है, वह करती है । "

" ऐसी उम्मीद क्यों है ?"

" क्योंकि यह महामहिम के भविष्य के डर को दूर कर देगी । यदि वह औरत अपने पति को प्यार करती है, तब वह महामहिम को नहीं चाहेगी, और जब वह महामहिम को नहीं चाहेगी , तब उसका महामहिम की योजना में दखल देने का कोई इरादा नहीं होगा । "

" यह सच है , मगर फिर भी मेरी इच्छा थी कि वह मेरे ही पास रहती । वह कितनी अच्छी रानी होती ।

" किंग अपनी चुप्पी में तब तक खोया रहा जब तक कि हमने सपैंटाइन एवेन्यू पहुँचकर उसका ध्यान भंग नहीं कर दिया । ब्रॉनी लॉज का दरवाजा खुला हुआ था और एक उम्रदराज औरत सीढियों पर खड़ी थी । जैसे ही हम बग्घी से नीचे उतरे, उसने हमें उपहास की दृष्टि से देखा और बोली, "मेरे खयाल से आप शेरलॉक होम्स हैं । "

मेरे साथी ने उस महिला की ओर एक आश्चर्य और प्रश्नवाचक दृष्टि डालते हुए जवाब दिया, "मैं ही शेरलॉक होम्स हूँ । "

" वाकई! मेरी मालकिन ने मुझे बताया था कि आपके आने की संभावना है । वे आज सुबह 5. 15 बजे अपने पति के साथ ट्रेन से महाद्वीप के लिए चारिंग क्रॉस से जा चुकी हैं । "

होम्स लड़खड़ाते हुए पीछे हटे, खीज और आश्चर्य के साथ उन्होंने कहा, " क्या ?"

" तुम्हारा मतलब है, वह इंग्लैंड से जा चुकी है ?"

" हाँ , और कभी वापस नहीं लौटेगी । "

किंग ने कर्कश आवाज में पूछा, " और वे कागज?"

" वे सब जा चुके हैं । "

होम्स ने नौकरानी को पीछे की ओर धकेलते हुए कहा , " हम देखेंगे । "

मैं और किंग दोनों ही होम्स के पीछे कमरे में पहुँचे । कमरे में चारों ओर फर्नीचर फैले हुए थे, आलमारियाँ और दराजें खुली हुई थीं, ऐसा मालूम पड़ता था कि उस औरत ने वहाँ से जाने की जल्दी में उन्हें छान मारा था । होम्स तेजी से घंटी की तरफ भागे और

खिसकनेवाला शटर तोड़ दिया तथा आले में अपना हाथ घुसेड़ दिया , हाथ जब बाहर निकला तो इसमें एक फोटोग्राफ और साथ में एक पत्र था । फोटोग्राफ एरेन एडलर का ही था और इसमें उसने नाइट ड्रेस पहन रखी थी । इस पत्र के कोने पर शेरलॉक होम्स का नाम लिखा था । मेरे साथी ने उस पत्र को खोला और हम तीनों ने इसे साथ ही पढ़ा । इसमें पिछली रात की ही तारीख थी और इसका मजमून कुछ इस प्रकार था

*मेरे प्यारे शेरलॉक होम्स* !

आपने अपना काम बहुत ही अच्छे ढंग से किया । आपने तो मुझे लपेट ही लिया था । आग लगने की चेतावनी तक मुझे बिलकुल भी अंदाज नहीं लगा , पर तभी मुझे एहसास हुआ कि मुझे धोखा दिया जा रहा है । मुझे महीनों पहले ही आपसे सावधान रहने की चेतावनी मिल चुकी थी । मुझे यह बताया जा चुका था कि अगर किंग किसी एजेंट की सेवाएँ लेगा तब वह निश्चित ही आप ही होंगे । आपका पता भी मुझे दे दिया गया था , फिर भी इन सब के साथ ही मुझे पता चल गया था कि आप क्या चाहते थे। संदेह होने के बाद भी मैं एक बूढ़े दयालु पादरी का बुरा सोच पाने में असमर्थ थी । आप जानते ही हैं कि मुझे एक अभिनेत्री का प्रशिक्षण मिल चुका है और आदमियों के पहनावे मेरे लिए नए नहीं हैं । मैं अकसर इनकी आजादी का फायदा लेती रही हूँ । मैंने अपने कोचवान जॉन को आप पर नजर रखने के लिए भेजा था और जैसे ही आप बाहर निकले, मैं आपके पीछे हो ली ।

मैंने आपके घर तक आपका पीछा किया और मुझे पूरा यकीन हो गया कि मैं ही शेरलॉक होम्स की रुचि का लक्ष्य हूँ । तभी मैंने आपको अविवेकपूर्ण ढंग से गुड नाइट कहा और अपने पति से मिलने टेंपल चली आई ।

हम दोनों ने सोचा कि इतने नाराज आदमी के द्वारा पीछा किए जाने पर भाग जाना ही बेहतर होगा । जब आप कल आएँगे तो आपको घोंसला खाली मिलेगा । जहाँ तक फोटोग्राफ का सवाल है, आपके मुवक्किल निश्चिंत रहें । मैं उनसे अधिक प्यार करनेवाले व्यक्ति से प्यार करती हूँ और वह उनसे बेहतर भी है ।किंग उस व्यक्ति के साथ जो चाहें , कर सकते हैं , जिसने उनके साथ कठोरतापूर्वक कुछ गलत किया है । मैं इन फोटोग्राफ को अपनी सुरक्षा के लिए अपने पास रख रही हूँ ,जो कि मुझे भविष्य में किंग के द्वारा उठाए जानेवाले कदमों से सुरक्षा के हथियार के रूप में मेरे पास रहेंगे । मैं एक फोटोग्राफ छोड़े जा रही हूँ ,जिसे वे अपने पास रख सकते हैं ।

धन्यवाद शेरलॉक होम्स ,

आपकी वाकई सच्ची

*एरेन नार्टन एडलर*

जैसे ही हम तीनों ने उस काव्यपत्र को खत्म किया, किंग जोर से चीखा, "क्या औरत है – ओह , क्या औरत है!

मैंने आपको पहले ही बताया था कि वह कितनी तेज और कितनी कठोर है! क्या उसे एक सम्मानित रानी नहीं बनना चाहिए? क्या यह दु: खद नहीं है कि वह मेरे स्तर की नहीं थी ? "

___होम्स ने ठंडेपन से कहा, "उस औरत में मैंने जो देखा है, वह महामहिम के स्तर से वाकई बहुत ही अलग है ।

मुझे इस बात का दुःख है कि मैं महामहिम के काम को उसकी सुखद परिणति तक नहीं पहुँचा सका । "

किंग जोर से बोले , "नहीं सर , इतने सबके बाद इससे अधिक और कुछ नहीं हो सकता था । मैं जानता हूँ कि वह अपनी बात की पक्की है । वे फोटोग्राफ अब उतने ही सुरक्षित हैं , जितने कि इन्हें आग के हवाले कर दिया जाता । "

"महामहिम की बात सुनकर मैं बहुत खुश हूँ । "

"मैं आपका हमेशा कर्जदार रहूँगा । कृपया मुझे बताइए कि मैं आपको क्या इनाम दे सकता हूँ ? " इतना कहने के साथ ही किंग ने अपनी उँगली से साँप की आकृतिवाली पन्ने की अंगूठी निकाली और अपनी हथेली में लेकर आगे बढ़ाई ।

होम्स ने कहा , "महामहिम के पास देने के लिए ऐसा कुछ है, जिसकी कीमत मेरी दृष्टि में और भी बहुत अधिक है "

"आप उसका नाम लीजिए । "

"वह फोटोग्राफ । "

किंग ने उनकी ओर आश्चर्य से देखा और जोर से कहा, " एरेन का फोटोग्राफ ! हाँ , इसे आप ले सकते हैं । "

" महामहिम को धन्यवाद! अब इस मामले में मुझे और कुछ भी नहीं करना है । मैं आपको गुड मॉर्निंग कहना चाहता हूँ । "

होम्स झुका और किंग के बढ़े हुए हाथ की तरफ देखे बिना ही मुड़ गया, फिर अपने चैंबर में मेरे साथ चला आया ।

यह था बोहेमिया के राज्य को प्रभावित करनेवाला बदनामी का डर, और एक औरत की चतुराई ने किस तरह से शेरलॉक होम्स की योजनाओं को विफल किया था । वह औरतों की चतुराई की प्रशंसा किया करता था , पर इधर हाल ही तक मैंने उसे ऐसा करते नहीं सुना और जब कभी वह एरेन एडलर के बारे में बोलता या उसके फोटोग्राफ का संदर्भ आता, तो वह उसके लिए हमेशा एक सम्मानित शीर्षक का इस्तेमाल करता – वह खास औरत ।

अंतिम प्रश्न हाल ही में लिखने के लिए मैंने बहुत ही बुझे हुए मन से अपनी कलम उठाई है, जिसमें मैंने उन विशेष दिनों को सँजोकर रखा है , जिससे मेरे साथी को प्रतिष्ठा मिली थी । चूँकि मैं इन्हें बहुत ही गहराई से महसूस करता हूँ , इसीलिए यह अस्पष्ट या बिलकुल अपर्याप्त तरीके से भी हो सकती है । मुझे उसके साथ जिस भी तरह के विचित्र अनुभव हुए, मैंने उनको बताने का भरसक प्रयास किया है और स्टडी इन स्कारलेट के मामले में हम कैसे पहले पहल साथ मिले और फिर नेवल ट्रीटी तक उसमें उसके दखल तक साथ रहे । यह एक ऐसा दखल था , जिसका असर एक गंभीर अंतरराष्ट्रीय जटिलता को बचाने के लिए था । मेरी कोशिश इसे रोक देने और इस घटना पर कुछ भी न कहने की थी, क्योंकि इसने मेरे जीवन में एक खालीपन सा ला दिया था और जिसे भरने में दो वर्षों का समय भी कुछ न कर सका । मेरे हाथों के साथ एक तरह की जबरदस्ती की जा रही थी, चूँके हाल ही के पत्रों में कर्नल जेम्स मारिआर्टी ने अपने भाई की स्मृति के बारे में लिखा था और इसीलिए मेरे सामने सिवाय इसके कोई चारा नहीं था कि लोगों के सामने वे तथ्य लाए जाएँ, जो कि वाकई घटित हुए थे। केवल मैं ही इस मामले की पूरी सच्चाई जानता था और मुझे यकीन भी था कि अब वह समय आ चुका है, जबकि इसे छुपाने से कोई फायदा नहीं होगा ।

जहाँ तक मुझे पता है, अखबारों में यह सिर्फ तीन बार ही छपा है; 6 मई, 1891 जर्नल डी जिनेवा, 7 मई को रायटर्स डिस्पैच और अब वे हाल ही के पत्र थे, जिसके बारे में मैं बता चुका हूँ । पहली और दूसरी खबर में तो यह बिलकुल ही संक्षिप्त रूप में थे और अंतिमवाली में, जो कि मैं अब आपको दिखाऊँगा, तथ्यों को पूरी तरह से बिगाड़ दिया गया था । प्रो. मोरिआर्टी और मि. शेरलॉक होम्स के बीच पहली बार जो भी सचमुच घटित हुआ, उन्हें बताने के लिए यह सब मेरे पास मौजूदुहै ।

___मुझे याद है कि मेरी शादी के बाद और मेरी निजी चिकित्सा सेवा की शुरुआत के समय ही मेरे और होम्स के बीच के अति घनिष्ठ संबंधों में कुछ हद तक एक बदलाव सा आ गया था । कभी - कभी जब उसे अपनी छानबीन में मेरे साथ की जरूरत होती थी, तब भी वह मेरे पास आया करता था, पर ऐसे अवसर धीरे - धीरे कम होते चले गए और सन् 1890 तक केवल तीन ही मामले ऐसे थे, जिनका मैं संग्रह कर सका । उस साल के जाड़े के दिनों में और सन् 1891 की बसंत ऋतु की शुरुआत में ही मैंने अखबारों में पढ़ा था कि उसे फ्रांस की सरकार ने किसी महत्त्वपूर्ण मामले में अपने साथ लगा रखा है और इसी बीच होम्स के दो पत्र मुझे नारबोन और नाइम्स से आए थे। इन पत्रों से मुझे पता चला कि वहाँ उसे कुछ अधिक दिनों तक ठहरना पड़ सकता है । 24 अप्रैल को जब मैंने उसे अपने परामर्श- कक्ष में आते हुए देखा तो मुझे थोड़ा आश्चर्य हुआ। मैंने देखा कि वह पहले की तुलना में थोड़ा पीला और दुबला हो गया था ।

मेरे शब्दों के बजाय मेरे देखने के तरीके का जवाब देते हुए उसने कहा, "हाँ, मैं बहुत ही अधिक व्यस्त रहा और हाल ही तक बहुत ही अधिक तनाव में भी रहा । क्या तुम अपने इन दरवाजों को बंद कर दोगे ?"

अब कमरे में रोशनी, टेबल पर रखे केवल उसी लैंप से आ रही थी, जिससे मैं पढ़ा करता था । होम्स दीवाल के किनारे से होते हुए दरवाजों के पास पहुँच गया और फिर उन्हें सावधानी से बंद कर दिया ।

मैंने पूछा, "क्या तुम किसी से डर रहे हो ?"

"हाँ, मैं डर रहा हूँ । "

"किससे ?"

"एयर गन से । "

"इससे तुम्हारा क्या मतलब है, होम्स ?"

" मेरे खयाल से, वाटसन! तुम मुझे अच्छी तरह जानते हो कि मैं घबड़ाने वाला आदमी नहीं हूँ । पर जब खतरा बिलकुल नजदीक हो तब उसे न समझना , साहस के बजाय बेवकूफी है । क्या तुम्हें एक माचिस के लिए मैं तकलीफ दे सकता हूँ ?

उसने सिगरेट का कश ऐसे खींचा जैसे कि उसे बहुत ही आराम मिला हो। वह बोला, " तुम्हें इतनी देर में बुलाने के लिए मैं माफी चाहता हूँ और मैं तुमसे एक बार फिर माफी माँगता हूँ कि तुम मुझे अपने पीछेवाले बगीचे की दीवाल फाँदकर जाने की अनुमति दोगे।"

मैंने पूछा, " पर इनका मतलब क्या है? "

उसने अपना हाथ बाहर निकाला और लैंप की रोशनी में मैंने देखा कि उसकी उँगलियों की दो गाँठे छिली हुई हैं और उनसे खून बह रहा है ।

होम्स ने मुसकराते हुए कहा, " इसमें कोई खास बात नहीं है । अभी भी यह काफी मजबूत है । क्या मिसेज वाटसन अंदर हैं ? "

" वे किसी से मिलने बाहर गई हैं । "

" तो तुम अकेले हो ? "

"बिलकुल । "

" तब तुम्हारे लिए मेरा यह प्रस्ताव है कि तुम एक सप्ताह के लिए मेरे साथ महाद्वीप चलो। "

" कहाँ? "

" कहीं भी । मेरे लिए सभी जगहें एक जैसी हैं । "

इन सब बातों में कुछ विचित्र सा लग रहा था , बिना उद्देश्य छुट्टी मनाना होम्स के स्वभाव में नहीं है, उसका पीला और थका- माँदा चेहरा मुझे बता रहा था कि वे बहुत ही अधिक तनाव में थे। उसने मेरी आँखों में प्रश्न देखे और फिर अपनी उँगलियों के पोरों को आपस में जोड़कर एवं कुहनी अपने घुटनों पर टिकाते हुए सारी स्थिति मुझे बताई ।

वह बोला, " तुमने शायद प्रोफेसर मोरिआर्टी के बारे में नहीं सुना होगा । "

" कभी नहीं सुना । "

वह चीखता हुआ सा बोला, “ यही तो उसकी चालाकी और आश्चर्यजनक बात है । इस आदमी ने लंदन को बरबाद कर रखा है और किसी ने भी उसका नाम नहीं सुना है । यही तो वह चीज है, जिसने उसे अपराध के रिकॉर्ड में शिखर पर पहँचादिया है ।

" वाटसन! मैं तुम्हें बहुत ही गंभीरतापूर्वक बता रहा हूँ कि यदि मैं इस आदमी को हरा दूं या समाज को इससे आजाद करा दूं तो मुझे लगेगा कि मेरा पेशा शीर्ष पर पहुँच गया है और मुझे जीवन की शांति की ओर मुड़ने के लिए तैयार हो जाना चाहिए । हमारे बीच हाल के ही मामलों में , जिसमें स्कैंडेनेविया के शाही परिवार और फ्रेंच रिपब्लिक में जो मेरी सहायता होती रही है, इसने मुझे ऐसी स्थिति में ला दिया है कि मैं बहुत ही आराम से अपनी जिंदगी जारी रख सकता था , जो कि मेरे लिए बहुत ही अनुकूल भी है और जिसमें मैं अपने रासायनिक अनुसंधानों पर अपना ध्यान भी केंद्रित कर सकता था । पर वाटसन, मुझे चैन नहीं था , क्योंकि जब भी मैं सोचता था कि प्रोफेसर मोरिआर्टी जैसा आदमी लंदन की सड़कों पर बिना चुनौती के ही घूम रहा है, तब मैं अपनी कुरसी पर चैन से नहीं बैठ पाता था । "

" उसने ऐसा क्या किया है ? "

" उसका कॅरियर असाधारण था । उसकी पैदाइश अच्छी जगह और शिक्षा-दीक्षा भली प्रकार हुई थी । प्रकृति ने उसे विलक्षण गणितीय प्रतिभा से नवाजा । इक्कीस साल की उम्र में ही उसने बायनामियल सिद्धांत पर एक शोध प्रबंध लिखा, जिसे यूरोप में काफी लोकप्रियता मिली थी । इसी के बल पर उसने हमारे विश्वविद्यालय में गणित के क्षेत्र में अपनी जगह भी बना ली थी और उसके सामने एक शानदार कॅरियर भी था , किंतु इस व्यक्ति में आनुवंशिक रूप से कुछ दुर्गुणों वाली प्रवृत्तियाँ थीं । उसके खून में अपराध की प्रवृत्तियाँ भी दौड़ती थीं, जो कि कम होने के बजाय बढ़ती ही चली गईं और उसकी विलक्षण मानसिक शक्तियों के द्वारा कई गुना खतरनाक हो गईं । विश्वविद्यालय परिसर में उसके खिलाफ कई तरह की अफवाहें फैल गई थी, जिसकी वजह से उसे वहाँ से त्याग पत्र देने के लिए मजबूर कर दिया गया था । वहीं से वह लंदन आ गया और यहाँ उसने सेना के सवारी डिब्बे बनाने का काम शुरू किया। दुनिया उसके बारे में केवल इतना ही जानती है, परंतु मैं जो तुम्हें बता रहा हूँ, वह मैंने खुद ही पता किया है "वाटसन ! जैसा कि तुम्हें पता ही है, लंदन की सबसे बड़ी अपराधियों की दुनिया के बारे में अन्य

कोई उतनी अच्छी तरह से नहीं जानता है, जितना कि मैं जानता हूँ । कई सालों से मैं अपराधियों के पीछे की शक्ति के बारे में जानने का उत्सुक रहा हूँ , इसमें कोई ऐसी संगठित शक्ति है, जो हमेशा कानून के रास्ते में खड़ी हो जाती है और गलत काम करनेवालों की ढाल बनती है । कई तरह के मामलों, जैसे धोखाधड़ी, लूट और हत्या आदि में मैंने बार बार इस ताकत की मौजूदगी को महसूस किया है और उन बहुत से बिना सुलझे अपराधों में , जिनमें मेरा परामर्श भी नहीं लिया गया था , मैंने इनके काम को भी जाना है । कई वर्षों से मेरी कोशिश उस परदे को उठाने की रही है , जिसने इसे ढक रखा था और अंत में वह समय आ ही गया, जब मैंने वह सूत्र पकड़ उसका पीछा किया, जब तक कि वह मुझे उन हजारों मक्कार घुमावदार रास्तों से होता हुआ उस नामी भूतपूर्व गणित के प्रोफेसर मोरिआर्टी की ओर न ले आया ।

"वाटसन ! वह अपराध का नेपोलियन है । वह इस बड़े शहर के आधे गलत कामों और करीब सभी बिना सुलझे अपराधों का संगठनकर्ता है । वह बहुत ही बुद्धिमान् , दार्शनिक और अद्भुत सोचवाला व्यक्ति है । उसके पास अव्वल दरजे का दिमाग है । वह एक मकड़े की तरह जाले के बीच में स्थिर होकर बैठता है, उस जाले में हजारों तार होते हैं, पर वह उनके हर कंपन को अच्छी तरह पहचानता है । वह ऐसे काम स्वयं बहुत ही कम करता है, वह केवल योजनाएँ बनाता है । उसके अनेक एजेंट हैं और जो बहुत ही अच्छे ढंग से संगठित हैं । यदि कोई अपराध या जाना है या एक कागज गायब करना है, गोली चलानी है या आदमी गायब करना है, तब प्रोफेसर को सिर्फ कहा जाएगा और सारा मामला तय होगा , और फिर इसे पूरा किया जाएगा । वह एजेंट पकड़ा भी जा सकता है । इस स्थिति में उसके बचाव या उसकी जमानत के लिए धन का इंतजाम हो जाता है, पर उस एजेंट का इस्तेमाल करनेवाली केंद्रीय ताकत कभी नहीं पकड़ी जाती , उस पर संदेह भी नहीं होता है । वाटसन , यही वह संगठन है , जिसका मैंने पता लगाया है और जिसको तोड़ने और पर्दाफाश करने के लिए मैंने अपनी पूरी ताकत लगा दी है ।

"प्रोफेसर ने इतनी चालाकी से अपनी सुरक्षा के उपाय कर रखे थे कि मैं जो भी करूँ , ऐसे सबूतों का मिलना असंभव लगता था , जिससे उसे कानून के कठघरे में लाया जा सके । वाटसन, तुम्हें मेरी ताकत का पता है, फिर भी तीन महीने बाद मैं यह मानने के लिए मजबूर हुआ कि मुझे एक ऐसा प्रतिद्वंद्वी मिल ही गया, जो कि बुद्धिमानी में मेरे ही बराबर है । उसकी काबिलियत की प्रशंसा में उसके अपराधों के प्रति मेरा डर गायब हो गया था । अंत में उसने एक यात्रा की , केवल एक छोटी सी यात्रा, मगर जितनी वह

कर सकता था , उससे यह अधिक ही थी , क्योंकि मैं उसके बहुत ही पास तक पहुँच चुका था । मेरे पास मौका था और उसी जगह से मैंने उसके चारों तरफ अपना जाल बुनना शुरू कर दिया , और यह तबतक जारी रहा जबतक कि वह इसके काफी नजदीक न आ गया । तीन दिनों में ही , यानी अगले सोमवार को यह मामला बिलकुल पक जाएगा और प्रोफेसर अपने गिरोह के सभी प्रमुख साथियों के साथ पुलिस की गिरफ्त में होगा । तब इस शताब्दी का सबसे बड़ा फौजदारी का मुकदमा सामने आएगा , जिसमें चालीस से अधिक रहस्यों का पर्दाफाश होगा । किंतु तुम जानते ही हो, यदि हम समय से पहले कुछ करेंगे तो उन सभी की रस्सी अंतिम समय में भी हाथ से छूट सकती है ।

"यदि मैं इस काम को प्रोफेसर मारिआर्टी की जानकारी के बिना ही कर सकता तो यह बहुत ही अच्छा होता , पर वह बहुत ही मक्कार है । मैंने उसके चारों तरफ जो भी मेहनत की है, उसने हर कदम पर निगाह रखी थी । अकसर ही जब मैं उसे रोकनेवाला होता था , तभी वह बार - बार बच निकल जाता था । मेरे दोस्त, मैं तुमसे कहता हूँ कि यदि इस शांत प्रतियोगिता को विस्तार से लिखा जा सकता, तब प्रहार और बचाव के रूप की सुरागसानी के इतिहास में इसका एक अति महत्त्वपूर्ण स्थान होता । मैं ऐसे स्तर पर पहले कभी नहीं पहुँचा और कभी भी मैं अपने विरोधी के द्वारा इतना परेशान नहीं किया गया । उसने मुझे चोट पहुँचाई और फिर भी मैंने उसे कम आँका । आज सुबह उसने अंतिम कदम उठाया गया और जबकि इस काम को पूरा होने में केवल तीन दिन ही बाकी थे। मैं अपने कमरे में बैठा हुआ इस मामले पर सोच ही रहा था कि तभी दरवाजा खुला और प्रोफेसर मोरिआर्टी मेरे सामने खड़ा था ।

"वाटसन! मुझे किसी भी तरह की घबराहट नहीं थी, पर मैं यह मानता हूँ कि जब मैंने उस आदमी को देखा, जो कि हमेशा से मेरे दिमाग में रहा, वह आज मेरी चौखट पर खड़ा है । उसकी मौजूदगी मेरे लिए काफी परिचित सी थी । वह बहुत ही अधिक लंबा और दुबला था । उसका सफेद माथा आगे की ओर उभरा हुआ और आँखें फँसी हुई थीं । उसकी शक्ल बिना दाढ़ी - मूंछ की पीली और एशिया के लोगों की तरह ही थी । उसका चेहरा -मोहरा एक प्रोफेसर की तरह लगता था । बहुत अधिक पढ़ने की वजह से उसके कंधे कुछ गोल से हो गए थे और चेहरा आगे की तरफ निकला हुआ था । वह अपना सिर दाएँ -बाएँ साँप की तरह हिला रहा था । उसने अपनी सिकुड़ी हुई आँखों से मुझे बहुत ही जिज्ञासा से देखा और बोला, मैंने जितनी उम्मीद की थी , तुम उससे कम दिखते

हो । आदमी का अपने ड्रेसिंग गाउन में एक भरी हुई पिस्तौल पर उँगली रखना खतरनाक आदत है ।

"वास्तविकता यह थी कि उसके घुसते ही मैंने तुरंत अपने ऊपर एक खतरा भाँप लिया था । उसके बचाव का सिर्फ यही एक तरीका बचा था कि मेरी जबान बंद हो जाती । तभी तुरंत ही मैंने दराज से रिवॉल्वर निकालकर अपनी जेब में रख ली थी और इसे कपड़ों के भीतर ही उसके लिए तैयार रखा था । उसके इस तरह से कहने पर मैंने वह हथियार बाहर निकाल लिया और मेज पर रख दिया । वह अभी भी मुसकरा रहा था , फिर उसने अपनी पलकें झपकाई । मैं इस बात से बहुत खुश था कि वह मेरे सामने मौजूद है । "

उसने कहा, " तुम प्रत्यक्ष रूप से मुझे नहीं जानते । "

मैंने जवाब दिया, "मुझे लगता है कि मैं जानता हूँ । प्लीज बैठ जाइए । यदि आप कुछ कहना चाहते हैं तो मैं आपको पाँच मिनट का समय दे सकता हूँ । "

उसने कहा, "मुझे जो कुछ भी कहना है, वह पहले ही तुम्हारे दिमाग में जा चुका है । "

मैंने जवाब दिया , " तब मुमकिन है कि मेरा जवाब भी तुम्हारे पास होगा । "

" तुम बहुत तेज हो । "

"बिलकुल । "

" उसने अपना हाथ अपनी जेब में जैसे ही डाला, मैंने मेज से पिस्तौल उठा ली , पर उसने केवल अपनी एक छोटी सी नोटबुक निकाली, जिसमें उसने कुछ तारीखें लिख रखी थीं ।

" वह बोला, " तुम चार जनवरी को मेरे रास्ते में रोड़ा बने थे । तेईस तारीख को तुमने मेरे लिए परेशानी खड़ी की थी और मार्च के अंत में मेरी योजनाएँ पूरी तरह से बरबाद कर दी थीं । अब अप्रैल की समाप्ति पर मुझे तुम्हारे लगातार उत्पीड़न से अपनी आजादी खो जाने का डर है । यह स्थिति अब बिलकुल नामुमकिन सी हो गई है । "

मैंने पूछा, " क्या आपको कुछ और मशविरा देना है ? "

उसने अपना सिर दाएँ - बाएँ हिलाते हुए कहा, " मि . होम्स , तुम्हें यह काम छोड़ना होगा । सचमुझ, छोड़ देना पड़ेगा । "

मैंने कहा, " सोमवार के बाद । "

वह बोला, "मुझे पूरा यकीन है कि तुम्हारी काबिलियत का व्यक्ति इस मामले का एक परिणाम जरूर देखेगा । अतः तुम अपना हाथ खींच लो । तुमने अपना काम इस ढंग से किया है कि हमारे पास अब केवल एक ही स्रोत बचा है । तुमने इस मामले को जिस ढंग से जकड़ा है, इसे देखना मेरे लिए एक बुद्धिमानीवाला आनंद रहा है । मैं कहता हूँ कि इसके लिए किसी भी हद तक जाने के लिए मुझे मजबूर होना मेरे लिए दुः ख की बात होगी । तुम मुसकरा रहे हो , पर मैं तुमको यकीन दिलाता हूँ कि ऐसा ही होगा । "
मैंने कहा, " खतरा मेरे काम का हिस्सा है । "

वह बोला, " यह खतरा नहीं है । यह कभी न रुकनेवाली बरबादी है । तुम एक व्यक्ति के नहीं, बल्कि एक मजबूत संगठन के खिलाफ खड़े हो । तुम अपनी सारी चतुराई के साथ भी इसे समझने में असमर्थ हो । मि . होम्स , तुम्हें इस चीज को साफ - साफ समझ लेना चाहिए, नहीं तो तुम कुचल दिए जाओगे । "

__मैंने उठते हुए कहा, "ऐसा लगता है कि इस बातचीत की मौज में मैं अपने कुछ उन जरूरी कामों की अनदेखी कर रहा हूँ जो कि मेरा कहीं और इंतजार कर रहे हैं । "

वह भी उठा और शांति से मुझे देखते हुए उदासी से उसने अपना सिर हिलाया और अंत में बोला, " ठीक है । यह दुःखद है, पर मैं जो कर सकता था, मैंने किया । मैं तुम्हारी हर चाल को समझता हूँ । तुम सोमवार से पहले कुछ नहीं कर सकते हो । मि. होम्स , यह मेरे और तुम्हारे बीच का द्वंद्व-युद्ध है । तुम्हें उम्मीद है कि तुम मुझे कठघरे में खड़ा कर दोगे ? मैं तुम्हें बता देता हूँ कि मैं कभी कठघरे में नहीं खड़ा होऊँगा । तुम मुझे हराने की हिम्मत रखते हो ।

मैं कहता हूँ कि तुम मुझे कभी नहीं हरा पाओगे । यदि तुम मुझे बरबाद करने की सूझ रखते हो तो इसके लिए निश्चिंत रहो कि मैं भी तुम्हें उतना ही बरबाद कर दूंगा । "

मैंने कहा , " मि . मोरिआर्टी! तुम मुझे काफी बधाइयाँ दे चुके हो । मुझे भी इसके एवज में एक तो दे लेने दो ।

अगर मैं पहलीवाली संभावना के लिए सुनिश्चित कर दिया गया हूँ , तब भी लोगों के हित में बादवाली संभावना को खुशी से स्वीकार कर लूँगा । "

वह गुर्राते हुए बोला, "मैं तुम्हें एक का तो वादा कर सकता हूँ, पर दूसरी का नहीं । "

इतना कहकर वह मझे देखता हआ कमरे से बाहर चला गया ।

" प्रोफेसर मोरिआर्टी के साथ यही मेरा साक्षात्कार था । मैं यह मानता हूँ कि इसने मेरे दिमाग पर एक बुरा असर डाला था । उसके संक्षिप्त भाषण ने गंभीरता की वजह पैदा कर दी थी , जो कि केवल एक गुंडे से नहीं पैदा हो सकती थी । तुम यह कह सकते हो कि मैंने उसके खिलाफ पुलिस से सुरक्षा क्यों नहीं माँगी? "

इसका कारण यह था और मुझे पक्का यकीन था कि उसके एजेंट ही मुझ पर हमला करेंगे । यदि ऐसा होता है तो मेरे पास इसके बेहद पक्के सबूत हैं ।

"आप पर पहले भी हमला हो चुका है क्या ? "

"प्रिय वाटसन , प्रोफेसर मोरिआर्टी वह आदमी नहीं है जो अपने पैरों के नीचे घास उगने दे। मैं दोपहर में किसी काम से ऑक्सफोर्ड स्ट्रीट गया था । जैसे ही मैं उस मोड़ पर पहुँचा, जहाँ एक रास्ता बैंटिक स्ट्रीट की तरफ जाता है, तभी एक दो घोड़ोंवाली गाड़ी तेजी से सनसनाती हुई मेरे ऊपर चढ़ दौड़ी । मैं तुरंत ही उछलकर फुटपाथ पर हो गया और मैंने खुद को इससे बचा लिया । यह सब कुछ ही पलों में घटित हुआ । वह गाड़ी मेरीबोन लेन की तरफ निकल गई और फिर तुरंत ही गायब हो गई । वाटसन, इसके बाद मैं सड़क के किनारे खडंजे पर खड़ा था और जैसे ही मैं चला कि तभी किसी मकान की छत से एक ईंट नीचे की तरफ आई और मेरे पैरों के पास टकराकर टुकड़े टुकड़े हो गई । मैंने पुलिस को बुलाया और उस जगह की छानबीन कराई , पर वहाँ पर कुछ पत्थर और ईंट छत की मरम्मत के लिए पहले से ही रखे गए थे। मुझे विश्वास दिलाया गया कि शायद उनमें से कोई एक ईंट हवा से गिर पड़ी । यह जरूर है कि मैं इस बात को बेहतर तरीके से जानता था , पर मैं कुछ भी साबित नहीं कर सकता था ।

इसके बाद मैं एक घोड़ागाड़ी से अपने भाई के पास पॉलमॉल चला आया और वहाँ मैंने अपना दिन बिताया । अब मैं तुम्हारे पास आया हूँ और आते समय रास्ते में एक गुंडे ने मुझ पर एक गदा जैसी चीज से हमला किया । मैंने उसे जमीन पर गिरा दिया और पुलिस ने उसे अपनी हिरासत में ले लिया है । किंतु मैं तुम्हें पूरे विश्वास के साथ कहता हूँ कि उस आदमी, जिसके सामने के दाँत से मेरी उँगलियों की गाँठे छिल गई हैं , और उस सेवानिवृत्त गणित के शिक्षक, जो कि संभवत: दस मील दूर किसी ब्लैकबोर्ड पर प्रश्न

हल कर रहा होगा , के बीच कोई संबंध नहीं पाया जा सकेगा । वाटसन, तुम्हें आश्चर्य नहीं हुआ कि तुम्हारे कमरे में घुसते ही मेरा पहला काम तुम्हारे दरवाजों को बंद करना ही था और सामने के दरवाजे के बजाय कम संदेहवाली जगह से बाहर निकलने के बारे में तुमसे पूछे जाने के लिए मैं विवश कर दिया गया था । "

___मैंने अकसर अपने साथी के साहस की प्रशंसा की थी , परंतु इस बार के जितनी कभी नहीं और जिस तरह से उसने शांतिपूर्वक घटनाएँ बताई एवं जिन्हें आपस में जोड़ते ही यह एक डरावना दिन बन गया था ।

मैंने कहा, " तुम रात यहाँ गुजारोगे ?

" नहीं , मेरे दोस्त, मैं तुम्हारे लिए कोई खतरा नहीं बनना चाहता हूँ । मेरे पास मेरी योजनाएँ हैं और जल्दी ही सबकुछ ठीक हो जाएगा । अब तक सबकुछ तय हो चुका है और जहाँ तक गिरफ्तारी का प्रश्न है, इसमें उन्हें मेरी सहायता की जरूरत नहीं होगी, हालाँकि दोष साबित करने के लिए मेरी मौजूदगी जरूरी है । इसीलिए इससे बेहतर और कुछ भी नहीं हो सकता है कि मैं कुछ दिनों के लिए गायब हो जाऊँ । इससे पुलिस को अपना काम करने में आसानी होगी और मेरे लिए एक खुशी की बात होगी कि तुम मेरे साथ महाद्वीप चलो । "

मैंने कहा, “ मेरी प्रैक्टिस इस समय धीमी है और मेरा पड़ोसी भी सहयोग करनेवाला व्यक्ति है । मुझे तुम्हारे साथ चलने में खुशी होगी । "

" तब कल सुबह शुरू करते हैं । "

" बहुत जरूरी है क्या ? "

" हाँ , बहुत ही जरूरी है । ये तुम्हारे निर्देश हैं , प्रिय वाटसन! मेरी तुमसे विनती है कि तुम अक्षरशः उनका पालन करोगे, क्योंकि तुम यूरोप के सबसे शक्तिशाली और चालाक अपराधी संगठन के खिलाफ मेरे साथ दोनों हाथोंवाला खेल - खेल रहे हो ।

___अब सुनो ! तुम अपना जो भी सामान ले जानेवाले हो , उसे तुम आज रात बिना पता लिखे ही अपने एक विश्वसनीय आदमी के साथ विक्टोरिया भेज दोगे । सुबह तुम अपने आदमी को यह कहते हुए एक घोड़ागाड़ी लाने के लिए भेजोगे कि वह वहाँ मौजूद पहली और दूसरीवाली गाड़ी को नहीं लेगा । इस घोड़ागाड़ी से तुम लाथर एक्रेड के स्टैंड की ओर

चलोगे और कोचवान को कागज के टुकड़े पर पता लिखकर दे दोगे , साथ ही उसे यह भी बता देना कि वह इसे कहीं फेंके नहीं । अपना किराया तैयार रखना और जैसे ही तुम्हारी गाड़ी रुके , तुम एक्रेड से भागकर दूसरी तरफ ठीक सवा नौ बजे पहुँच जाना । वहाँ तुम्हें एक घोड़ेवाली छोटी गाड़ी इंतजार करती मिलेगी , जिसे एक काली शाल ओढ़े हुए आदमी चला रहा होगा । तुम इसमें घुस जाना और कॉण्टीनेंटल एक्सप्रेस के लिए ठीक समय विक्टोरिया पहुँच जाओगे । "

" मैं वहाँ तुमसे कहाँ मिलूँगा? "

" ठीक स्टेशन पर। सामनेवाला प्रथम श्रेणी का दूसरा डिब्बा हमारे लिए आरक्षित होगा ।"

" वह बोगी ही हमारी मुलाकात की जगह है । "

" ठीक है । "

अब होम्स से शाम को रुकने के लिए पूछना बेकार था । मेरे लिए उसका यह सोचना स्पष्ट हो गया था कि वह जिस छत के नीचे था , उसके लिए वह परेशानी बन सकता था और इसी उद्देश्य ने उसे चले जाने के लिए बाध्य किया था । कल की अपनी योजना के अनुसार वह जल्दी- जल्दी कुछ शब्द बुदबुदाते हुए मेरे साथ बगीचेमें आया और फिर उस दीवाल पर चढ़कर दूसरी तरफ रास्ते पर कूद गया, जो कि सीधा मोर्टीमर स्ट्रीट की तरफ जाता था ।

उसने घोड़ागाड़ी के लिए एक सीटी की आवाज निकाली और फिर उसी से मैंने उसे जाते हुए सुना ।

सुबह मैंने होम्स के निर्देशों का पालन किया । एक घोड़ागाड़ी इतनी सावधानी से यह बचाते हुए ली गई कि यह हमारे लिए ही तैयार की गई थी । नाश्ते के बाद मैं तुरंत ही लोअर एक्रेड की तरफ चल दिया, जहाँ से मैं अपनी पूरी तेजी से भागा । अब मेरे सामने एक छोटी सी एक घोड़ेवाली गाड़ी खड़ी थी, जिसके कोचवान ने काली शॉल लपेट रखी थी । जैसे ही मैं इसमें बैठा , इसने अपना चाबुक घोड़े पर लहराया और तेजी से विक्टोरिया स्टेशन की तरफ भागा । मेरे उतरते ही उसने अपनी गाड़ी वापस मोड़ ली और बिना मेरी तरफ देखे ही तुरंत तेजी से वापस चल दिया ।

यह सबकुछ बहुत ही अच्छे ढंग से हुआ । मेरा सामान मेरा इंतजार कर रहा था और होम्स की बताई जगह को खोजने में मुझे कोई परेशानी नहीं हुई । ऐसा इसलिए भी हुआ, क्योंकि ट्रेन में केवल यही जगह थी , जिस पर आरक्षित लिखा था । अब मेरी केवल एक ही बेचैनी थी कि होम्स वहाँ नहीं थे । स्टेशन की घड़ी बता रही थी कि हमारी यात्रा की शुरुआत में सिर्फ सात ही मिनट बचे थे। यात्रियों के समूहों और उन्हें विदा करनेवालों में मैंने उन्हें ढूँढा , पर यह सब व्यर्थ था , क्योंकि मुझे उनमें अपने साथी का कोई निशान नहीं मिला । मैंने अपना कुछ समय इटली के एक बुजुर्ग पादरी की सहायता करने में बिताया, जो कि कुली को अपनी टूटी - फूटी अंग्रेजी में यह बताने की कोशिश कर रहा था कि उसका सामान पेरिस के लिए बुक होना था । फिर एक बार और चारों तरफ देखते हुए मैं वापस अपनी बोगी की तरफ लौट आया, जहाँ मुझे वही कुली मिला और उसने टिकट के बदले वही जीर्ण- शीर्ण पादरी साथी के रूप में दे दिया । उसे यह बताना मेरे लिए बेकार था कि उसकी मौजूदगी मेरे लिए अनधिकार घुसपैठ है, क्योंकि मेरा इटली भाषा का ज्ञान उसकी अंग्रेजी से भी कम था , इसीलिए मैंने अपने कंधे अस्वीकृति में उचका दिए और बेचैनी से अपने साथी के लिए इधर - उधर देखने लगा । जैसे ही मैंने सोचा कि उसकी गैर - मौजूदगी का मतलब यह हो सकता था कि उस रात उस पर कोई घातक हमला हुआ होगा, डर की एक सिहरन सी मुझमें दौड़ गई । ट्रेन के दरवाजे पहले ही बंद हो चुके थे और जब सीटी बजी , तभी एक आवाज आई, "प्रिय वाटसन! तुमने मुझे गुड मॉर्निंग कहने की भी जहमत नहीं उठाई । "

मैं आश्चर्यचकित होकर मुड़ा । उस बुजुर्ग पादरी ने अपना चेहरा मेरी ओर घुमाया । अगले ही पल उसकी झुर्रियाँ सीधी हो गईं , नाक ठुड्डी से हट गई और नीचे के होंठों का आगे की ओर निकलना व मुँह का बुदबुदाना खत्म हो गया । उसकी उदास सी आँखों में एक चमक आ गई और उसका झुका हुआ शरीर तन गया । अब वह पुराना ढाँचा गायब हो चुका था और उसकी जगह होम्स ने ले ली थी ।

मैं चीख पड़ा, " हे भगवान् ! तुमने मुझे कितना चौंका दिया । "

वह फुसफुसाते हुए बोला, " अभी भी सुरक्षा जरूरी है । मुझे पता था कि वे मेरा पीछा करेंगे । ओह, वहाँ मोरिआर्टी खुद भी मौजूद है । "

जैसे ही होम्स ने इतना कहा , ट्रेन चल पड़ी । पीछे की तरफ जब मैंने देखा तो वहाँ एक लंबा आदमी भीड़ को धक्का देते हुए आगे बढ़ रहा था और अपने हाथ इस तरह से हिला रहा रहा था कि जैसे वह ट्रेन रोकना चाहता हो ।

अब बहुत देर हो चुकी थी । ट्रेन ने अपनी गति पकड़ ली और थोड़ी ही देर में स्टेशन को पीछे छोड़ दिया ।

होम्स ने हँसते हुए कहा, "अपने सारे सुरक्षा के उपायों के चलते हम बाल - बाल बचकर निकल आए । " वह उठ खड़ा हुआ और खुद को छुपानेवाले अपने उस काले चोगे तथा हैट को उतारकर हैंडबैग में रख दिया ।

"वाटसन ! क्या तुमने आज सुबह का अखबार पढ़ा है ? "

"नहीं । "

"तब , तुम्हें बेकर स्ट्रीट के बारे में भी नहीं पता होगा । "

"बेकर स्ट्रीट ? "

"उन्होंने पिछली रात को हमारे कमरों में आग लगा दी थी । इसमें कुछ अधिक नुकसान नहीं हुआ । "

"होम्स! यह तो बरदाश्त के बाहर है । "

"जब उनका वह गदावाला आदमी गिरफ्तार हुआ, तभी वे मुझे ढूँढ़ने में भटक गए । इसीलिए वे अंदाज नहीं लगा सके कि मैं वापस अपने कमरे में आ गया हूँ । उन्होंने तुम पर भी अपनी निगाह रखी थी और इसीलिए मारिआर्टी विक्टोरिया तक पहुँच गया था । तुमने आने में कोई गलती तो नहीं की थी ? "

"मैंने ठीक वही किया जो आपने कहा था । "

"क्या तुम्हें वह घोड़ागाड़ी मिली थी ? "

"हाँ , वह मेरा इंतजार कर रही थी । "

"क्या तुमने कोचवान को पहचान लिया था ? "

" नहीं । "

" वह मेरा भाई माइक्राफ्ट था । ऐसे मामलों में बिना तुमको बताए बिना स्वार्थ के ही उससे लाभ मिल जाता है ।

ऐसे नाजुक मौकों पर किसी भाड़े के आदमी को अपने विश्वास में नहीं ले सकते । परंतु अब हमें मोरिआर्टी के लिए जो करना है, उसकी योजना बनानी है । "

" यह एक एक्सप्रेस ट्रेन है और एक नाव इसका पीछा भी करेगी, तो मुझे लगता है हम इससे बहुत ही सुरक्षित ढंग से बच निकले हैं । "

प्रिय वाटसन! तुमने मेरी बात का सही अंदाज नहीं लगाया है कि यह आदमी मेरे ही बौद्धिक स्तर का है । तुम सोच नहीं सकते हो कि यदि मैं पीछा करनेवाला होता तो क्या मैं खुद को इतने हलके अवरोध से रोक देने देता । तब तुम उसके बारे में इतना कम क्यों सोचते हो ? "

" वह क्या करेगा ? "

" मुझे क्या करना चाहिए ? "

" तुम क्या करोगे? "

" दूसरी गाड़ी बदल लो । "

" पर वह लेट हो सकती है । "

" कोई फर्क नहीं पड़ता है । यह ट्रेन कैंटरबरी पर रुकती है और वहाँ बोट के आने में कम- से- कम पंद्रह मिनट की देर होती है । वह हमें वहाँ पकड़ लेगा । "

" कोई भी सोचेगा कि हम अपराधी हैं । उसके आने पर उसे गिरफ्तार हो जाने दो । "

" यह हमारा तीन महीने का काम बरबाद कर देगा । हमें बड़ी मछली पकड़नी है, पर छोटी मछलियाँ जाल से बाहर बच जाएँगी । सोमवार को हमें वे सब मिल जाएँगी, इसीलिए गिरफ्तार होना ठीक नहीं है । "

" तब क्या करें ? "

" हम कैंटरबरी पर बाहर आ जाएँगे। "

" और तब ? "

"फिर हम नेवातेन से डी पी तक की एक लंबी यात्रा करेंगे । मुझे जो चाहिए , मोरिआर्टी वही करेगा । वह पेरिस जाएगा और हमारे सामान को पहचानकर वहाँ डिपो में हमारा दो दिनों तक इंतजार करेगा । इसी बीच हम कपड़े के दो बैग ले लेंगे और अपने देश के निर्माताओं को प्रोत्साहित करते हुए उसी के साथ यात्रा करेंगे । हम लक्सम्बर्ग व बैसले होते हुए स्विट्जरलैंड पहुँचेंगे । "

कैंटरबरी पर हम केवल इसीलिए उतर गए कि हमें न्यूहेवन के लिए ट्रेन पकड़ने के लिए वहाँ एक घंटा इंतजार करना था । मैं अभी भी अपने सामान के साथ जाते हुए वैन को दुःखी मन से देख रहा था , क्योंकि इसमें मेरे कपड़े थे, जबकि होम्स ने मेरी बाँहें खींची और पटरी की ओर इशारा किया ।

उन्होंने कहा, " तुम उसे पहले ही देख चुके हो । "

केंटिश के जंगलों में काफी दूर धुएँ की एक पतली सी रेखा ऊपर उठती हुई दिखाई पड़ रही थी । एक ही मिनट बाद एक गाड़ी का डिब्बा और इंजन दूर मोड़ से आता हुआ दिखाई पड़ा , जो कि स्टेशन की ओर ही आ रहा था ।

जैसे ही यह गरजता हुआ और अपनी गरम हवा हमारे चेहरे पर छोड़ता हुआ सामने से गुजरा, स्टेशन पर पड़े माल के ढेर के पीछे हो जाने का भी हमारे पास समय नहीं था । जब हम उस गाड़ी के डिब्बे को पहाड़ी पर जाते हुए देख रहे थे, तभी होम्स ने कहा , " वह वहाँ जा रहा है । "

" हमारे साथी की बुद्धिमानी की भी सीमाएँ हैं । यह अप्रत्याशित हो सकता है कि मैं जो भी परिणाम निकालूं और उस पर काग करूँ, उसका उन्हें पहले से ही पता चल जाता है।"

" उसने क्या किया होगा, क्या वह हमसे आगे निकल गया होगा? "

" इसमें कोई शक नहीं है कि उसने मुझ पर मेरी हत्या करने के लिए हमला किया होगा । यही एक खेल है, जिसे दोनों खेल सकते हैं । अब सवाल यह है कि हम पहले ही यहाँ लंच कर लें या न्यूहेवन पहुँचकर खाना खाने तक भूखे रहें । "

हम उस रात ब्रसेल्स के लिए चल दिए और हमने वहाँ दो दिन बिताए । तीसरे दिन हम स्ट्रासबर्ग के लिए चले ।

सोमवार की सुबह होम्स ने लंदन की पुलिस को टेलीग्राम किया , जिसका जवाब हमें शाम को होटल में मिल गया था । होम्स ने इसे खोला और फिर बुरा सा मुँह बनाकर फेंक दिया । फिर एक कराहती आवाज में कहा, "मुझे लगता है , वह बच गया । "

"मोरिआर्टी? "

"सिवाय उसके उन्होंने पूरा गिरोह पकड़ लिया । वह बचकर निकल गया । वाकई जब मैंने देश छोड़ा तब उससे कोई बच नहीं सकता था, पर मैंने सोचा था कि मैंने उनके हाथों में उसे दे दिया । वाटसन , मेरे खयाल से तुम्हें वापस इंग्लैंड लौट जाना चाहिए । "

"क्यों ? "

"क्योंकि मैं अब तुम्हारे लिए एक खतरनाक साथी बन चुका हूँ । इस आदमी का पेशा खत्म हो चुका है । अगर ह लंदन वापस लौटता है तो वहाँ कुछ भी नहीं है । जहाँ तक मैं उसके स्वभाव के बारे में जानता हूँ, वह अपनी पूरी ताकत मुझसे बदला लेने में लगा देगा । उसने मेरे साथ अपनी एक छोटी सी मुलाकात में कहा था और मैं जानता हूँ कि वह वैसा ही करेगा । मैं वाकई तुम्हें परामर्श देता हूँ कि तुम वापस अपनी प्रैक्टिस के लिए चले जाओ । "

यह किसी व्यक्ति के लिए एक अनुरोध जैसा ही था, जो कि उसका एक पुराना सहयोगी होने के साथ एक पुराना साथी भी था । हम स्ट्रैसबर्ग में इस विषय पर आधे घंटे तक बहस करते रहे और उसी रात हमने अपनी यात्रा जिनेवा के लिए शुरू कर दी ।

एक सप्ताह तक हम रॉन की मनोहर घाटी में घूमते रहे और फिर ल्यूक होते हुए जेमिनी दर्रे तक गए । जो कि बर्फ से ढका हुआ था । इसके बाद हम इंटरलेकन से मेरिजनेन भी गए । यह एक बहुत ही मनभावन यात्रा थी , नीचे धरती पर हरियाला वसंत और ऊपर सफेद बर्फ ; परंतु यह मुझे बिलकुल ही स्पष्ट था कि एक पल के लिए भी होम्स उस काली छाया को नहीं भूल पाए थे। घर की तरह के उस अल्पाइन के गाँव और एकांतवाले पहाड़ी दर्रों में भी मैं उसकी चौकन्नी आँखों और हर आने- जानेवाले चेहरे पर उनकी तीक्ष्ण दृष्टि को देख रहा था । उसे इस बात का पक्का यकीन था कि हम जहाँ

भी जाएँगे, हम खतरे से बाहर नहीं रहेंगे, जो कि हमारे पैरों के निशान का पीछा कर रहा था ।

_मुझे याद है कि एक बार जब हम जेमिनी से होकर गुजर रहे थे और डाउबेंसी की सीमा पर ही थे, तभी ऊपर पहाड़ी से एक बड़ा पत्थर नीचे की ओर लुढ़का और ठीक हमारे पीछे झील में आवाज करता हुआ गिर गया । एक झटके से होम्स किनारे टीले पर चढ़ गया और अपनी गरदन घुमाकर चारों ओर देखने लगा । वहाँ कोई नहीं दिखा और हमारे गाइड ने हमें यकीन दिलाया कि इस मौसम में यहाँ पत्थर अकसर गिरते रहते हैं । होम्स ने कोई जवाब नहीं दिया , पर उस आदमी की बात सुनकर मेरी तरफ देखकर एक ऐसे व्यक्ति की तरह मुसकराया , जो कि अपनी बात का असर देख रहा हो ।

__अपने पूरे चौकन्नेपन के बावजूद वह हताश नहीं हुआ था । बल्कि मैंने पहले कभी उसको इतना अधिक उत्साह में नहीं देखा था । वह बार - बार इस बात पर आ जाता था कि यदि उसे इसका यकीन हो जाता कि वह समाज को मोरिआर्टी से आजाद करा सकता है, तब वह अपने पेशे को प्रसन्नतापूर्वक एक परिणाम तक पहुँचा हुआ महसूस करता ।

"मैं सोचता हूँ वाटसन , मैं अब यह कह सकता हूँ कि मैंने अपना जीवन बरबाद नहीं किया है । अगर मेरे संग्रह ज की रात बंद कर दिए जाते हैं , तब भी मैं उनका धैर्यपूर्वक अवलोकन कर सकता हूँ । लंदन की हवा मेरे लिए बहुत ही मधुर है । हजारों मामले, जिनमें मैंने काम किया है, मुझे याद नहीं है कि मैंने अपनी ताकत का इस्तेमाल कभी किसी गलत पक्ष के लिए किया हो । हाल ही में , बजाय उन अधिक बनावटी मामलों, जिनके लिए हमारे समाज की बनावटी स्थिति जिम्मेदार है, मेरा रुझान प्रकृति के द्वारा पैदा की गई समस्या की ओर रहा । वाटसन! यूरोप के सबसे अधिक खतरनाक और सक्षम अपराधी को पकड़ने या उसके सफाए के द्वारा जब मैं अपने पेशे को सजाऊँगा, तब वह दिन तुम्हारे संस्मरणों की समाप्ति का होग॥ । "

जो कुछ भी मेरे पास बताने के लिए बचेगा , उसे मैं संक्षिप्त रूप में और ठीक - ठीक बता दूंगा । यह एक विषय नहीं है, जिसमें मैं बना रहना चाहता हूँ , फिर भी मैं सचेत हूँ कि विस्तार से बताने के साथ किसी भी महत्त्वपूर्ण तथ्य को न भूलने का कार्य मुझे सुपुर्दकिया गया है ।

यह तीन मई थी और हम एक छोटे से गाँव मेरिंजेन पहुँचे, जहाँ हम इंग्लिशर हॉफ के पास रुके और फिर उसके बड़े भाई पीटर स्टेलियर के पास ठहराए गए । हमारा मकान मालिक एक बहुत ही बुद्धिमान आदमी था , वह बहुत ही अच्छी अंग्रेजी बोलता था । उसने लंदन के ग्रासवेनर होटल में तीन साल तक बेयरे की नौकरी की थी । उसी की राय पर हम चार तारीख को दोपहर में साथ - साथ इस इरादे के साथ पहाड़ी को पार करने चल दिए कि हम राजेनलुई की एक झोपड़ी में रात गुजारेंगे । हमें समझाया गया था कि रेजिनबाख के झरने को उन छोटे चक्करदार रास्तों के देखे बिना उसे पार न करें , जो कि पहाड़ी के करीब आधे रास्ते पर है ।

____यह वाकई एक बहुत ही डरावनी जगह है । पिघली हुई बर्फ से यहाँ जलप्रवाह प्रबल था, जो कि नीचे बहुत ही गहराई में गिर रहा था । इसकी फुहारें जलते हुए घर के धुएँ की तरह घुमड़ रही थीं । यह नदी बहुत ही भयानक रूप में उस खाई में गिर रही थी । इसके किनारे काली चमकीली चट्टानें थीं । दूधिया रंग की यह नदी आगे से सँकरी होती हुई नीचे गहराई में गिर रही थी । तेजी से बहती हुई यह धारा ऊपर तक लबालब भरी हुई थी । दूर तक फैला हुआ वह हरे रंग का पानी नीचे गरज रहा था और फुहारों का वह मोटा परदा ऊपर की तरफ फुफकार रहा था । इसकी लगातार और शांति प्रदान करनेवाली हवा आदमी को एक खुमारी में ला दे रही थी । हम किनारे खड़े होकर नीचे पानी को देख रहे थे, जो कि काली चट्टानों के बीच से होकर जा रहा था और खाई के ऊपर आती फुहारों के साथ आवाजों को सुन रहे थे ।

झरने का पूरा दृश्य देखने के लिए रास्ते को गोल आकार देते हुए बंद कर दिया गया था , पर यह अचानक ही खत्म हो जाता था और यात्री जिधर से आता उसे उधर की ही ओर वापस जाना पड़ता था । इसीलिए हमें भी मुड़कर जाना पड़ा कि तभी हमने देखा कि स्विट्जरलैंड का रहनेवाला एक युवक अपने हाथों में एक चिट्ठी लेकर दौड़ता हुआ आ रहा है । इसमें उसी होटल का निशान बना हुआ था , जिसे हमने अभी - अभी छोड़ा था । मकान मालिक ने इस चिट्ठी पर मेरा नाम लिखा था । इससे पता चला कि हमारे होटल छोड़ने के कुछ ही मिनटों के बाद वहाँ एक अंग्रेज महिला आई थी , उसकी हालत फेफड़े के संक्रमण से बहुत खराब थी । वह डेवास प्लाट्ज पर छुट्टियाँ मनाने गई थी और अब अपने दोस्तों के पास ल्युसरने जा रही थी कि तभी उसकी तबीयत खराब हो गई । ऐसा मालूम पड़ता था कि वह कुछ ही घंटों की मेहमान है, यदि मैं वापस लौट जाता हूँ तो एक अंग्रेज डॉक्टर का उसको देखना उसके लिए एक बड़ी दिलासा होगी ।

उस भले आदमी स्टेलियर ने मुझे उसचिट्ठी में यकीन दिलाया था कि वह मेरी इस तकलीफ के लिए मेरा आभारी रहेगा । चूँकि उस महिला ने स्विट्जरलैंड के किसी चिकित्सक के लिए मना कर दिया था, इसीलिए वह इसे अपने ऊपर एक बड़ी जिम्मेदारी मान रहा था ।

यह अनुरोध इस तरह से था कि इसे मना नहीं किया जा सकता था । अपने देश की महिला, जो कि अपरिचित भूमि पर मरनेवाली थी , उसके लिए इस प्रार्थना को अस्वीकार करना असंभव था । हालाँकि होम्स को छोड़कर जाते हुए मुझे झिझक हो रही थी । अंत में तय यह हुआ कि वे उस युवा संदेशवाहक को अपने पास रास्ता बतानेवाले और सहयोगी के रूप में रखेंगे और मैं मैरिंजेन जाऊँगा ।

होम्स ने कहा कि वे कुछ समय झरने के पास बिताएँगे और फिर धीमे- धीमे पहाड़ी पर चढ़ते हुए रोजेनलुई पहुँचेंगे , जहाँ शाम को मैं उनसे फिर मिल लूँगा । जैसे ही मैं कुछ दूर पहुँचा तो मैंने देखा कि होम्स की पीठ एक चट्टान के सहारे टिकी है और वे हाथ बाँधकर नीचे झरने का पानी देख रहे हैं । यही वह उनका अंतिम दृश्य था , जो मेरी तकदीर ने मुझे इस दुनिया में दिखाया था ।

जब मैं काफी नीचे उतर आया और मुड़कर देखा, तब उन्हें वहाँ से देख पाना असंभव था , परंतु मैं उस घुमावदार रास्ते को देख सकता था , जो कि पहाड़ी से होकर उन तक जाता था । इसी पर एक आदमी, जहाँ तक मुझे याद है, काफी तेजी से जा रहा था । मैंने उसकी काली छाया की बाहरी रूपरेखा बहुत ही स्पष्ट रूप से देखी थी । मैंने उसके जल्दी- जल्दी चलने पर ध्यान दिया था , परंतु अपनी मंजिल पर जाने की जल्दी में वह मेरे दिमाग से हट गया था ।

मेरिंजेन पहुँचने में मुझे एक घंटे से कुछ अधिक समय लगा । वह बुजुर्ग स्टेलर अपने होटल के पोर्चमें खड़ा था । मैंने जल्दी - जल्दी आते हुए कहा, "मुझे यकीन है कि वह अभी ज्यादा बुरी स्थिति में नहीं होगी । " ।

उनके चेहरे पर एक आश्चर्य का भाव था और उनकी भौंहों के प्रदर्शन ने मेरे दिल की धड़कन बढ़ा दी थी । उस चिट्ठी को जेब से बाहर निकालते हुए मैंने कहा, "क्या यह चिट्ठी आपने नहीं लिखी है ? क्या इस होटल में कोई अंग्रेज बीमार औरत नहीं है ?"

वह जोर से बोला, "बिलकुल नहीं । मगर इस चिट्ठी पर मेरे होटल का निशान है । इसका मतलब है कि इसे उसी लंबे अंग्रेज आदमी ने लिखा होगा, जो तुम लोगों के जाने के बाद आया था । " उसने कहा । पर मैं उस होटल के मालिक की बात सुनने के लिए नहीं रुका । एक अजीब से भय के साथ मैं उस गाँव की सड़क पर दौड़ पड़ा और उसी ओर भागा, जिधर से मैं अभी- अभी उतरा था । इसमें मुझे करीब एक घंटा लग गया था । अपनी सारी कोशिशों के बावजूद एक बार फिर से रेजिनबाख के झरने तक पहुँचने में मुझे दो घंटे लग गए ।

होम्स का सामान उसी चट्टान पर पड़ा हुआ था , जहाँ मैंने उन्हें छोड़ा था, परंतु वहाँ उनका कोई नामोनिशान नहीं था । उनको आवाज देकर मेरा पुकारना भी बेकार गया , छोटी - छोटी पहाडियों से टकराकर आती मेरी आवाज की प्रतिध्वनि ही मेरा जवाब थी।

उनके वहाँ पड़े सामान को देखकर मेरा दिल बैठा जा रहा था । इसका मतलब यह हुआ कि वे रोजेनलुई नहीं पहुँचे। वे इसी तिराहे पर ही रुके होंगे, जिसके एक ओर सीधी - सपाट चढ़ाई और दूसरी ओर गहरी खाई थी । तभी उनके दुश्मन ने उन्हें पकड़ लिया होगा । वह स्विट्जरलैंड वाला युवक भी चला गया था । उसको शायद मोरिआर्टी ने कुछ धन दिया होगा और उसके साथ दो आदमी भी थे। फिर क्या हुआ होगा ? कौन हमें बताए कि क्या हुआ होगा ?

अपने आपको संयत करने के लिए मैं एक या दो मिनट के लिए खड़ा रहा , क्योंकि मैं उन चीजों को देखकर थोड़ा भयभीत हो गया था । फिर मैंने होम्स के अपने तरीकों की तरह सोचना शुरू किया और इस आपदा को समझने के लिए उनको व्यवहार में लाने की कोशिश की । ऐसा करना बहुत ही आसान था । अपनी बातचीत के दौरान हम उस रास्ते के अंतिम सिरे तक नहीं गए थे और वहाँ पड़ा हुआ उनका सामान यही बता रहा था कि हम वहीं खड़े थे। वहाँ की काली मिट्टी फुहारों की बौछार से नरम हो गई थी और इस पर अब एक चिडिया के निशान बन सकते थे। जाते हुए पैरों के दो निशान वहाँ काफी दूर तक स्पष्ट थे, वे दोनों निशान मुझसे दूर होते जा रहे थे, परंतु उनमें से कोई भी निशान वापसी की तरफ नहीं लौटा था । उस मिट्टी से कुछ एक गज की दूरी पर ऐसा लगता था कि जमीन कुछ रौंदी गई थी और खाई में लटकी हुई झाडियाँ टूटी तथा बिखरी हुई थीं । मैंने आगे की ओर झुककर देखा, पर तेज आती हुई फुहारों ने मुझे पूरा भिगो

दिया । मेरे वहाँ से चलने के पहले ही अँधेरा हो चुका था और अब मुझे चमकती हुई चट्टानों पर केवल नमी ही दिख रही थी । नीचे दूर तक पानी के गिरने की आवाज थी।

मेरे पुकारने पर केवल उसकी प्रतिध्वनि ही आती थी ।

___ यह भाग्य का ही खेल था कि मेरे साथी और सहयोगी की अंतिम बधाइयाँ ही मेरे साथ थीं । उसका सामान अभी भी चट्टान से टिका हुआ रास्ते पर पड़ा था । पास ही के एक पत्थर पर कुछ चमकती हुई सी चीज ने मेरा ध्यान अपनी तरफ खींचा और हाथ बढ़ाकर उठाते ही मुझे लगा कि यह तो चाँदी का सिगरेट का डिब्बा है, जिसे वे

हमेशा अपने साथ रखते थे। मैंने इसे जैसे ही उठाया कि तभी इसके नीचे दबा एक चौकोर कागज का टुकड़ा नीचे जमीन पर गिर पड़ा । इसे खोलने पर मैंने देखा कि यह उनकी नोटबुक से फटे पन्ने हैं और इनमें उन्होंने मुझे ही संबोधित करके लिखा है । यह उस व्यक्ति का गुण था कि उसकी दिशा स्पष्ट थी और लिखावट उतनी ही साफ तथा सुघड़ कि जैसे यह उसके अपने अध्ययन - कक्ष में ही लिखी गई हो ।

प्रिय वाटसन !

मैं कुछ पंक्तियाँ मि . मोरिआर्टी की आभार स्वीकृति में लिख रहा हूँ, जिन्होंने उन प्रश्नों की अंतिम चर्चा के लिए, जो कि हम दोनों के ही बीच थे, मेरी सुविधा का इंतजार किया । उसने मुझे अपने काम के तरीकों की रूपरेखा दिखा दी है, जिसके द्वारा वह अंग्रेज पुलिस से बच निकला और उसने हमारी गतिविधियों के बारे में पता लगा लिया ।

मैंने उसकी काबिलियत के बारे में जो ऊँची धारणा बना रखी थी , उसे उसने और भी पक्का कर दिया । मुझे यह सोचकर बहुत खुशी है कि मैं समाज को उसकी मौजूदगी से होनेवाले आगामी प्रभावों से आजाद कर दूंगा , हालाँकि मुझे डर है कि यह सब उस कीमत पर होगा , जो कि मेरे साथियों के लिए, खासतौर से वाटसन, तुम्हें बहुत ही पीड़ादायक होगा । मैं तुम्हें पहले ही बता चुका हूँ कि मेरा पेशा अपने एक खास मुकाम तक पहुँच चुका है और इससे अधिक अनुकूल इसके समापन की संभावना नहीं है । दरअसल , मैं अपना अपराध स्वीकार करता हूँ कि मुझे पूरा अंदाज था कि मरिंजेन से आनेवाला वह पत्र एक धोखा था और मैंने तुम्हें इस उद्देश्य से जाने की अनुमति दी थी कि इस मामले में कुछ इसी तरह का नतीजा निकलेगा । इंस्पेक्टर पैटरसन से कहना कि इस गिरोह को कठघरे में लाने के लिए जिन कागजों की उसे जरूरत है , वे एम वाले ताखे में रखे हैं

और उस नीले रंग के लिफाफे के ऊपर मोरिआर्टी लिखा है । इंग्लैंड से चलते समय मैंने अपनी सारी संपत्ति अपने भाई माइक्राफ्ट के हवाले कर दी थी ।

प्लीज , मिसेज वाटसन को मेरी शुभकामनाएँ देना और मेरे प्रति अपना विश्वास बनाए रखना ।

तुम्हारा

शेरलॉक होम्स

अब जो बच गया था , उसके लिए संक्षेप में ये कुछ शब्द ही काफी थे। विशेषज्ञों की छानबीन ने थोड़ी भी शुबहा नहीं छोड़ी थी कि दोनों व्यक्तियों के बीच का निजी द्वंद्व समाप्त हो चुका था । सिवाय इसके कोई दूसरा अंत नहीं था कि इस परिस्थिति में वे दोनों एक - दूसरे को बाँहों में जकड़े लुढ़कते चले गए होंगे । उनके शरीरों को ढूँढ़ने की कोशिश भी पूरी तरह से बेकार थी , क्योंकि वहाँ उस भँवरवाले पानी के कड़ाह और उफनते झाग में वह खतरनाक अपराधी तथा अपनी पीढ़ी का वह कानून का विजेता हमेशा-हमेशा के लिए डूब गया होगा । स्विट्जरलैंड का वह युवक फिर कभी नहीं दिखा । इसमें कोई शक नहीं था कि वह उन्हीं एजेंटों में से एक होगा, जिसे मोरिआर्टी ने रख छोड़ा था । जहाँ तक उस गिरोह का सवाल है, वह लोगों की स्मृति में था कि वे सबूत कितने पक्के थे, जो होम्स ने उनके संगठनों के खुलासे के लिए इकट्ठे किए थे और उस मृत व्यक्ति का हाथ उस पर कितना भारी पड़ा था ।

उनके खतरनाक मुखिया के बारे में कुछ बातें मुकदमे के दौरान बाहर आई । अब अगर में उनके कॅरियर के बारे में कुछ कहने के लिए मजबूर हूँ तो वह उन अविवेकी लोगों की वजह से है, जिन्होंने उन पर अपने हमलों के द्वारा उन यादों को मिटाने की कोशिश की है, जिन्हें में हमेशा एक बेहतर और बुद्धिमान व्यक्ति का दरजा देता रहूँगा ।

# खाली मकान का रहस्य

सन् 1894 के वसंत का समय था, परंतु सारे लंदन की फैशनपरस्त दुनिया माननीय रोनाल्ड एडेयर की असामान्य और विचित्र सी परिस्थितियों में हुई मौत से दुःखी थी और इसमें पर्याप्त रुचि भी ले रही थी । पुलिस की छानबीन में इस अपराध के जो भी ब्योरे सामने आए, जनता उनको पहले से ही जान चुकी थी । इसमें से बहुत कुछ दबाया भी जा चुका था , चूँकि अभियोजन का मुकदमा इतना मजबूत था कि सभी तथ्यों को सामने लाने की जरूरत ही नहीं पड़ी । अब केवल दस सालों के बाद , मैं उन खोई हुई कड़ियों को ला रहा हूँ , जिनसे मिलकर एक बेहतरीन श्रृंखला बनेगी । यह अपराध अपने आप में ही रोचक था, मगर मेरे लिए यह रोचकता उस अविश्वसनीय परिणाम की तुलना में कुछ भी नहीं थी । इस घटनाचक्र ने मेरे साहसिक जीवन में मुझे एक गहरा धक्का और अचरज से भर दिया ।

अभी भी इतना समय बीत जाने के बाद जब से भर मैं इसके बारे में सोचता हूँ तो मुझे प्रसन्नता, आश्चर्य और अविश्वास की एक बाढ़ सी नजर आती है, जिसमें मेरा मन डूब जाता है । मुझे लोगों को यह बताना है कि जिस अद्भुत व्यक्ति के कामों और विचारों को मैंने प्रस्तुत किया है, लोगों ने उनमें रुचि दिखाई है, वे मुझे इस बात के लिए दोषी नहीं ठहराएँगे कि मैंने उनको अपनी जानकारियों में हिस्सेदार नहीं बनाया, क्योंकि यह मेरा पहला कर्तव्य था और ऐसा करने के लिए मुझे होम्स ने स्वयं ही मना किया था । अभी पिछले महीने की तीसरी तारीख को ही उन्होंने मुझे इस बंधन से आजाद किया है।

इस चीज की कल्पना की जा सकती है कि शेरलॉक होम्स के साथ मेरी अति घनिष्ठता ने अपराध के क्षेत्र में मेरी गहरी रुचि जगा दी थी । उनकी गैर -मौजूदगी में लोगों के सामने आनेवाली कई तरह की समस्याओं को ध्यानपूर्वक समझने गें मैं कभी भी असफल नहीं हुआ । यहाँ तक कि कई बार अपने खुद के संतोष और उसके समाधान के लिए मैंने उन तरीकों का इस्तेमाल भी किया ; हालाँकि मैं सफलता से तटस्थ ही रहा, परंतु एडेयर की त्रासदी के अलावा उनमें से ऐसी कोई भी चीज नहीं थी , जिसने मुझे प्रभावित किया । इनकी जाँच के प्रमाण मुझे किसी ऐसे व्यक्ति या अनजाने व्यक्तियों के खिलाफ ले गए, जिन्होंने जान - बूझकर हत्या की थी । शेरलॉक होम्स की मौत से समाज को

जो नुकसान हुआ था , उसे मैंने इतनी शिद्दत से महसूस किया, जितना कि पहले कभी नहीं किया था ।

इस विचित्र से मामले में इस तरह के बिंदु थे, जिनका मुझे यकीन था कि वे उन्हें खासतौर से लुभाते और वे पुलिस की सहायता भी कर रहे होते या जहाँ तक भी मुमकिन है, यूरोप के प्रथम प्रशिक्षित अपराध एजेंट के सजग दिमाग का पूर्वानुमान भी पाते । जब मैं सारे दिन घूम रहा था , तब मेरे दिमाग में वह केस भी चक्कर काट रहा था, परंतु मुझे इसका कोई भी उचित समाधान नहीं मिला । कहानी की पुनरावृत्ति के जोखिम से बचने के लिए मैं इसके तथ्यों को संक्षेप में ही दुहराऊँगा, क्योंकि वे लोगों को जाँच के परिणाम के रूप में पहले से ही पता हैं ।

माननीय रोनाल्ड एडेयर मैनूथ के अर्ल के दूसरे बेटे थे, जो कि उस समय ऑस्ट्रेलिया के उपनिवेशों में से किसी एक के गर्वनर थे । एडेयर की माँ को ऑस्ट्रेलिया से वापस लौटना पड़ा, क्योंकि उन्हें मोतियाबिंद का ऑपरेशन कराना था । वे अपने बेटे रोनाल्ड और बेटी हिल्डा के साथ 427, पार्क लेन में ही रहती थीं । ये युवा समाज के संभ्रांत लोगों के बीच उठते- बैठते थे और इनकी न तो किसी के साथ दुश्मनी थी और न ही इनमें कोई खास गंदी आदतें थीं । इनकी सगाई क्रस्टेयर्स की मिस एडिथ वुडले के साथ हुई थी , मगर कुछ ही महीने पहले उनके आपसी समझौते से यह सगाई टूट गई । इस घटना ने अपने पीछे किसी तरह के भावनात्मक चिहन भी नहीं छोड़े थे। चूँकि इनकी आदतें और स्वभाव भावुकताविहीन थीं, इसीलिए इनका बचा हुआ जीवन संकीर्ण और रूढिगत सामाजिकता में ही गुजरता था । ऐसा होने पर भी इस अभिजात वर्गीय आराम से जिंदगी जीनेवाले व्यक्ति की विचित्र और आकस्मिक मौत 30 मार्च, 1894 को रात दस और ग्यारह बजकर बीस मिनट के बीच हो गई ।

रोनाल्ड एडेयर को ताश खेलने का शौक था, पर वह ऐसे दाँव नहीं लगाता था , जिससे उसे नुकसान हो । वह बाल्डविन, कैवेंडिश और बैग्टेल ताश क्लबों का सदस्य था । यह पता चला था कि अपनी मौत वाले दिन खाना खाने के बाद उसने अंतिम वाले क्लब में ताश भी खेला था । वहीं पर उसने दोपहर में भी ताश खेला था । इसके गवाह वही लोग थे, जिन्होंने उसके साथ ताश खेले, जैसे मि . मरे, सर जान हार्डी और कर्नल मोरान । इन्होंने बताया कि खेल बराबरी पर ही छूटा था । एडेयर अधिक नहीं , शायद पाँच ही पाउंड हारे थे। उसकी तकदीर ने उसका साथ दिया और इतने नुकसान से उस पर कोई

फर्क नहीं पड़ने वाला था । वह करीब- करीब हर रोज किसी एक या दूसरे क्लब में ताश जरूर खेलता था और अकसर जीतकर ही उठता था । सबूतों से यह भी जानकारी मिली थी कि कर्नल मोरान का पार्टनर बनकर उसने कुछ ही हफ्ते पहले एक ही बैठक में चार सौ बीस पाउंड गाड्फ्रे मिलनर और लार्ड वालमोर से जीते थे । उसकी मौत के बाद की छानबीन से उसका इतना ही इतिहास पता चला ।

जिस दिन यह हत्या हुई , उस दिन वह क्लब से रात को दस बजे ही लौट आया था । उसकी माँ और बहन उस शाम किसी संबंधी के घर गई हुई थीं । वहाँ मौजूद नौकरानी ने बताया कि उसने एडेयर को दूसरी मंजिल पर सामने वाले कमरे में घुसते हुए देखा, जिसको सामान्यतया वह अपने बैठक -कक्ष के रूप में ही इस्तेमाल करता था । उस नौकरानी ने आतिशदान के जलाए जाने की आवाज भी सुनी और धुआँ होने पर उसने खिड़की खोल दी । ग्यारह बजकर बीस मिनट तक, जब तक कि मैडम मैनूथ और उनकी बेटी वापस नहीं आ गई, उसने कोई भी आवाज नहीं सुनी थी । शुभ रात्रि कहने की चाहत से उसने उनके बेटे के कमरे में घुसने की कोशिश की , पर कमरे का दरवाजा भीतर से बंद था और उसके आवाज देने और थपथपाने पर भी भीतर से कोई जवाब नहीं आया । दूसरों की सहायता लेकर दरवाजा जबरदस्ती खोला गया । वह बेचारा युवक टेबल के पास पड़ा हुआ था , रिवॉल्वर की गोली से उसके सिर के चिथड़े उड़ गए थे, परंतु कमरे में किसी तरह का हथियार नहीं मिला । टेबल पर दस पाउंड और सत्रह पाउंड के सोने व चाँदी की कीमत वाले बैंक नोट पड़े हुए थे और यह सारा धन छोटी - छोटी गड्डियों में था ।

वहाँ कागज पर भी कुछ अंक लिखे थे और उनके सामने उसके क्लब के कुछ मित्रों के नाम भी थे । इन सबसे यह अनुमान लगाया जा सकता था कि अपनी मौत से पहले वह ताश के खेल में हुई अपनी हार या जीत का हिसाब लगा रहा था ।

परिस्थितियों को देखने के बाद यह मामला कुछ अधिक ही जटिल लगता श । सबसे पहले तो इस बात का कोई कारण नहीं मिला कि इस युवक ने कमरा अंदर से बंद क्यों कर रखा था । यह भी मुमकिन था कि शायद हत्यारे ने ही ऐसा किया हो और फिर खिड़की से भाग गया हो । कूदने के लिए यह ऊँचाई करीब बीस फीट की थी और नीचे केसर की क्यारियों के मसले जाने तथा घर से सड़क तक की घास की पतली पट्टी पर भी कोई चिह्न नहीं थे।

इसका मतलब यह था कि इस युवक ने खुद ही दरवाजा भीतर से बंद किया था । मगर उसकी मौत कैसे हुई? बिना कोई निशान छोड़े कोई भी खिड़की तक नहीं पहुँच सकता था । मान लें किसी आदमी ने खिड़की से गोली चलाई , तब वह गोली असाधारण ढंग से चली होगी , तभी इसने इतनी घातक चोट की । हालाँकि पार्क लेन एक बहुत ही चहल - पहल वाली जगह है और इस मकान से सौ गज की ही दूरी पर घोड़ागाड़ी का एक स्टैंड भी है। किसी ने भी गोली चलने की आवाज नहीं सुनी । फिर भी एक आदमी तो मरा ही था और रिवॉल्वर से एक गोली भी निकली थी ।

यह गोली इतनी नुकीली और घातक थी कि इससे कोई भी तुरंत ही मर सकता था । यही था पार्क लेन का रहस्य , जिसमें किसी भी कारण का अभाव नजर आ रहा था, क्योंकि जैसा कि मैं पहले ही बता चुका हूँ , युवक एडेयर की किसी से भी दुश्मनी नहीं थी और इस कमरे से धन और कीमती चीजें हटाने की भी कोशिश नहीं की गई थी । सारे दिन मैं इन्हीं तथ्यों को अपने दिमाग उलटता -पलटता रहा और किसी ऐसे विचार पर पहुँचने का प्रयास करता रहा , जो कि उन्हें आपस में मिला सके ।

साथ- ही - साथ मैं कम - से- कम रुकावटवाली दिशा भी ढूँढ़ता रहा , जिसे मेरा साथी प्रत्येक छानबीन का शुरुआती बिंदु बताता था । मैं यह मानता हूँ कि मैंने इस मामले में बहुत ही कम प्रगति की है । शाम को छह बजे मैं टहलता हुआ पार्क लेन के आखिर में ऑक्सफोर्ड स्ट्रीट तक आ पहुँचा । वहीं फुटपाथ पर कुछ निठल्ले लोग खड़े थे और मुझे वह मकान दिखाकर उस खिड़की की ओर इशारा कर रहे थे। यह वही मकान था , जिसे मैं देखने पहले भी आ चुका था । एक लंबा पतला सा आदमी, जिसने रंगीन चश्मा लगा रखा था , मेरे अनुमान से वह सादे कपड़ों में कोई जासूस ही था और अपनी ही कोई कहानी सुना रहा था । वह जो कुछ भी कह रहा था, वहाँ खड़ी भीड़ उसे सुन रही थी । मैंने उसके पास पहुँचकर उसे सुना, पर उसका आकलन मुझे बिलकुल बेहूदा लगा । इसीलिए मैं कुछ निराश होकर वापस मुड़ा । जैसे ही मैं वापस मुड़ा, में ठीक मेरे पीछे खड़े एक बुजुर्ग विकलांग आदमी से टकरा गया और उसकी कई किताबें जमीन पर बिखर गईं, जिन्हें लेकर वह कहीं जा रहा था । मुझे याद है कि जब मैं उन किताबों को उठा रहा था , तभी मैंने उनमें से एक का शीर्षक देखा, वृक्ष पूजन का मूल , और इसने मुझे थोड़ा सा अचंभित किया कि या तो यह बेचारा पुस्तकप्रेमी है या व्यापारी या शायद शौकिया ही ऐसी दुर्बोध पुस्तकें इकट्ठा कर रहा है । मैंने इस दुर्घटना के लिए उससे माफी माँगी, पर ऐसा लग रहा था कि जिन किताबों के साथ मैंने दुर्व्यवहार किया था ,

वे उसके लिए बहुत ही महत्त्वपूर्ण थीं । गुस्से में गुर्राता हुआ वह दूसरी ओर मुड़ गया और मैंने देखा कि उसकी सफेद गलमुच्छे लोगों की भीड़ में कहीं खो गई ।

____427, पार्क लेन की मेरी छानबीन , जिसमें कि मेरी भी रुचि थी , ने अब मेरी समस्या को थोड़ा स्पष्ट कर दिया था । इस मकान के चारों ओर एक दीवार और रेलिंग थी, इसकी ऊँचाई पाँच फीट से अधिक नहीं थी ।किसी भी दमी के लिए इसे फाँदकर बगीचे में जाना कोई मुश्किल नहीं था, पर खिड़की तक पहुँचना आसान नहीं था , क्योंकि वहाँ पानी का पाईप तक नहीं था , जिससे कि किसी बहुत तेज आदमी को चढ़ने में सहायता मिल सकती । सबसे अधिक आश्चर्य की बात तो तब हुई जब मैं वापस केनसिंग्टन पहुँचा । मुझे अपने अध्ययन -कक्ष में पहुँचे अभी पाँच मिनट भी नहीं बीते थे कि मेरी नौकरानी यह बताने के लिए आई कि कोई आदमी मुझसे मिलने आया है ।

तब मुझे आश्चर्य हुआ जब मैंने देखा कि वह और कोई नहीं , बल्कि वही बूढ़ा है, जो किताबें इकट्ठी कर रहा था और उसके दाहिने हाथ में कम -से - कम एक दर्जन किताबें थीं । उसने अपनी टूटती हुई , अपरिचित आवाज में पूछा, "आप मुझे देखकर चकित हैं , सर ! "

मैंने स्वीकार कर लिया कि मैं वाकई चकित हूँ ।

"मेरे पास भी दिमाग है और जब मैंने आपको इस घर में घुसते हुए देखा, तब मैं आपके पीछे लँगड़ाता हुआ आ गया । मैंने सोचा कि मैं अंदर आ जाऊँ और उस भले आदमी को देखू और बताऊँ कि यदि मेरा व्यवहार थोड़ा रूखा था , तब भी मेरा आशय आपको नुकसान पहुँचाने का नहीं था , और आपने जो किताबें उठाकर मुझे दी थीं , मैं उसके लिए आपका एहसानमंद हैं । "

मैंने कहा, "आपने बहुत तकलीफ उठाई , क्या मैं जान सकता हूँ कि आपको कैसे पता चला कि मैं कौन हूँ ?"

"जी हाँ , सर! मैं आपका ही पड़ोसी हूँ । चर्च स्ट्रीट के कोने पर मेरी किताबों की एक छोटी सी दुकान है और मुझे यकीन है कि आपको वहाँ देखकर मुझे बहुत ही खुशी होगी । आपको वहाँ बड़ा सुकून मिलेगा, सर । यहाँ मेरे पास कुछ किताबें हैं , जैसे ब्रिटिश बईस, द होली वार, कैटल्स । आप इन्हें रख सकते हैं, केवल पाँच खंडों में ही आपकी आलमारी का दूसरा खाना भर जाएगा । पर यह॰बहुत ही अस्त - व्यस्त है, क्यों है न?"

____ मैंने अपना सिर पीछे की ओर घुमाया और आलमारी की ओर देखा । जैसे ही मैं वापस मुड़ा, मैंने देखा कि शेरलॉक होम्स मेरी पढ़नेवाली टेबल के बगल में खड़े होकर मुसकरा रहा था । मैं तुरंत ही खड़ा हो गया और आश्चर्य से उनकी तरफ कुछ सेकेंड तक देखता ही रहा और मुझे ऐसा लगा कि मैं बेहोश हो जाऊँगा । ऐसा अनुभव मुझे जीवन में पहली और आखिरी बार हुआ था । वाकई मेरी आँखों के सामने धुंधलका सा छा गया और जब यह साफ हुआ, तब मैंने महसूस किया कि मेरे कॉलर के बटन खोले जा चुके थे और ब्रांडी के बादवाला तीखा स्वाद मेरे होंठों पर पड़ा हुआ था । होम्स मेरी कुरसी पर झुका हुआ था और उनके हाथ में उनका मुखौटाथा ।

जो आवाज मुझे अच्छी तरह से याद थी , उसी आवाज में उन्होंने कहा, " प्रिय वाटसन! मैं तुमसे हजार बार माफी माँगता हूँ, मुझे इस बात का अंदाज नहीं था कि तुम पर इतना अधिक असर होगा । "

मैंने उसे अपनी बाँहों में भर लिया । मैं रो पड़ा । " होम्स , क्या वाकई आप हैं ? क्या आप सचमुच जिंदा हैं ? क्या यह वाकई मुमकिन था कि आप उस भयानक खाई से बाहर निकल आए ? "

उन्होंने कहा , " एक मिनट रुको । क्या तुम इन बातों को सुन सकते की हालत में हो ? मैंने तुम्हें अचानक प्रकट होकर बड़ा धक्का पहुँचाया है । "

" मैं बिलकुल ठीक हूँ, पर होम्स ! मुझे अपनी आँखों पर मुश्किल से ही विश्वास हो रहा है । हे भगवान् ! मैं सोच नहीं पा रहा हूँ कि आप मेरे कमरे में खड़ेहैं । "

मैंने उनकी बाँह को कसकर पकड़ा और अपने हाथ के नीचे उनकी पतली पर हट्टी-कट्टी बाँह को महसूस किया ।

मैंने कहा, " तुम कोई रूह नहीं हो और मैं तुम्हें देखकर बहुत ही खुश हूँ । बैठ जाओ और मुझे बताओ कि तुम उस भयानक खाई से कैसे बाहर निकले ? "

वे ठीक मेरे सामने बैठ गए और अपने उसी पुराने आराम - आराम वाले तरीके से सिगरेट सुलगाई । उसने किताबों के दुकानदार की तरह ही फ्रॉकवाला कोट पहन रखा था, पर उनके बाल सफेद थे और मेज पर पुरानी किताबों का ढेर लगा हुआ था । होम्स एक बूढ़े से कहीं अधिक सजग और पतला दिख रहा था , पर उसकी गरुड़ सरीखी आकृति पर एक

सफेदी सी झलक रही थी, जिससे पता चलता था कि उसका हाल का जीवन स्वस्थ नहीं था ।

होम्स ने कहा, "वाटसन! मुझे अपने आपको सीधा करने में बहुत मजा आ रहा है । एक लंबे आदमी के लिए अपने शरीर को घंटों तक झुकाए रखना कोई मजाक बात नहीं है । हाँ तो मेरे प्यारे दोस्त, अपने इस सारे किस्से के साथ क्या अब मैं अपने सामने आनेवाली एक कठिन व खतरनाक रात के काम के लिए तुम्हारा सहयोग प्राप्त कर सकता हूँ ? उस काम को पूरा करने के लिए शायद यह अच्छा होगा कि मैं तुम्हें सारी स्थिति से परिचित करा दूं। "

"मैं बहुत ही उत्सुक हूँ और इसे तुरंत सुनना भी पसंद करूँगा। "

"आज रात तुम मेरे साथ चलोगे ? "

"तुम जब भी चाहो और जहाँ भी चाहो । "

"यह तो वाकई उन पुराने दिनों की ही तरह है । चलने से पहले हमारे पास भरपेट खाना खाने का समय है । और

उस खाईवाले झरने से मुझे बाहर निकलने में कोई परेशानी नहीं हुई, क्योंकि इसका कारण बहुत ही सीधा है, मैं इसमें गिरा ही नहीं था । "

"आप इसमें गिरे ही नहीं ? "

"नहीं , वाटसन! मैं इसमें कभी गिरा ही नहीं था । मैंने तुमको जो नोट लिखा था, वह बिलकुल सच था । मुझे इस बात का शक हो गया था कि मैं अपने पेशे की समाप्ति पर पहुँच चुका हूँ, तभी मैंने उस बद्शक्ल स्वर्गीय प्रोफेसर मोरिआर्टी की आकृति देखी, जो कि उस सँकरे रास्ते पर खड़ी थी और यह रास्ता सीधा सुरक्षा की तरफ जाता है ।

मैंने उसकी स्लेटी आँखों में एक दृढ़ उद्देश्य देखा । मैंने उसके साथ कुछ बातचीत भी की और उसकी सहज अनुमति से एक आदेश भी लिखा, जो कि बाद में तुमको मिला, जिसे मैंने अपनी सिगरेट की डिब्बी और छड़ी के साथ छोड़ दिया था । मैं फिर सँकरे रास्ते पर चल दिया, मोरिआर्टी अभी भी मेरे पीछे आ रहा था और जब मैं अंतिम छोर पर पहुँचा तो देखा कि मैं एक घाटी पर खड़ा हूँ । उसने कोई हथियार नहीं निकाला, पर वह मेरी तरफ दौड़ा और मुझे अपनी लंबी बाँहों में जकड़ लिया । वह जानता था कि

उसका खेल खत्म हो चुका था और वह केवल मुझसे बदला लेना चाहता था । हम ऊपर झरने के किनारे एक साथ गुंथे हुए लड़खड़ा रहे थे। मुझे जापानी कुश्ती की कुछ जानकारी है, जो कि कई बार मेरे काम भी आ चुकी है । मैं किसी तरह उसकी पकड़ से बाहर आ चुका था , पर वह एक तेज चीख के साथ मुझ पर पागलों की तरह कुछ देर तक ठोकर मारता रहा और हवा में अपने पंजे लहराता रहा । उसके इन सारे प्रयासों के दौरान वह अपना संतुलन न बना सका और नीचे खाई में गिर गया । ऊपर किनारे से मैंने देखा कि वह काफी नीचे तक गिरता चला गया और फिर एक चट्टान से टकराया , उछला और नीचे गहरे पानी में गिर गया । "

मैंने इस कहानी को आश्चर्य के साथ सुना, जो कि होम्स ने अपनी सिगरेट के कश लेते हुए मुझे सुनाई ।

मैं जोर से चीखा, " पर वे पैरों के निशान , जिन्हें मैंने अपनी आँखों से देखा था , जो कि रास्ते पर सिर्फ जाने के ही थे, वे वापस नहीं लौटे । "

यह इस प्रकार हुआ कि जब प्रोफेसर गायब हो गया, तब मैंने सोचा कि भाग्य ने मुझे कितना अद्भुत अवसर दिया है । मैं जानता था कि मोरीआर्टी ही वह अकेला शख्स नहीं था , जिसने मेरी मौत की कसम खाई थी । वहाँ कम- से- कम तीन और भी लोग थे, जिनकी मुझसे बदला लेने की चाहत और भी बढ़ जाएगी, जब वे जानेंगे कि उनके नेता की मौत हो चुकी है । वे सब बहुत ही खतरनाक आदमी हैं । उनमें से कोई एक मुझे जरूर ढूँढ़ लेगा और सरी तरफ दुनिया मान चुकी है कि मेरी मौत हो गई । इस तरह वे निश्चिंत हो जाएँगे । वे लोग खद ही सामने आ जाएँगे और कभी -न - कभी मैं उन्हें नष्ट कर दूंगा । तभी उस घोषणा का समय आएगा कि मैं अभी जीवित हूँ ।

इसीलिए मेरे दिमाग ने तेजी से काम किया और मुझे लगता है कि जब तक प्रोफेसर मोरिआर्टी नीचेरेंचबाख झरने में पहुँचा होगा, इतनी ही देर में मैंने इस पर सोच लिया था।

" मैं खड़ा हुआ और अपने पीछे उस चट्टानवाली दीवार को देखा । तुम्हारे उस सजीव चित्रण के साथ वह विवरण जिसे मैंने कुछ महीनों बाद पढ़ा था और जिसमें तुमने इस बात पर जोर दिया था कि वह दीवाल बिलकुल ही सीधी- सपाट थी , पर वह बात पूरी तरह से सही नहीं थी । दीवाल पर कहीं - कहीं पैर टिकाने के लिए अपने आप छोटे - छोटे खाँचे बन गए थे। वह चट्टानी चढ़ाई बिलकुल असंभव सी मालूम पड़ती थी और

इसीलिए गीले रास्ते के बगल से गुजरते हुए मेरे पैरों के निशान का मिलना भी असंभव था । यह हो सकता था कि वापसी के मेरे जूतों के निशान तुम्हें मिल जाते , पर तीन - तीन जोड़ी पैरों के एक ही दिशा में जाते निशानों ने वाकई एक धोखा पैदा कर दिया होगा । एक चीज और सबसे अच्छी हुई कि मैंने ऊपर चढ़ने का जोखिम उठाया । वाटसन! इस काम में कोई मजा नहीं आ रहा था । नीचे झरने के गरजने की आवाज आ रही थी । मैं कोई कल्पनाशील व्यक्ति नहीं हूँ, मगर मैं तुमको बताना चाहता हूँ कि मुझे उस खाई में मोरिआर्टी की मुझ पर चीखने की आवाज महसूस हो रही थी । एक छोटी सी भी गलती मेरे लिए खतरा बन सकती थी । कई बार मेरे हाथों में घास का गुच्छा आया या मेरा पाँव भीगे हुए चट्टानी खाँचों से फिसला और मुझे लगा कि मैं गया, पर मैंने ऊपर चढ़ने के लिए संघर्षकिया और कई फीट नीचे की चट्टान पर पहुँच गया, जो कि मुलायम हरी काई से भरी हुई थी और जहाँ मैं दिखाई न देकर बहुत ही आराम की हालत में लेट सकता था । मैं वहीं लेटा हुआ था , जहाँ प्रिय वाटसन, तुम और तुम्हारे सहयोगी बहुत ही दयनीय तरीके से मेरी मौत की स्थितियों की छानबीन कर रहे थे।

"अंत में जब तुम सभी ने अपनी कभी न बदलनेवाली गलत धारणा को बना लिया और तुम वापस होटल चले आए, तब भी मैं वहीं अकेला पड़ा रहा । मैंने सोचा कि मैं अपने रोमांचकारी कारनामों की समाप्ति पर पहुँच चुका हूँ , परंतु एक बिना उम्मीदवाली घटना ने मुझे दिखाया कि अभी भी मेरे लिए कुछ आश्चर्यजनक चीजें बची हुई हैं ।

तभी एक बड़ी सी चट्टान ऊपर से गिरी, मेरे पीछे जोर की आवाज करते हुए रास्ते पर टकराई और फिर उछलकर झरने में गिर गई । एक मिनट के लिए तो मुझे लगा कि यह एक दुर्घटना थी , पर अगले ही पल मुझे अँधेरे आसमान की तरफ एक आदमी का सिर दिखाई पड़ा और फिर एक दूसरा पत्थर वहीं पर गिरा, जहाँ मैं लेटा हुआ था । इस पत्थर से मेरे सिर की दूरी सिर्फ एक फीट की ही थी । इसका मतलब बिलकुल साफ था । मोरिआर्टी अकेला नहीं था , इसका पूरा गिरोह था और यहाँ तक कि एक झलक ने ही मुझे दिखा दिया कि इस आदमी का गिरोह कितना खतरनाक है । जब प्रोफेसर मुझ पर आक्रमण कर रहा था तो उसकी सुरक्षा के लिए उसके साथ एक गार्ड भी था ।

बहुत दूर से वह मुझेदिख नहीं रहा था, पर वह अपने साथी की मौत और मेरे बचे रहने का भी गवाह था । उसने थोड़ा इंतजार किया और फिर ऊपर चट्टान का चक्कर लगाने की भी कोशिश की , जो कि उसका साथी नहीं कर का था ।

"वाटसन! मैंने इस बारे में बहुत देर तक नहीं सोचा, फिर मैंने ऊपर पहाड़ी पर उस कठोर चेहरेवाले को देखा । मैं समझ गया कि वह दूसरा पत्थर उठाने ही वाला था । मैं रास्ते पर रेंगता हुआ आगे बढ़ा । मुझे ऐसा नहीं लगा कि मैं यह कठिन काम होशो-हवास में कर रहा था । मेरे लिए उठ पाना काफी कठिन था, पर मेरे पास खतरे की बात सोचने का भी वक्त नहीं था कि तभी एक दूसरा पत्थर मेरे पीछेगिरा और मैं उस खाँचे को पकड़ किनारे की तरफ हाथों के बल लटक गया । आधी दूरी तक मैं फिसलता रहा, पर ईश्वर की कृपा से मैं रास्ते पर आ गया । मेरे शरीर से खून बह रहा था और मेरे कपड़े भी फट गए थे। मैं पहाड़ में करीब दस मील तक अँधेरे में भागता रहा और एक हफ्ते के बाद मैं इस विश्वास के साथ फ्लोरेंस पहुँचा कि दुनिया में अब कोई भी यह नहीं जान पाएगा कि मेरे साथ क्या हुआ था ।

"मुझे केवल अपने भाई माइक्राफ्ट पर ही भरोसा था । प्रिय वाटसन, तुम मुझे माफ कर दो, परंतु यह इतना जरूरी था कि इस बात का दुनिया को पता चल जाए कि मैं मर गया हूँ । यह बात बिलकुल ही तय थी कि यदि तुम यह न सोचते कि मेरी मौत की बात सच है, तब तुमने इतने यकीन से मेरी मौत के बारे में उस दुःखद अंत को न लिखा होता । पिछले तीन सालों में तुमको लिखने के लिए मैं हमेशा डरता था कि तुम मुझसे अपने लगाव की वजह से कुछ असावधानी न कर बैठो, जिससे मेरी यह गोपनीयता भंग हो जाए । इसीलिए मैं आज शाम को भी तुमसे मिलकर वापस चला गया, जबकि तुमने मेरी किताबें गिरा दी थीं । मैं उस समय भी खतरे में था और तुम्हारी थोड़ी सी भी जिज्ञासा और भावना मेरी पहचान पर लोगों का ध्यान खींच लेती, जिसका बहुत ही दुःखद और न सुधरनेवाला परिणाम सामने आता । जहाँ तक माइक्राफ्ट का सवाल है, मुझे उसे इसलिए बताना पड़ा कि जब भी मुझे जरूरत हो तो मैं उससे धन ले सकूँ । लंदन के हालात इस समय ठीक नहीं हैं और मारिआर्टी गिरोह के दो बहुत ही खतरनाक आदमी जेल जाने से अभी बचे हुए हैं । मुझसे बदला लेनेवाले मेरे दो दुश्मन भी आजाद हैं । मैं दो सालों तक तिब्बत में घूमता रहा और ल्हासा में आनंद लेते हुए मैंने कुछ दिन प्रमुख लामा के साथ भी बिताए ।

तुमने नॉर्वे के सिगरसन की असाधारण खोजों के बारे में पढ़ा, पर मुझे पक्का यकीन है कि तुमने अपने साथी की शायद ही कोई खबर पढ़ी होगी। इसके बाद मैं पर्शिया से होकर मक्का पहुँचा और थोड़ा ही, पर रोचक समय खलीफा के साथ खार्टोम में गुजारा, जिसका परिणाम यह हुआ कि मैंनेविदेश कार्यालय में भी बात कर ली । फ्रांस के लिए वापस

आते समय मैंने कुछ महीने कोलतार निकासी के अनुसंधान में भी बिताए और जिसका संचालन मैंने दक्षिण फ्रांस के मांटपेलियर की एक प्रयोगशाला में भी किया था । अपने खुद के संतोष और यह जानकर कि मेरा एक दुश्मन लंदन में है, मैं वापस जाने ही वाला था कि तभी पार्क लेन के इस खास रहस्य की खबर ने मुझे जल्दबाजी के लिए मजबूर कर दिया । इस खबर ने अपनी खासियत से मुझे लुभाया ही नहीं , बल्कि इसने मुझे कुछ खास निजी अवसरों के लिए भी आमंत्रित किया । मैं तुरंत ही लंदन आ गया और बैकर स्ट्रीट में मैंने अपने लोगों से संपर्क किया, जिसमें मिसेज हडसन पर तो दौरा ही पड़ गया । माइक्राफ्ट ने मेरा कमरा और मेरे कागज बिलकुल उसी हालत में रखे थे जैसे कि वे पहले रखे जाते थे। प्रिय वाटसन, देखो, आज ठीक दो बजे मैं अपने उसी पुरानी कुरसी पर बैठा हूँ और केवल यही चाहता हूँ कि मैं अपने पुराने साथी वाटसन को दूसरी कुरसी पर बैठा देखू , जिसकी वह अकसर शोभा बढ़ाता है । "

यही वह अद्भुत विवेचना थी, जिसे मैंने अप्रैल की उस शाम को सुना था । यदि यह विवेचना उस लंबे, अलग तरह के शरीर, सजग व जिज्ञासु शक्लवाले व्यक्ति के द्वारा नहीं सुनाई जाती, जिसे मैंने सोचा भी नहीं था कि मैं फिर से देखुंगा , तब यह एक ऐसी विवेचना होती , जो कि मेरे लिए बिलकुल ही अविश्वसनीय होती । होम्स के व्यवहार से यह मालूम पड़ता था कि उसने मेरी पीड़ा को समझ लिया था और उसकी करुणा शब्दों से अधिक उनके व्यवहार में झलक रही थी ।

होम्स ने कहा, " वाटसन! काम ही दुःख की सबसे बड़ी औषधि है और आज की रात हम दोनों के पास एक छोटा सा काम है, जिसे यदि हम सफलता के परिणाम तक पहुँचा देते हैं , तब यह कार्य हमारे जीवन को पृथ्वी पर पूरी तरह चरितार्थ कर देगा । "

मैं कुछ समझ नहीं सका और मैंने उससे खुलकर बताने के लिए कहा ।

होम्स ने कहा, " तुग सुबह से पहले काफी कुछ देख और सुन पाओगे । हमारे पास बातचीत करने के लिए अतीत के तीन साल हैं । साढ़े नौ बजने दो , तभी हम खाली मकान के रहस्य पर बातें शुरू करेंगे । "

जब मैंने खुद को घोड़ागाड़ी में उसके पीछे बैठा हुआ पाया, मेरी रिवॉल्वर जेब में थी और दिल में उत्साह भरा हुआ था, तब यह समय वाकई उन पुराने दिनों की तरह ही लग रहा था । होम्स बिलकुल शांत और स्थिर बैठे हुए थे । जैसे ही सड़क पर लगे खंभों की

रोशनी उनके गंभीर चेहरे पर पड़ी, तभी मैंने देखा कि विचार में डूबे होने की वजह से उनकी भौंहें सिकुड़ गई हैं और उनके पतले होंठ भिंचे हुए हैं । मैं यह तो नहीं जानता था कि लंदन में अपराधियों के घने जंगल में हम किस जंगली जानवर का शिकार करनेवाले हैं , पर मुझे अपने शिकारी की स्थिति से इस बात का पक्का यकीन था कि मामला काफी गंभीर है । उनकी अर्थपूर्ण मुसकराहट कभी- कभी उनके चेहरे पर हमारी खोज के लिए एक अच्छे शकुन की तरह दिखती थी ।

मैंने सोचा कि हम बेकर स्ट्रीट जा रहे हैं , पर होम्स ने घोड़ागाड़ी कैवेंडिश स्क्वायर के कोने पर ही रोक दी । मैंने देखा कि जैसे ही वे उतरे , उन्होंने अपने दाहिने व बाईं ओर एक खोजी निगाह डाली और फिर पास की गलियों की तरफ भी देखा । उन्होंने यह जानने के लिए थोड़ी कोशिश भी की कि कोई उनका पीछा तो नहीं कर रहा है । हमारा रास्ता एकदम सुनसान था । लंदन के छोटे- छोटे रास्तों के बारे में होम्स की जानकारी अद्भुत थी और ऐसे मौके पर तो वे छोटे - छोटे घुड़सालों और अस्तबलों के जाल के बीच से होकर गुजर जाते थे, जिनकी मौजूदगी के बारे में मुझे कुछ भी पता नहीं था । हम अब एक पतली सी सड़क पर आ गए, जहाँ किनारे पुराने और बदरंग से घर कतार में बने हुए थे। यह रास्ता हमें मेनचेस्टर स्ट्रीट और फिर ब्लैंडफोर्ड स्ट्रीट की तरफ ले जाता था । यहीं पर वे एक सँकरे से रास्ते की तरफ मुड़े और हम खुले मैदान से होकर एक लकड़ी के मकान के भीतर पहुँचे। यहाँ पहुँचकर उन्होंने चाभी से उस मकान के पीछे का दरवाजा खोला । हम मकान के भीतर साथ- साथ ही घुसे और घुसते ही होम्स ने दरवाजा बंद कर दिया ।

___ यहाँ बहुत अँधेरा था, पर मुझे ऐसा लग रहा था कि यह मकान बिलकुल ही खाली था । नंगे फर्श पर हमारे जूतों से चलने की आवाज आ रही थी और हमारे फैले हाथों ने तभी दीवार को छुआ, जिस पर कागज के फीते लटके हुए थे। होम्स की पतली और ठंडी उँगलियों ने मेरी कलाई को जकड़ रखा था । वह मुझे एक बड़े से हॉल की तरफ ले गया, जहाँ दरवाजे के ऊपर रोशनदान से आती धुंधली रोशनी दिखाई पड़ रही थी । ठीक यहीं पर होम्स अचानक दाहिनी तरफ मुड़ा और हम एक बड़े चौकोर कमरे में आ गए , जिसके कोनों में काफी अँधेरा था , पर दूर सड़क से आती धुंधली रोशनी बीच में पड़ रही थी । खिड़कियों पर मोटी धूल जमी हुई थी और वहाँ लैंप भी नहीं था । हम आपस में एक - दूसरे को उँगलियों के सहारे ही पहचान सकते थे। मेरे साथी ने अपना हाथ मेरे कंधे पर

रखा और अपने होंठों को मेरे कान के पास ले आए और फुसफुसाते हुए बोले, "क्या तुम्हें पता है कि हम कहाँ हैं ?"

उस धुंधली खिड़की की तरफ घूरते हुए मैंने कहा, "यह जगह पक्के तौर पर बेकर स्ट्रीट ही है।"

"बिलकुल ठीक! हम अपने पुराने क्वार्टर के ठीक सामने कैंडेन हाउस में हैं।"

"पर हम यहाँ क्यों हैं ?"

"क्योंकि यहाँ से बहुत ही अच्छा दृश्य दिखाई पड़ता है। प्रिय वाटसन, थोड़ी सी तकलीफ उठाओ और इस खिड़की के पास आओ, पर इस बात का ध्यान रखो कि तुम बाहर न दिखाई पड़ो। अब अपने पुराने कमरे की तरफ देखो, बिलकुल परियों की कहानी की तरह लगेगा। हम देखेंगे कि तीन सालों की मेरी गैर-मौजूदगी ने मेरी तुमको चौंका देनेवाली शक्ति पूरी तरह से खो दी है क्या ?"

मैं धीरे से आगे सरक आया और जैसे ही मेरी आँखें अपनी उस जानी-पहचानी खिड़की पर पड़ीं, मैंने एक गहरी साँस ली और आश्चर्य से चीख पड़ा। खिड़की खुली हुई थी और कमरे में एक तेज रोशनी जल रही थी। खिड़की के परदे पर एक व्यक्ति की आकृति की परछाई दिख रही थी, जो कि कुरसी पर बैठा हुआ था। उसके सिर का संतुलन, कंधों की चौड़ाई और चेहरे के तीखेपन में कोई भी गलती नहीं थी। उसका चेहरा आधा झुका हुआ था, जिसका प्रभाव उस छाया पर पड़ रहा था। यह छाया ठीक वैसी ही थी, जैसी कि मेरे दादाजी फोटो फ्रेम में पसंद करते थे। यह होम्स की बिलकुल हू-ब-हू मूर्ति थी। मैं इतना आश्चर्यचकित था कि मैंने अपना हाथ अपने पीछे खड़े आदमी की तरफ बढ़ाकर अपना यकीन पक्का कर लिया। वे धीमे से हँसते हुए हिल रहे थे।

"देखा ?"

मैंने जोर से कहा, "हे भगवान्! यह तो अद्भुत है।"

होम्स ने कहा, "मुझे यकीन है कि उम्र मुझे न तो बुढ़ा सकेगी और न ही मेरी अनंत विविधताओं की परंपरा को बासी होने देगी।"

मैंने उसकी आवाज में वही खुशी और गर्व महसूस किया, जो कि किसी कलाकार को अपनी रचना पर होता है।

131

" यह वाकई मेरी ही तरह है न ? "

" मैं इस बात को कसम खाकर कह सकता था कि यह तुम ही हो । "

" इसे बनाने का श्रेय ग्रीनोबल के मौंसीयर ऑस्कर म्युनियर को जाता है, जिन्होंने इसको बनाने में अपने कुछ दिन लगाए थे । यह मूर्ति मोम की है । बाकी सबकुछ मैंने आज दोपहर में बेकर स्ट्रीट पहुँचकर किया है । "

" पर, क्यों ? "

" क्योंकि , प्रिय वाटसन ! मेरे पास इस बात के पक्के कारण हैं कि मैं यह चाहता हूँ , जब भी मैं यहाँ न रहूँ तब कुछ लोग यह सोचें कि मैं यहीं हूँ । "

" तुम्हें लगता है कि तुम्हारे कमरों पर निगरानी रखी जाती है? "

" मैं जानता था कि वे निगरानी रख रहे हैं । "

" कौन लोग? "

" मेरे पुराने दुश्मन, वाटसन! वही गिरोह , जिसका नेता रेंचबाख झरने में डूबकर मर गया था । तुम्हें याद होगा कि केवल वही लोग जानते थे कि मैं जिंदा बच गया हूँ । उनको यह विश्वास होगा कि मैं कभी -न - कभी अपने कमरे में वापस लौटूंगा । उन्होंने लगातार निगरानी रखी और आज सुबह उन्होंने मुझे आते हुए देखा था । "

" तुम्हें कैसे पता चला? "

" जब मैंने अपनी खिड़की से बाहर झाँका तब मुझे उनका संतरी दिखाई पड़ा, जिसे मैं पहचानता था । वह कम घातक आदमी था । उसका नाम पार्कर है, उसका पेशा गला घोंटना है और इस काम को वह तार से बखूबी अंजाम देता है । मुझे उसकी कोई परवाह नहीं है । मुझे अधिक डर उस भयानक आदमी से है जो कि इसके पीछे है । वह आदमी मोरिआर्टी का पक्का मित्र है और यह वही आदमी है, जिसने ऊपर पहाड़ी से मुझ पर पत्थर बरसाए थे। यह आदमी लंदन का सबसे खतरनाक और चालाक अपराधी है । यही वह आदमी है, जो कि आज की रात मेरे पीछे पड़ा है, वाटसन । और यही वह आदमी है, जो कि इस बात से अनजान है कि हम उसके पीछेहैं । "

मेरे साथी की योजनाएँ अब धीरे - धीरे खुद ही खुलती जा रही थीं । इसी सुविधाजनक एकांत जगह से देखनेवाले देखे जा रहे थे और रास्ता चलनेवालों पर ध्यान रखा जा रहा था । उधर से आती हुई एक पतली सी छाया हमें लुभा रही थी और हम इसके शिकारी थे। हम अँधेरे में चुपचाप खड़े थे और जल्दी - जल्दी आती- जाती आकृति, जो कि हमारे सामने से कई बार गुजरी, उसे हम ध्यान से देख रहे थे। होम्स बिलकुल ही शांत और स्थिर थे, पर मैं कह सकता हूँ कि वे बहुत ही सजग थे और उनकी आँखें हर आने- जाने वाले आदमी पर टिकी हुई थीं । आज की रात बहुत ही ठंडी थी और नीचे सड़क पर तेज हवा सीटी की आवाज के साथ बह रही थी । बहुत से लोग सड़क पर आ - जा रहे थे; उनमें से ज्यादातर ने कोट और गले में मफलर जैसी चीज पहन रखी थी । एक बार मुझे ऐसा लगा कि मैंने एक ही चेहरे को दो बार देखा है, खासतौर से उन दो आदमियों पर ध्यान दिया , जो कि हवा से बचने के लिए उस मकान के छोटे से बरामदे पर रुके थे। मैंने अपने साथी का ध्यान उन दोनों की ओर दिलाया, परंतु उसने बहुत ही कम अधीरता दिखाई और सड़क पर ध्यान से देखता रहा । उन्होंने कई बार अपने पैर बदले और दीवाल पर अपनी उँगलियाँ तबले की तरह थपथपाईं । मुझे ऐसा लग रहा था कि वह अब बेचैन हो रहा था , क्योंकि उनकी योजना उसकी उम्मीद के अनुसार नहीं काम कर रही थी । धीमे -धीमे जब रात आधी बीत गई और सड़क पर लोग भी आने - जाने बंद हो गए तब वे कमरे में बेचैन होकर इधर -उधर टहलने लगे । मैं उन्हें कुछ कहने ही वाला था कि तभी मैंने उस रोशनी वाली खिड़की की तरफ देखा और मुझे बहुत ही आश्चर्य हुआ । मैंने होम्स की बाँहें पकड़ीं और उन्हें उस ओर देखने का इशारा किया ।

___मैंने जोर से कहा, " वह परछाई वहाँ से हट गई है । वहाँ कोई आकृति नहीं दिखाई पड़ रही है, बल्कि उसका पीछे का हिस्सा हमारी तरफ हो गया है । पिछले तीन साल वाकई उनके स्वभाव की कठोरता को कम नहीं कर पाए या यह उनके खुद की तुलना में उनकी कम बुद्धिमानीवाली सक्रियता की ही अधीरता थी । "

होम्स बोले, " वाकई इसे हटा लिया गया है । वाटसन , मैं कितना बेवकूफ हूँ कि मैंने एक मूर्ति खड़ी कर दी और सोचा कि यूरोप के इतने खूखार अपराधी इससे धोखा खा जाएँगे । हम इस कमरे में दो घंटे से हैं और मिसेज हडसन ने इस आकृति को आठ बार हटाया -बढ़ाया है, यानी हर चौथाई घंटे में एक बार । वह सामने से ऐसा करती रहीं , इसीलिए उनकी परछाई नहीं पड़ी । " ।

होम्स ने एक ठंडी साँस खींची । अँधेरे कमरे की मद्धिम रोशनी में मैंने उनका सिर झुका हुआ देखा और उनकी पूरी मुद्रा में एक दृढ़ सजगता थी । बाहर सड़क बिलकुल सुनसान थी । वे दोनों आदमी शायद अभी भी उस मकान के छोटे से बरामदे में दुबके हुए थे, परंतु अब मैंने उनको नहीं देखा । चारों तरफ शांति और अँधेरा था , सामने के उस पीले परदे पर काली आकृति की छाया पड़ रही थी । तभी उस सुनसान चुप्पी में मैंने फुसफुसाने की महीन सी आवाज सुनी , जिसमें एक खास तरह की उत्तेजना थी । होम्स ने तुरंत ही मुझे कमरे के अँधेरे कोने की तरफ खींच लिया और मुझे चुप रहने की चेतावनी भी दी । उनकी जकड़ी हुई उँगलियों में एक कंपन था । हमारे सामने की सड़क बिलकुल सुनसान थी ।

तभी अचानक मुझे कुछ ऐसा एहसास हुआ, जिसको उसकी तेज समझ ने पहले ही भांप लिया था । एक धीमी सी पर रहस्यमयी आवाज मेरे कानों में पड़ी । यह आवाज बेकर स्ट्रीट की तरफ से नहीं आ रही थी, बल्कि उसी मकान के पीछे से आ रही थी , जहाँ हम छिपे हुए थे। एक दरवाजा खुला और फिर बंद हो गया । अगले ही पल गलियारे में पैरों की आवाज सुनाई पड़ी और इसकी प्रतिध्वनि खाली मकान में गूंज रही थी । होम्स दीवाल के पास दुबक गए और मैंने भी वही किया । मेरा हाथ रिवॉल्वर की मूठ पर कस गया । उस अँधेरे में झाँकते हुए मैंने एक आदमी की धुंधली सी आकृति देखी, जो कि खुले हुए दरवाजे के अँधेरे से भी अधिक काली थी । वह आदमी एक पल के लिए रुका और फिर आगे की तरफ रेंगता हुआ, हमारे मन में एक डर सा पैदा करता हुआ आगे की ओर बढ़ा । वह मुझसे केवल तीन गज की ही दूरी पर था और इसे वहाँ पर मेरी मौजूदगी का अंदाज भी नहीं था । मैंने उससे खुद को टकराने से बचा लिया । वह बिलकुल ही मेरे पास से गुजर गया और बिना आवाज किए ही उसने खिड़की का परदा आधा फुट ऊपर उठा दिया । जैसे ही वह उस खुली खिड़की के सामने बैठा और बाहर सड़क से उस गंदे शीशे से होकर आती धुंधली रोशनी उसके चेहरे पर पड़ी, जो कि बहुत कम भी नहीं थी ।

वह आदमी काफी उत्तेजित दिख रहा था । उसकी आँखें दो तारों की तरह चमक रही थीं और उसका जबड़ा भिंचा हुआ था । वह आदमी एक अच्छी- खासी उम्र का था , उसकी नाक पतली, माथा ऊँचा और सिर आगे से गंजा एवं अधपकी बड़ी- बड़ी मूंछे थीं । उसने अपना हैट पीछे की तरफ कर रखा था और खुले ओवरकोट से उसकी कमीज बाहर की

तरफ झाँक रही थी । उसका चेहरा रूखा व कठोर था और इसमें कई जगह गहरे कटे निशान थे ।

उसके हाथ में एक छड़ी जैसी चीज दिख रही थी , परंतु जैसे ही उसने इसे जमीन पर रखा एक धातु के टकराने की आवाज आई । फिर उसने अपने ओवरकोट की जेब से एक बड़े आकार की चीज निकाली और उनको आपस में जोड़ने में व्यस्त हो गया । एक तेज क्लिक की आवाज के साथ उसने अपना काम खत्म किया , यह आवाज किसी स्प्रिंग या बोल्ट की अपनी जगह पर लगने जैसी थी । अभी भी वह आदमी जमीन पर ही झुका हुआ था और किसी लीवर जैसी चीज को खींच रहा था , जिसका परिणाम एक तेज चरखी की आवाज जैसा था , यह भी एक शक्तिशाली क्लिक पर ही खत्म हुई । अब वह खड़ा हो गया और मैंने देखा कि उसके हाथ में एक राइफल जैसी चीज थी, जिसका हत्था अजीब सा था । इसने इसकी नाल को बीच में से खोलकर इसमें कुछ डाला और फिर बंद कर दिया । उसने अपनी राइफल की नाल खुली खिड़की से बाहर की ओर कर दी और मैंने देखा कि उसकी लंबी [ छे इस पर झुकी हुई हैं । उसकी चमकती आँखें बाहर की तरफ देख रही थीं । जैसे ही मैंने उसके कंधे पर राइफल की बट को टिके देखा, मैंने राहत की साँस ली । जब उसकी निगाह के अंतिम हिस्से पर मेरी निगाह पड़ी तो मैंने उस चकित कर देनेवाले लक्ष्य को देखा, जो कि पीली पृष्ठभूमि पर एक काली आकृति थी । एक पल के लिए वह आदमी बिलकुल स्थिर हो गया और उसकी उँगली राइफल के ट्रिगर पर कस गई । तभी सनसनाती हुई तेज , देर तक और अजीब सी आवाज के साथ चमकीला शीशा टूटने की आवाज आई । ठीक उसी समय होम्स उस आदमी की पीठ पर चीते की तरह झपटे और उसे चेहरे के बल जमीन पर गिरा दिया । वह आदमी अगले ही पल उठा और उसने अपनी पूरी ताकत के साथ होम्स का गला पकड़ लिया , पर उसी समय मैंने अपने रिवॉल्वर की मूठ से उसके सिर पर चोट की और वह फिर से जमीन पर गिर पड़ा । मैं भी उस पर झपट पड़ा , तभी मेरे साथी ने एक तेज सीटी बजाई, जिसे सुनते ही कुछ दौड़ते हुए कदमों की आवाज और सामने दो वरदीधारी पुलिस के जवान आते दिखे ।

जिनके पास सादे कपड़ों में एक जासूस भी था । ये सभी सामने के दरवाजे से होते हुए कमरे में घुसे थे ।

होम्स ने कहा, " अरे लेस्ट्रेड तुम ? "

" जी हाँ, मि. होम्स ! मैंने इस काम को अपने हाथ में ले लिया था । आपको फिर से लंदन में देखकर बहुत खुशी हो रही है । "

" मेरे खयाल से तुम्हें थोड़ी गैर - सरकारी सहायता की जरूरत है । पिछले एक साल में हुई तीन-तीन हत्याएँ , जिनका अपराधी नहीं मिला, क्या ये यह नहीं दिखाती हैं ? किंतु तुमने मौलसे रहस्य को लग सकनेवाले समय से पहले ही पता लगा लिया था , इसीलिए मैं कहता हूँ कि तुमने बहुत ही अच्छा काम किया । "

हम सभी खड़े थे और हमारा कैदी , जिसे उन कांस्टेबिलों ने दोनों तरफ से पकड़ रखा था , वह लंबी-लंबी साँसें ले रहा था । सड़क पर पहले से ही कुछ लोग इकट्ठे होने शुरू हो गए थे। होम्स खिड़की की तरफ आगे बढ़े और इसे बंद करके इसका परदा गिरा दिया । लेस्ट्रेड ने दो मोमबत्तियाँ जला दीं और पुलिसवालों ने अपनी लालटेनों के भी ढक्कन हटा दिए थे। मैं अब अपने कैदी का चेहरा ठीक से देख सकता था ।

__ इस आदमी की शक्ल बहुत ही मरदानी और क्रूर थी , इसने मुड़कर हमारी तरफ देखा । एक दार्शनिक की तरह उसकी भौंहें और भोग-विलास वाले उसके जबड़े से पता चलता था कि उस आदमी में अच्छे और बुरे दोनों ही कामों को करने की पूरी क्षमता थी । प्रकृति के साधारण - खतरनाक चिह्नों को पढ़े बिना कोई भी उसकी सनकी पलकों से ढकी क्रूर नीली आँखों, खूखार चेहरे , आक्रामक और डराने वाली नाक एवं घनी भौंहों को नहीं देख सकता था । उसने हममें से किसी पर भी ध्यान नहीं दिया , पर उसकी आँखें होम्स के चेहरे पर गड़ी हुई थी, जिसमें घृणा और आश्चर्य दोनों का ही मिश्रण था । वह बुदबुदा रहा था, " तुम बहुत चालाक हो । "

होम्स ने उसके मुड़े- तुड़े कॉलर को ठीक करते हुए कहा, " ओह , कर्नल! प्रेमियों के मिल जाने से यात्राएँ खत्म हो जाती हैं । पुराने नाटक ऐसा ही कहते हैं । मुझे नहीं लग रहा है कि तुम्हें देखकर मुझे खुशी महसूस हो रही है , हालाँकि राइखेनबाख के झरने के ऊपर जब मैं लेटा था , तब तुमने मुझ पर ध्यान देने की मेहरबानी की थी । "

कर्नल अभी भी मेरे साथी को एकटक घूरता हुआ बोला, " तुम बहुत धूर्त हो । "

होम्स ने कहा, " मैंने अभी तक तुम्हारा इससे परिचय नहीं कराया है, यह आदमी कर्नल सेवेस्टियन मोरान है और किसी समय यह इंडियन आर्मी में था । हमारी ईस्टर्न एंपायर

का यह एक बेहतरीन निशानेबाज रह चुका है । कर्नल , मैं सही कह रहा हूँ कि चीतों के शिकार में तुम्हारा कोई सानी नहीं है । "

होम्स फिर बोले, "मेरी साधारण सी योजना ने इतने पुराने शिकारी को धोखा दे दिया । तुम्हें इसका अंदाज होना चाहिए था । क्या तुमने चीते के शिकार के लिए बछड़ा पेड़ में नहीं बाँधा है और तुमने अपनी राइफल के साथ पेड़ पर बैठकर इंतजार भी किया होगा । यह खाली मकान मेरा पेड़ है और तुम मेरे चीते । कई चीते होने की संभावना की वजह से तुमने अपने पास और भी बंदूकें रखी होंगी या तुम्हारा निशाना चूकने पर वे काम आतीं । "

उसने दूसरी तरफ इशारा करते हुए कहा, "ये हैं मेरी दूसरी बंदूकें , जो कि ठीक वैसी ही थीं । "

फिर गुस्से से गुर्राता हुआ आगे की ओर झपट पड़ा, पर तभी दोनों पुलिस वालों ने उसे पकड़कर पीछे की ओर ढकेल दिया । उसके चेहरे पर भयानक गुस्सा दिख रहा था ।

होम्स ने कहा, "मैं मानता हूँ कि तुमने भी मुझे थोड़ा आश्चर्य में डाल दिया था । मैंने यह नहीं सोचा था कि तुम भी इस काम के लिए इसी खिड़की का इस्तेमाल करोगे ।मैंने सोचा था कि तुम सड़क से ही अपने काम को अंजाम दोगे । इसीलिए मेरे साथी लेस्ट्रेड और उसके सहयोगी वहीं तुम्हारा इंतजार कर रहे थे। मेरी वह सारी तैयारी बेकार चली गई । "

कर्नल मोरान ने उस सरकारी जासूस की तरफ मुड़ते हुए कहा, "तुम्हारे पास मुझे गिरफ्तार करने की वजह हो सकती है और नहीं भी, पर इस आदमी का ताना सुनने की मेरे पास कोई वजह नहीं है, अगर मैं कानून के हाथ में हूँ तो कानून को अपने ढंग से काम करने दो । " लेस्ट्रेड ने कहा, "यह बात सही है, अब हमारे यहाँ से जाने तक आप कुछ भी नहीं कहेंगे । "

होम्स ने वह शक्तिशाली एयरगन जमीन से उठा ली और इसके काम करने के तरीके को ध्यान से देखने लगे , फिर बोले , "यह बहुत ही बेहतरीन हथियार है । इसमें आवाज भी नहीं होती है और इसकी मारक क्षमता भी अच्छी है । मैं जानता हूँ कि इसे उस प्रोफेसर मोरिआर्टी ने अंधे जर्मन मिस्त्री से ऑर्डर देकर बनवाया था । मैं इसके बारे में कई वर्षों

से जानता था , हालाँकि इसे इस तरह से परखने का अवसर मुझे पहले कभी नहीं मिला । लेस्ट्रेड, मैं इसमें लगनेवाली गोली पर भी तुम्हारा ध्यान आकर्षित करना चाहूँगा । "

लेस्ट्रेड ने कहा, "आप इसकी देखभाल के लिए मुझपर भरोसा कर सकते हैं । "

सभी लोगों के दरवाजे की ओर चलने के साथ ही वह फिर से बोला, "आप कुछ और भी कहना चाहते हैं ? "

"केवल यह पूछना चाहता हूँ कि इस पर कौन सा अभियोग लगाओगे ? "

"कौन सा आरोप सर ? इसने शेरलॉक होम्स की हत्या का प्रयास किया है । "

"ऐसा नहीं है, लेस्ट्रेड, मैं इस मामले में आना नहीं चाहता हूँ । इसका सारा श्रेय तुम्हें जाता है । हाँ , लेस्ट्रेड! मैं तुम्हें बधाई देता हूँ । इसमें तुमने अपनी चालाकी और साहस दोनों ही इस्तेमाल किए और इसे पकड़ लिया । "

"किसे? किसे मि . होम्स ? "

"यही वह आदमी है, जिसने पुलिस की सारी कोशिशें बेकार कर दी थीं – यह आदमी कर्नल सेबेस्टियन मोरान है, जिसने माननीय रोनाल्ड एडेयर की हत्या इसी एयरगन से 427, पार्क लेन के सामनेवाली खुली खिड़की से पिछले महीने की तेरह तारीख को की थी । यही इसका अभियोग है , लेस्ट्रेड । "

"वाटसन, अगर तुम उस टूटी हुई खिड़की से कुछ पाना चाहते हो तो मेरे पढ़ने वाले कमरे में आधे घंटे के लिए मेरे साथ एक सिगार पीते हुए तुम कुछ अच्छी जानकारियाँ प्राप्त कर सकते हो । "

हमारे पुराने कमरे माइक्राफ्ट होम्स और मिसेज हडसन की देखरेख में बिलकुल पहले की ही तरह थे। जैसे ही मैं कमरे में घुसा, मैंने देखा कि वहाँ एक अप्रत्याशित व्यवस्था थी , परंतु पुराने निशान अपनी ही जगह पर मौजूद थे ।

मेज पर एसिड के धब्बे पड़े हुए थे। वहाँ आलमारी में बेकार और संदर्भ ढूँढनेवाली किताबों के ढेर लगे थे, जिनमें से बहुत सी किताबों को तो एक आम नागरिक जला देना ही पसंद करेगा । चित्र , वायलिन का डब्बा, पाइप रखने का आला, यहाँ तक कि पर्शियन चप्पलें , जिनमें तंबाकू भी पड़ी थी , भी मेरी आँखों के सामने थीं । इस कमरे में दो लोगों का

दखल पहले से ही था – एक तो मिसेज हडसन, जिन्होंने हमें घुसते ही ऊपर से नीचे तक देखा और दूसरी वह मूरती, जिसने रात के रोमांच में एक अहम भूमिका अदा की थी । यह मूर्ति रंगीन मोम की थी और इसकी शक्ल मेरे साथी की बिलकुल हू- ब-हू थी । इसे एक छोटी सी टेबल पर रखा गया था और इसपर होम्स का एक गाऊन भी पड़ा था, ताकि सड़क से इसे उनके होने का भ्रम पैदा किया जा सके ।

होम्स ने कहा, "मिसेज हडसन! मुझे उम्मीद है कि आपने उन सभी सावधानियों पर एक नजर डाल ली होगी । "

"सर, जैसा आपने बताया था, मैं अपने घुटनों के बल ही गई थी । "

"बहुत बढिया । तुमने सारा काम बहुत ही अच्छे ढंग से किया था । क्या तुमने देखा कि वह गोली कहाँ गई ?"

"हाँ, सर ! पर मुझे डर है कि इसने आपकी खूबसूरत मूर्ति को तो बरबाद कर दिया होगा, क्योंकि वह इसके सिर को छेदते हुए दीवाल से टकराकर गिर पड़ी । मैंने उसे कालीन से उठा लिया था, यह रही! " होम्स ने इसे लेकर मुझे दे दिया और बोले, " वाटसन, तुम समझ ही रहे हो कि यह एक रिवॉल्वर की छोटी सी गोली है । कोई बहुत बुद्धिमान् व्यक्ति ही होगा, जो यह समझेगा कि यह गोली एयरगन से निकली है । ठीक है, मिसेज हडसन, आपके सहयोग का मैं बहुत ही आभारी हूँ । वाटसन, चलो, अब अपनी पुरानी जगह पर बैठते हैं, क्योंकि कई ऐसे विषय हैं, जिन पर मैं तुमसे बात करना चाहता हूँ । "

होम्स ने अपना फरवाला फ्रॉककोट उतार दिया और उस पुतले से अपना वही पुराना ड्रेसिंग गाऊन उठाकर पहन लिया । जब होम्स ने अपने पुतले का टूटा हुआ माथा देखा तो हँसते हुए बोला, "पुराने शिकारी दिमाग ने न तो अपना संतुलन खोया है और न ही अपनी आँखों का पैनापन । "

"मस्तिष्क को छेदती हुई सिर के पिछले भाग के ठीक बीच में इसने चोट पहुँचाई है । वह आदमी भारत का बेहतरीन शिकारी था और मुझे उम्मीद है कि लंदन में भी कुछ ही ऐसे बेहतर निशानेबाज होंगे । क्या तुमने इसका नाम सुना है ?"

"नहीं, मैंने नहीं सुना है । "

"वह बहुत ही मशहूर है, पर जहाँ तक मुझे याद है, तुमने प्रोफेसर जेम्स मोरिआर्टी का भी नाम नहीं सुना होगा , जो कि इस शताब्दी का बहुत ही तेज दिमागवाला व्यक्ति था । आलमारी से उठाकर जीवनियों की सूची मुझे दे दो । " वे अपनी कुरसी पर बैठकर हवा में सिगार के बादल उड़ाते हुए आराम से इसके पन्ने पलटते रहे ।

वे बोले, एम से मेरा संग्रह काफी अच्छा है । "मोरिआर्टी अपने आप में ही काफी विख्यात है और यहाँ है जहरखुरान मोरगन , और यह है बुरी स्मृतिवाला मेरिड्यु और अब मैथ्यु, जिसने चारिंग क्रॉस के वेटिंग रूम में मेरा बायाँ कोनेवाला दाँत तोड़ दिया था । अब आया हमारा आज की रातवाला दोस्त । "

होम्स ने किताब मुझे दे दी और मैंने इसे जोर से पढ़ा कर्नल मोरान सेबेस्टियन , बेरोजगार । पहले प्रथम बैंगलोर पाइनियर्स में था । पैदाइश लंदन , सन् 1840 । पुत्र - सर अगस्टस मोरान, सी . बी . पर्शिया के भूतपूर्व मिनिस्टर । शिक्षा - आक्सफोर्ड और इटान । सेवाएँ – जोबाकी कैंपेन , अफगान कैंपेन , चारासियाब, शेरपुर और काबुल । लेखक हेवी गेम ऑफ द वेस्टर्न हिमालयाज ( 1881); थ्री मंथ्स इन द जंगल ( 1884) । पता - कानड्युट स्ट्रीट । क्लब - द एंग्लो इंडियन , टैंकर विली, द बैगाटेल कार्ड क्लब । इसके हाशिए पर होम्स ने लिखा था - लंदन का दूसरा बेहद खतरनाक आदमी ।

किताब को वापस सौंपते हुए मैंने कहा, "यह आदमी एक सम्मानित सैनिक रहा है । "

होम्स ने जवाब दिया , "यह सच है । एक हद तक इसने कई अच्छे काम किए हैं । यह बहुत ही साहसी आदमी रहा है, इसकी कहानी अभी भी भारत में सुनाई जाती है कि शेर के आधे खाए हुए घायल आदमी के पीछे कैसे यह नाले में रेंगकर उतर गया था । वाटसन, कुछ पेड़ ऐसे होते हैं , जो एक खास ऊँचाई तक बढ़ते हैं और फिर उनमें अचानक कुछ विचित्रता सी विकसित हो जाती है । यह चीज तुम आदमियों में भी अकसर ही देखोगे । मैंने इसे एक सिद्धांत के रूप में भी महसूस किया है कि व्यक्ति के विकास में उसके पूर्वजों का बड़ा हाथ होता है और उसके जीवन में अचानक अच्छे या बुरे मोड़ इसलिए आते हैं , क्योंकि इन पर उसकी वंश - परंपरा का प्रभाव पड़ता है ।

व्यक्ति के अपने परिवार का निचोड़ जैसा होता है , व्यक्ति वैसा ही बनता है । "

"यह कल्पना भी हो सकती है । "

"खैर , मैं इस बात पर जोर नहीं दे रहा हूँ । चाहे जो भी कारण हो , कर्नल मोरान गलत आदमी बनना शुरू हो गया था ।किसी खुली बदनामी के न होने पर भी भारत में उसका रुकना मुश्किल हो गया था । वह वहाँ सेवामुक्त हो गया और लंदन वापस आ गया, फिर बुराई में उसने अपना नाम रोशन कर लिया । यही वह समय था , जब उसे प्रोफेसर मारिआर्टी ने पसंद कर लिया और उसे अपने आदमियों का मुखिया भी बना दिया । मोरिआर्टी ने उसे खुले हाथों से धन दिया और वह उससे केवल एक या दो बहुत ही ऊँचे दरजे का काम लेता था , जो कि उसके साधारण अपराधी नहीं कर पाते थे। तुम्हें सन् 1887 की वह घटना शायद याद हो , जिसमें लाडेर की मिसेज स्टेवर्ड की हत्या हुई थी । नहीं? खैर, मुझे यकीन है कि इसमें भी मोरान का ही हाथ था , पर कुछ भी सिद्ध नहीं किया जा सका । कितनी चालाकी से कर्नल को छुपा दिया गया था , यहाँ तक कि जब मोरिआर्टी का गिरोह तोड़ भी दिया गया था , तब भी हम उसे अपराधी सिद्ध नहीं कर पाए थे। तुम्हें शायद वह तारीख याद होगी, जब तुमने कमरे में पूछा था कि एयरगन के डर से मुझे दरवाजों को कैसे बंद रखना चाहिए? इसमें कोई शक नहीं है कि इसे तुमने मेरी कल्पना ही समझा था । मैं अच्छी तरह से जानता था कि मैं क्या कर रहा हूँ, क्योंकि मैं इस असाधारण गन के बारे में जानता था और मुझे यह भी पता था कि इसके पीछे दुनिया का एक बेहतरीन निशानेबाज है । जब हम स्विट्जरलैंड में थे, तब इसने मारिआर्टी के साथ हमारा पीछा किया था और यही वह आदमी था , जिसने मुझे राइजेनबाख के कगार पर वे खतरनाक पाँच मिनट दिए थे ।

"तुम सोच सकते हो कि अपने फ्रांस के प्रवास के दौरान मैंने अखबार कितने ध्यान से पढ़ा, ताकि मैं उससे बच सकूँ । जब तक वह लंदन में आजाद घूम रहा था , मेरी जिंदगी हमेशा खतरे में थी । रात हो या दिन, उसकी काली छाया हमेशा मेरे ऊपर मँडराती थी और आखिरकार उसे मौका मिल ही गया । मैं क्या कर सकता था ? मैं उसे देखते ही गोली नहीं मार सकता था , नहीं तो मैं कठघरे में होता । मजिस्ट्रेट से इस बारे में कहने में भी कोई फायदा नहीं था । वे केवल खतरनाक संदेह पर दखल नहीं दे सकते थे। इसीलिए मैं कुछ भी नहीं कर सका । किंतु मैंने अखबार की खबरों को यह जानते हुए देखता था कि कभी-न - कभी मैं उसे पकड़ ही लूँगा । तभी रोनाल्ड एडेयर की हत्या की खबर आई । आखिरकार मेरा मौका आ ही गया । मैंने जो किया , इससे क्या यह नहीं पता चलता था कि कर्नल मोरान ने ही यह काम किया है । उसने उस युवक के साथ ताश खेले और क्लब से उसके घर तक पीछा करके उसकी खुली खिड़की से उसे गोली

मार दी । इसमें अब कोई संदेह नहीं है । वे गोलियाँ ही उसके गले का फंदा बन चुकी हैं । मैं जैसे ही यहाँ पहुँचा, मुझे उसके संतरी ने देख लिया और मेरे अनुसार , उसने तुरंत ही कर्नल को मेरी मौजूदगी के बारे में सूचित कर दिया होगा । उसने मेरी वापसी को इस अपराध से जोड़ने में देरी नहीं की और इसके लिए वह खुंखार तरीके से तैयार हो गया । मुझे पक्का यकीन था कि वह मुझे अपने रास्ते से हटाने की कोशिश करेगा और इसके लिए वह अपने खतरनाक हथियार का भी इस्तेमाल करेगा । मैंने उसके लिए खिड़की में एक बढिया लक्ष्य भी रख छोड़ा था , साथ- ही - साथ मैंने पुलिस को भी बता दिया था कि उनकी जरूरत पड़ सकती है , और वाटसन! तुमने उनकी मौजूदगी दरवाजे पर बिलकुल सही समय पर देखी भी थी । मैंने न्यायिक सबूत के लिए इसका इस्तेमाल किया था , पर मैंने सपने में भी नहीं सोचा था कि वह अपने आक्रमण के लिए वही जगह चुनेगा ।

वाटसन, क्या अभी भी बताने के लिए कुछ बचा रह गया है ? "

मैंने कहा, " हाँ , आपने अभी तक यह नहीं स्पष्ट किया कि माननीय रोनाल्ड एडेयर की हत्या के पीछे कर्नल का मकसद क्या था ? "

" ओह, प्रिय वाटसन! जहाँ अधिकतर तार्किक दिमाग असफल होते हैं , वहाँ हम अनुमान का इस्तेमाल करते हैं । मौजूदा सबूतों के ऊपर हर कोई अपनी धारणा बनाता है और आपकी धारणा मेरी ही तरह सही भी हो सकती है । "

" तब, आप क्या कोई धारणा बना चुके हैं ? "

" मेरे खयाल से वास्तविकता को बताना कठिन नहीं है । कर्नल मोरान और उस युवक एडेयर के बीच सबूतों से यह पता चला कि उन्होंने काफी अधिक धन जीता था । इसमें कोई शक नहीं है कि मोरान ने बेईमानी की थी वैसे इस बात को मैं बहुत पहले से ही जानता था । मुझे यकीन है कि एडेयर को हत्यावाले दिन ही यह पता चल गया था कि मोरान बेईमानी कर रहा है । संभव है कि उसने मोरान से अकेले में बात भी की होगी और उसकी पोल खोल देने की धमकी भी दी होगी । यह भी कहा होगा कि वह क्लब को अपना त्याग- पत्र दे दे और आगे से ताश न खेलने की कसम भी खा ले । इसमें कोई शक नहीं था कि एडेयर के जैसा युवक तुरंत ही एक जाने- माने अपनी से बड़ी उम्र

के आदमी की पोल खोलकर उसकी घोर बदनामी कर देता । शायद उसने वैसा ही किया, जैसा कि मैं बता चुका हूँ ।

क्लब से निकाले जाने पर मोरान बरबाद हो जाता, क्योंकि उसे ताश की बेईमानी के खेल से फायदा होता था । इसीलिए उसने एडेयर की हत्या उसी समय कर दी, जब वह इसका हिसाब लगा रहा था कि उसे खुद कितना धन वापस करना है, क्योंकि उसके साथी ने बेईमानी की थी । उसने अपना दरवाजा इसलिए बंद कर लिया था कि घर की औरतें वहाँ अचानक न आ जाएँ और यह जानने की कोशिश न करने लगें कि वह इन नामों और सिक्कों को लेकर क्या कर रहा है ? अब तो जो होना था , सो हो गया । "

"मुझे इसमें कोई शक नहीं है कि आपने सच्चाई को ढूंढ़ निकाला। "

"अब यह अदालत में तय होगा या नहीं होगा । चाहे जो भी हो , पर इस बीच कर्नल मोरान हमारे लिए परेशानी का कारण नहीं बनेगा । वान हंडर की वह मशहूर एयरगन अब स्कॉटलैंड यार्ड के संग्रहालय की शोभा बढ़ाएगी । "

शेरलॉक होम्स अब अपनी जिंदगी को फिर से उन रोचक छोटी- छोटी समस्याओं की छानबीन में लगाने के लिए आजाद था , जिसका अवसर लंदन का जटिल जीवन उसे विपुल मात्रा में देता रहता था ।

# बोहेमिया की बदनामी

शेरलॉक होम्स के लिए वह केवल एक औरत थी। मैंने शायद ही कभी उसे किसी दूसरे नाम से पुकारते सुना होगा। उसकी नजर में वह संपूर्ण नारी जाति पर छा जाती थी और उस पर प्रभुत्व स्थापित करती सी प्रतीत होती थी। ऐसा भी नहीं था कि उसके मन में एरीन एडलर के प्रति किसी प्रकार की प्यार की भावना थी। कोमल भावनाएँ, खासतौर पर उनके मस्तिष्क में काबिले नफरत भी थी। मैं तो इसको इस तरह से लेता हूँ कि वह दुनिया की सबसे अच्छी तर्क करनेवाली व निरीक्षण करनेवाली मशीन था; पर जहाँ तक एक प्रेमी का सवाल है तो वहाँ वह गलत साबित होता । ताने व तिरस्कार के अलावा उसने कभी भी उससे नरमी से बात नहीं की थी। देखनेवालों के लिए ये सब बातें प्रशंसनीय हैं तथा व्यक्ति के व्यवहार व भावनाओं को बेपरदा करनेवाली हैं, किंतु एक प्रशिक्षित तार्किक व्यक्ति के लिए उसके अपने नाजुक और संतुलित व्यवहार में ऐसे हस्तक्षेप को आने देना उसके ध्यान को भंग करना ही है, और यह उसकी संपूर्ण मानसिक क्षमता पर संदेह पैदा करना है।

हाल ही तक होम्स से मेरी बहुत ही कम मुलाकातें हुई थीं। मेरी शादी ने हमें एक-दूसरे से थोड़ा दूर कर दिया था, जबकि होम्स अपनी उन्मुक्त प्रकृति के साथ समाज की सभी चीजों को नापसंद करते हुए अपनी पुरानी किताबों में डूबा बेकर स्ट्रीट में ही रह रहा था। हर हफ्ते कभी तो कोकीन और कभी अपनी महत्त्वाकांक्षा के साथ वह नशे की खुमारी तथा अपने सजग स्वभाव के साथ बना हुआ था। वह अपराध के अध्ययन के प्रति अपनी गहरी रुचि रखते हुए बिलकुल ही शांत था। वह अवलोकन की विलक्षण क्षमताओं को अपने अंदर समेटे हुए उन रहस्यों के सुराग ढूँढ़ लेता और उनसे परदा भी उठा देता, जिनको पुलिस अधिकारी निराधार मानकर छोड़ दिया करते थे । कभी-कभी मैं उसके कारनामे सुनता था कि किस तरह वह त्रिपाफ हत्या के केस में ओडेसा बुलाया गया था, जिसमें उसने ट्रिनकामले में एकिस्टन भाइयों की दुःखद कहानी का खुलासा किया और अंत में वह हॉलैंड के उस शाही परिवार के मिशन को भी सफलतापूर्वक पूरा कर पाया। इधर अपने पुराने सहयोगी और साथी के बारे में मुझे सिवाय उसकी उन खबरों के, जो कि अखबारों में छप जाती थीं, कुछ भी नहीं पता था ।

यह 20 मार्च, 1888 की रात थी और मैं एक मरीज को देखकर वापस लौट रहा था (मैंने अब फिर से मेडिकल प्रैक्टिस शुरू कर दी थी), तभी मैं बेकर स्ट्रीट से होकर निकला।

जैसे ही मैं अपने उस पुराने चिर-परिचित दरवाजे के सामने से होकर गुजरा, मेरे मन में होम्स को फिर से देखने और यह जानने की इच्छा हुई कि वह अपनी असाधारण ऊर्जा का किस तरह से इस्तेमाल कर रहा है। उसके कमरे में पर्याप्त रोशनी थी और मैंने देखा कि उसकी लंबी व असाधारण काया मेरे सामने से दो बार गुजरी। वह अपने कमरे में तेजी से टहल रहा था। उसका सिर अपनी छाती पर झुका हुआ था और उसने अपने हाथ पीछे से बाँध रखे थे। मैं चूँकि उसकी हर आदत और मिजाज को समझता था, इसीलिए उसके इस व्यवहार से मुझे एक नई कहानी का पता चल रहा था। वह फिर से अपने काम में लग गया था। वह अपने नशे के सपनों से बाहर आ चुका था और किसी नई समस्या की खुशबू में डूबा हुआ था। मैंने घंटी बजाई, तो उसने उस कमरे की ओर इशारा किया, जो कि कभी मेरा हुआ करता था। उसके व्यवहार में बहुत अधिक उत्सुकता नहीं थी। ऐसा कभी-कभी ही होता था, पर मुझे लगा कि मुझे देखकर वह खुश है। बिना एक शब्द भी बोले अपनी दयालुता भरी आँखों के इशारे से उसने मुझे कुरसी पर बैठाया और अपना

सिगारवाला डिब्बा मेरी तरफ फेंकते हुए कोने में पड़े लाइटर की ओर इशारा किया, फिर अँगीठी के सामने खड़े होकर उसने अपने खास आत्म-विश्लेषणवाले तरीके से मुझे देखा।

"शादी से तुम खुश हो, वाटसन! जब से मैंने तुम्हें देखा है, तुम साढ़े सात पाउंड बढ़ गए हो। "

"सात!" मैंने जवाब दिया।

"वाकई, मुझे थोड़ा और अधिक सोचना चाहिए था। बस थोड़ा सा ही, और आगे से मैं इसका खयाल रखूँगा।" "तुमने मुझे यह नहीं बताया कि तुम काम करने के लिए अपना मन बना चुके हो।"

" तब, तुम्हें कैसे पता चला?"

"मैंने यह सब देखा और जान गया। मैं यह कैसे जान सकता हूँ कि तुम हाल ही तक भागते रहे हो और तुम्हारे पास एक फूहड़ और लापरवाह नौकरानी है?"

मैंने यह कहा, "मेरे प्यारे होम्स, बहुत हो चुका। क्या तुम कई सदियाँ जी चुके हो? यह सच है कि मैं गुरुवार को दूर देहात में गया था और बड़ी गंदी हालत में घर पहुँचा, पर मैंने अपने कपड़े बदल लिये हैं। मैं यह सोच नहीं पा रहा हूँ कि तुमने इसका अंदाज कैसे

लगाया? जहाँ तक मेरी नौकरानी मेरीजेन का सवाल है, वह बहुत ही फूहड़ है, मेरी पत्नी भी उसे कई बार टोक चुकी है, पर तुम्हें यह सब कैसे पता चला?'"

वह थोड़ा सा मुसकराया और उसने अपने हाथों को आपस में रगड़ा, फिर बोला, "इसमें कुछ खास नहीं है, मेरी आँखों ने मुझे दिखाया कि तुम्हारे बाएँ जूते के भीतर की ओर, ठीक वहीं जहाँ पर अँगीठी की रोशनी चमक रही है, चमड़े पर छह बराबर खरोंचों के निशान लगे हैं। किसी ने लापरवाही से उन पर जमी मिट्टी की परत को हटाने के लिए खुरचा है, जिसकी वजह से ऐसा हुआ। अब तुम मेरा दूसरा निष्कर्ष देख सकते हो कि तुम बहुत ही खराब मौसम में बाहर गए थे और तुमने लंदन की खास तरह की बूट पॉलिश लगा रखी है। तुम्हारी प्रैक्टिस के मद्देनजर, जब एक भला आदमी मेरे कमरे में आइडोफार्म की महक के साथ घुसता है और उसके हैट के दाहिने तरफ के उभरे हिस्से से पता चलता है कि उसने इसमें अपना आला छिपा रखा है, तब अगर मैं उसे मेडिकल पेशे का सक्रिय सदस्य न पुकारूँ तो फिर मैं वाकई बेवकूफ हूँ।"

इन नतीजों तक पहुँचने के उसके तरीकों को सुनकर मैं अपनी हँसी न रोक सका।

मैंने कहा, "तुम्हारे बताए कारणों को जब मैं सुन रहा था, तब ये चीजें इतने मजेदार और सरल ढंग से मेरे सामने आ रही थीं कि जैसे इन्हें मैं खुद ही बता रहा होऊँ, हालाँकि तुम्हारे हर तर्क पर मैं तब तक भ्रमित था जब तक कि तुम अपनी प्रक्रिया को बता नहीं देते थे। अभी भी मुझे यकीन है कि मेरी आँखें तुम्हारी तरह ही अच्छी भली-चंगी हैं।"

होम्स बोला, "बिलकुल मुमकिन है।" फिर उसने अपनी सिगरेट जलाई और आरामकुरसी पर बैठ गया।

"तुम देखते तो हो, पर ध्यान से नहीं देखते। इन दोनों में काफी अंतर है, जैसे तुमने कई बार उन कदमों को देखा होगा, जो कि इस हॉल तक आते हैं।"

"कई बार।"

"कितनी बार ?"

"सौ बार तो देखा ही होगा।"

"तब बताओ, वे कितने कदम होंगे?"

"कितने कदम? यह मैं नहीं बता पाऊँगा।"

"ऐसा ही है! तुमने इन्हें ध्यान से नहीं देखा, पर तुम उन्हें देख चुके हो। और यही मेरा बिंदु है। अब मैं तुमको बताता हूँ कि वहाँ सत्रह कदम हैं, क्योंकि मैंने उन्हें देखा है और ध्यान से देखा है। चूँकि तुम मेरी इन छोटी-छोटी समस्याओं में रुचि लेते हो और मेरे इन छोटे-छोटे अनुभवों को लिखते भी हो, इसलिए तुम्हारी इनमें रुचि हो सकती है।"

उसने गुलाबी रंग का मोटे कागज का एक टुकड़ा मेरी ओर उछाला, जो कि मेज पर खुला पड़ा हुआ था।

वह बोला, "जोर से पढ़ो, यह आज की आखिरी डाक से आया है। "

इस रुक्के में न तो तारीख थी और न ही पता ।

'आज की रात सवा आठ बजे आपसे मुलाकात की जाएगी, क्योंकि एक भला आदमी आपसे किसी गंभीर मसले पर परामर्श लेना चाहता है। यूरोप के शाही घरानों में से एक के लिए आपकी दी गई हाल ही की सेवाओं से पता चलता है कि आप ही वह व्यक्ति हैं, जिन पर उन मामलों का यकीन किया जा सकता है, जो कि बहुत ही खास हैं और जिन्हें बढ़ा-चढ़ाकर भी नहीं बताया जा सकता है। आपके बारे में यह जानकारी हमें कई सूत्रों से मिली है। आप उस समय अपने चेंबर में ही रहें और यदि आपका आगंतुक नकाब में आता है तो नाराज मत हो जाइएगा।"

मैंने टिप्पणी की, "यह तो वाकई एक रहस्य है, इससे आप क्या अंदाज लगाते हैं?"

"मेरे पास कोई आँकड़ा नहीं है। बिना आँकड़े के किसी धारणा पर पहुँचना एक बड़ी गलती होगी। तथ्यों के अनुरूप धारणाएँ बनाने के बजाय व्यक्ति बेवकूफी से धारणाओं के अनुसार तथ्यों को तोड़ता-मरोड़ता है, परंतु इस पर ध्यान रखें कि आप इससे क्या परिणाम निकालते हैं?"

"मैंने उस कागज और उस पर लिखी लिखावट दोनों को ही अच्छी तरह से देख लिया है।"

"अपने साथी की ही तरह मैंने भी कहा, "जिस आदमी ने इसे लिखा है, उसके काफी संपन्न होने की संभावना है, क्योंकि ऐसे कागज का पैकेट आधे क्राउन से कम कीमत का नहीं

होगा, यह खासा मोटा और मजबूत है।'होम्स बोले, "खास - एक महत्त्वपूर्ण शब्द है । यह किसी भी हाल में इंग्लैंड का कागज नहीं लगता है, इसे रोशनी में लेकर चलो।"

मैंने ऐसा ही किया और देखा कि कागज की बनावट पर बड़ा 'ई', छोटा 'जी', बड़ा 'पी', बड़ा 'जी' और छोटा 'टी' बुना हुआ है।

होम्स ने पूछा, "इसका तुम क्या अर्थ लगाते हो?"

"इसमें कोई शक नहीं है कि यह कागज बनानेवाले का नाम या उसका मोनोग्राम होगा।"

"ऐसा नहीं है, बड़े 'जी' के साथ छोटा 'टी' लिखा है, जो कि जर्मन भाषा में कंपनी के लिए इस्तेमाल होता है। और 'पी' से वाकई पेपर का पता चलता है। 'ई' और 'जी' के लिए आओ, महाद्वीपीय गजेटियर पर एक निगाह डालते हैं।" उसने अपनी अलमारी से भूरे रंग का भारी-भरकम गजेटियर का खंड निकाला।

"इगरिया यहाँ जर्मन भाषी क्षेत्र में है - यह है बोहेमिया । "

"यह जगह कार्लस्वाड से दूर नहीं है। वैसे यह जगह वैलंसटीन की मौत और उनकी कई काँच फैक्ट्रियों और कागज मिलों के कारण मशहूर है। इससे अब तुम क्या अनुमान लगाते हो?"

उसकी आँखों में एक चमक आ गई थी और उसने अपनी सिगरेट से कामयाबी का एक गहरा नीला धुआँ फेंका। मैंने कहा, "यह कागज बोहेमिया में बनाया गया है । "

"और यह भी तय है कि जिस व्यक्ति ने यह रुक्का लिखा वह जर्मन है। क्या तुमने उस खास तरह के वाक्य की रचना पर ध्यान दिया है। एक फ्रांसीसी या रूसी आदमी इस तरह से नहीं लिख सकता है। एक जर्मन ही क्रियापदों के प्रयोग में शिष्टाचार का उपयोग नहीं करता है। अब केवल यह जानना रह जाता है कि वह जर्मन, जिसने उस बोहेमिया के कागज पर लिखा है और अपना चेहरा न दिखाने के लिए नकाब का प्रयोग कर रहा है, वह क्या चाहता है? अगर मैं गलत नहीं हूँ तो वह यहाँ हमारे सभी शक शुबहों को दूर करने आएगा।"

जैसे ही उसने अपनी बात खत्म की, घोड़ों के खुरों, पहिए के रुकने और घंटियों के खींचे जाने की एक तेज आवाज आई।

होम्स ने सीटी की आवाज निकाली और कहा, "आवाज से पता चलता है कि घोड़ों की जोड़ी है।" और फिर खिड़की से बाहर झाँकते हुए बोले, "हाँ, एक छोटी सी बंद घोड़ागाड़ी है और एक जोड़ा सुंदर घोड़े भी हैं। एक की कीमत एक सौ पचास गिन्नी होगी। इस केस में और कुछ हो न हो, पर रकम है, वाटसन!"

"होम्स, मैं सोचता हूँ कि मेरा अब जाना ही बेहतर होगा।"

"बिलकुल नहीं, डॉक्टर! तुम जहाँ हो, वहीं रुके रहो। बिना तुम्हारे जैसे साथी के मैं कुछ भी नहीं हूँ। यह मेरा तुमसे वादा है कि यह केस बहुत ही रोचक होगा। इसे छोड़ना खेद का विषय होगा।"

"पर तुम्हारा मुवक्किल... '

"उसकी चिंता मत करो। मुझे तुम्हारी सहायता चाहिए तो उसे भी चाहिए। अब वह आ रहा है, इसीलिए कुरसी पर बैठ जाओ, डॉक्टर, और इस केस पर अपना पूरा ध्यान दो।"

सीढ़ियों और गलियारे में भारी और धीमे कदमों की आवाज आ रही थी और वह दरवाजे के ठीक बाहर आकर बंद हो गई। फिर दरवाजे पर एक तेज और अधिकार से भरी थपथपाहट हुई।

होम्स ने कहा, "अंदर आ जाइए।"

एक आदमी अंदर कमरे में घुसा। उसकी ऊँचाई 6 फीट 6 इंच से कम नहीं थी, उसकी छाती और शरीर के बाकी अंग हरक्युलिस की तरह थे। उसका पहनावा काफी कीमती था, परंतु इंग्लैंड में इसे भद्दी रुचि का ही समझा जाएगा। उसकी बाँहों और सामने के दोहरे कोट तक झालर थी, जबकि कंधे पर गहरे नीले रंग का लबादा पड़ा था, जिसमें आग के रंग की सिल्क की धारियाँ थीं और यह उसकी गरदन पर बँधा हुआ था, जिसमें एक लहसुनिया भी जड़ा था। उसके जूते पिंडलियों तक ऊँचे थे और उनमें ऊपर की ओर एक कीमती भूरा फर भी लगा हुआ था। इस तरह वह पूरा का पूरा एक अतिसंपन्न क्रूर व्यक्ति का रूप लिये हुए था। उस आदमी ने अपने हाथों में मोटी चौड़ाईवाला एक टोप ले रखा था, हालाँकि उसे उसने सिर के ऊपरी हिस्से में ही पहना था। उसने अपना नकाब अपनी ठुड्डी तक खींच रखा था, जिसे उसने उसी समय ही ठीक किया, क्योंकि जैसे ही वह कमरे के भीतर घुसा, उसने अपना हाथ इसी काम के लिए ऊपर उठाया था। उसके चेहरे के निचले हिस्से को देखकर ऐसा मालूम पड़ता था कि वह व्यक्ति दृढ़ चरित्र का

है, पर उसके मोटे लटकते होंठ और सीधी ठुड्डी से उसके जिद्दी होने का भी पता चलता था।

उसने जर्मन लहजे में अपनी गरजती आवाज में पूछा, "आपको मेरा संदेश मिला होगा? मैंने आपको बताया था कि मैं आपसे मिलूँगा।"

फिर उसने हम दोनों की ओर इस आशय के साथ देखा कि वह हममें से किसे संबोधित करे ।

होम्स बोले, "कृपया बैठिए। यह हैं डॉ. वाटसन मेरे साथी और सहयोगी, जो कि अकसर ही मेरे केसों में मेरी सहायता करते हैं।"

"मुझे किससे बात करनी चाहिए ?'

'आप मुझे काउंट वान क्राम कह सकते हैं, मैं बोहेमिया का एक सम्मानित आदमी हूँ। मैं समझता हूँ कि यह व्यक्ति आपका मित्र है और सम्मानित भी है, जिस पर मैं अपने बहुत ही महत्त्वपूर्ण मामले के लिए विश्वास कर सकता हूँ। अगर ऐसा नहीं है, तो मुझे आप से अकेले में ही बात करनी चाहिए। "

मैं जाने के लिए उठा ही था कि होम्स ने मेरी कलाई पकड़ ली, मुझे मेरी कुरसी पर वापस बैठा दिया और कहा, 'आप मुझसे जो भी कहना चाहते हैं, इनके सामने कह सकते हैं।"

काउंट ने अपने चौड़े कंधे उचकाए और कहा, "तब मैं शुरू करता हूँ, आप दोनों को दो सालों के लिए पूरी गोपनीयता बरतने के लिए मैं अनुबंधित करता हूँ, क्योंकि इसके बाद इस मामले का कोई महत्त्व नहीं रह जाएगा। इस समय यह कहना भी काफी नहीं है कि इसका महत्त्व इतना है कि यह यूरोपीय इतिहास पर अपना प्रभाव डाल सकेगा।"

होम्स ने कहा, "मैं वादा करता हूँ।"

"और मैं भी।"

हमारे अजनबी आगंतुक ने कहा, 'आप मुझे इस नकाब के लिए माफ करेंगे, क्योंकि वह सम्मानित व्यक्ति जिसने मुझे नियुक्त किया है, उसकी इच्छा है कि उसका एजेंट आपसे

अपरिचित ही रहे और मैं माफी चाहता हूँ कि मैं अभी जिस उपाधि से खुद को नवाजा, वह मेरी अपनी नहीं है। "

होम्स ने थोड़े रूखेपन से कहा, "मैं यह जानता था । "

'"परिस्थितियाँ बहुत ही नाजुक हैं और इनको सँभालने के लिए एहतियात की जरूरत है, नहीं तो यह बदनामी की एक बड़ी वजह बन सकती है और यूरोप के शासकीय परिवारों में से एक को गंभीर नुकसान पहुँचा सकती है। खुलकर कहें तो यह मामला आर्मस्टीन के शाही घराने बोहेमिया के वंशज राजाओं को फँसा रहा है। "

होम्स ने खुद को आरामकुरसी में धँसाते हुए और अपनी आँखें बंद करके फुसफुसाते हुए कहा, "मैं यह भी जानता था।"

हमारे आगंतुक ने आराम से निष्क्रिय पड़े उस व्यक्ति की ओर आश्चर्य से देखा, जिसने खुद को यूरोप के एक अति ऊर्जावान एजेंट और त्वरित तार्किक व्यक्ति के रूप में स्थापित किया था ।

होम्स ने अपनी आँखें धीमे से खोलीं, अपने उस भीमकाय मुवक्किल की तरफ अधीरता से देखा और कहा, "यदि महामहिम अपने इस मामले को बताने की कृपा करें तो मैं आपको बेहतर परामर्श दे पाऊँगा।"

वह आदमी अपनी कुरसी से उछल पड़ा और कमरे में बेचैनी से इधर-उधर टहलने लगा, फिर बेचैनी के भाव के साथ उसने अपना नकाब नोचकर जमीन पर फेंक दिया और चीखकर कहा, "तुम सही कहते हो, मैं ही किंग हूँ। अब मुझे इसे छिपाने की क्या जरूरत है?"

होम्स फुसफुसाते हुए बोले, "वाकई, महामहिम ने मुझे नहीं बताया था, पर मैं जानता था कि मैं वेल्हम गागरिश सिगमंड वान आर्मस्टीन, कैसल पेलेस्टीन के महान् ड्यूक और बोहेमिया के वंशज किंग से बात कर रहा हूँ।"

हमारे विचित्र से आगंतुक ने फिर से कुरसी पर बैठते हुए और अपने ऊँचे सफेद माथे पर हाथ फेरते हुए कहा, 'आप समझ ही सकते हैं कि मैं खुद ही इस तरह के काम करने का आदी नहीं हूँ, पर यह मामला इतना नाजुक था कि बिना इसमें खुद को शामिल किए मैं

किसी एजेंट को बता नहीं सकता था। मैं आप से परामर्श लेने के लिए छिपकर प्राग से यहाँ आया हूँ।"

होम्स ने फिर अपनी आँखें बंद करते हुए कहा, "तब कृपया परामर्श लीजिए।"

"संक्षेप में कुछ तथ्य इस प्रकार हैं- करीब पाँच साल पहले वारसा की एक लंबी यात्रा के दौरान मेरी मुलाकात एक पहुँची हुई तिकड़मी महिला से हुई थी, उसका नाम एरन एडलर है। इसमें कोई शक नहीं है कि आप भी इस नाम से परिचित होंगे।"

होम्स ने अपनी आँखें मूँदे ही फुसफुसाते हुए कहा, "डॉक्टर, प्लीज जरा इस नाम को मेरी सूची में देखिए।"

इधर कई सालों से होम्स ने लोगों के नामों और उनसे संबंधित चीजों की जानकारियों को एक जगह सूची बनाकर रखने का तरीका अपना लिया था, क्योंकि इसके बिना उन्हें नाम और विषय जानने में मुश्किल होती थी। इस मामले में मैंने उस महिला का जीवन परिचय ढूँढ़ निकाला, जो हिब्रू के गुरु और स्टाफ कमांडर (जिन्होंने गहरे समुद्र की मछलियों के बारे में लिखा है) के बीच थी।

होम्स ने कहा, "मुझे देखने दो।"

वह सन् 1858 में न्यूजर्सी में पैदा हुई थी। वारसा के इंपीरियल संगीत नाट्य की गायिका और अब सेवानिवृत्त । संभव है, लंदन में ही रह रही हो। जैसा कि मैं समझता हूँ, महामहिम का इस जवान औरत से कभी संबंध था और इस औरत को महामहिम ने कुछ अंतरंग पत्र भी लिखे थे, अब आप उन पत्रों को वापस लेना चाहते हैं।"

"बिलकुल ऐसा ही है, पर कैसे?"

"क्या आपने उससे छुपाकर शादी की थी ?"

"नहीं।"

"कोई कानूनी कागज या प्रमाणपत्र ?"

"नहीं।"

"तब, महामहिम! मैं यह समझ नहीं पा रहा हूँ कि वह महिला जब उन पत्रों को ब्लैकमेल करने या किसी अन्य उद्देश्य के लिए प्रस्तुत करेगी, तब उनकी प्रामाणिकता कैसे सिद्ध करेगी?"

"मेरी लिखावट से।"

"धोखाधड़ी भी हो सकती है।"

" वे मेरे निजी कागज हैं। "

"चोरी चले गए होंगे।"

"मेरी अपनी मुहर ।"

" हूबहू वैसी ही बना ली गई होगी।"

" मेरे फोटोग्राफ।"

"ये भी लिये जा सकते हैं।"

"हम दोनों उस फोटोग्राफ में साथ-साथ थे।"

'ओह! यही बुरा हुआ। महामहिम, यहाँ आपने वाकई असावधानी बरती है। "

"मैं उस समय पागल था, बिलकुल पागल ! "

"क्या इस मामले में आप वाकई गंभीर थे?"

"उस समय मैं राजकुमार ही था और युवक भी, पर अब मैं तीस साल का हूँ।"

"वह चिट्ठियाँ वापस पाई जा सकती थीं।"

"हमने कोशिश की थी, पर हम असफल रहे।"

"महामहिम को इसके लिए धन खर्चा करना पड़ेगा। वे चिट्ठियाँ वापस मिल जानी चाहिए।"

'वह उन्हें बेचेगी नहीं।"

"तब चुरा ली जाएँगी।"

"पाँच बार कोशिश की जा चुकी है। मेरे धन के बल पर दो बार उसके घर में सेंध भी लगाई जा चुकी है। एक बार जब वह यात्रा कर रही थी तो हमने उसका सामान ही दूसरी जगह भिजवा दिया था। दो बार वह बीच रास्ते में ही उतारी जा चुकी है, फिर भी कोई फायदा नहीं हुआ।"

"उनका कोई निशान भी नहीं मिला?" "बिलकुल नहीं।"

"होम्स हँसा और बोला, "यह बहुत ही छोटी सी समस्या है।' किंग छूटते ही बोल पड़े, "पर यह मेरे लिए बहुत ही गंभीर है।"

" वाकई ! वह उन फोटोग्राफ का क्या करना चाहती है?

"मुझे बरबाद करना।"

"पर कैसे?"

"मैं शादी करनेवाला हूँ।"

"हाँ, मैंने सुना है।"

"वह स्कैंडेनेविया के किंग की दूसरी बेटी है और उसका नाम क्लोटिलडी लोपमैन वान सेक्से मेनिनजेन है। आप उसके परिवार के कड़े सिद्धांतों के बारे में पता कर सकते हैं। वह खुद भी बहुत ही नाजुक स्वभाव की है। मेरे चरित्र पर शक की छाप ही इस संबंध को खत्म कर देगी।"

"और, एरन एडलर?"

"वह उन फोटोग्राफ्स को वहाँ भेजने की धमकी दे रही है। और वह इसे कर भी देगी। आप उसे नहीं जानते हैं, वह बहुत ही कठोर स्वभाववाली है। उसकी शक्ल तो बहुत ही खूबसूरत औरत की है, पर मन बहुत ही कठोर आदमी का है। यदि मैं किसी और औरत से शादी करता हूँ तो वह किसी भी हद तक जा सकती है।"

'आपको यकीन है कि उसने इन्हें अभी तक वहाँ नहीं भेजा होगा।"

"मुझे पक्का यकीन है।"

"क्यों?"

"क्योंकि उसने कहा है कि जिस दिन सगाई की घोषणा होगी, उसी दिन वह इनको भेजेगी और वह दिन अगला सोमवार ही है।"

होम्स ने जम्हाई लेते हुए कहा, "ओह, अभी तीन दिन बाकी हैं। यह बहुत अच्छी बात है, क्योंकि मुझे हाल ही में एक-दो और मामले निपटाने हैं। महामहिम, क्या लंदन में ही रहेंगे?"

"बिलकुल, तुम मुझे वहाँ लैघम में काउंट वान क्राम के नाम से जान सकते हो।"

'तब मैं आपको वहीं कुछ लिखूँगा, ताकि आपको पता लग सके कि हमने कितनी प्रगति की है। "

"प्लीज जरूर! मैं बहुत ही बेचैन हूँ।"

" और धन?"

"उस पर आपको पूरा अधिकार है।"

"पूरा ?"

'"मैं आपको पहले ही बता चुका हूँ कि मैं उन फोटोग्राफ के बदले अपने राज्य का एक प्रांत तक दे सकता हूँ।"

'और मौजूदा खर्च के लिए?"

किंग ने अपने लबादे के भीतर से साँभर के चमड़े का एक भारी बटुआ निकालकर मेज पर रखते हुए कहा, "इसमें स्वर्ण के रूप में तीन सौ पाउंड्स और नाटों के रूप में सात सौ पाउंड्स हैं। "

होम्स ने अपनी नोटबुक से एक रसीद काटी और उन्हें दे दी।

होम्स ने पूछा, "मिस का पता ? "

"ब्रॉनी लॉज, सरपेंटाइन एवेन्यू, सेंट जॉन्स वुड।"

होम्स ने इसे लिख लिया और कहा, "एक और प्रश्न, क्या उसका कोई फोटोग्राफ है? क्या यह कैबिनेट साइज का है?"

"हाँ।"

"ठीक है, महामहिम, 'गुड नाइट' और मुझे विश्वास है कि हमारे पास आपके लिए एक अच्छी खबर होगी।" जैसे ही वह घोड़ागाड़ी वापस जाने के लिए मुड़ी, उसने कहा, "गुड नाइट वाटसन ! यदि तुम कल दोपहर तीन बजे आओ, तो मैं तुम्हारे साथ इस मामले पर बात करूँगा।"

: 2:

मैं ठीक तीन बजे बेकर स्ट्रीट पहुँच गया था, पर होम्स अभी तक वापस नहीं लौटा था। मकान मालकिन ने मुझे बताया कि वह सुबह आठ बजे ही घर से निकल गया था। मैं आतिशदान के बगल में उनका इंतजार करने के इरादे से बैठ गया कि उनको देर हो सकती थी। मैं उनकी छानबीन में पहले से ही गंभीरतापूर्वक रुचि ले रहा था, हालाँकि इसमें विशेष गंभीरता या आश्चर्यजनक जैसा कुछ भी नहीं था, साथ ही साथ यह दो अपराधों से जुड़ा केस था, जिसे मैं पहले ही नोट कर चुका था, फिर भी इस केस की प्रकृति और इसके मुवक्किल की बड़ी हैसियत अपनी ही तरह की थी। वास्तव में, इस छानबीन की प्रकृति के अलावा जो चीज मेरे साथी के हाथ में थी, वह थी स्थिति पर उनका पूरी तरह से कब्जा और उनके सजग खोजी तर्क, जिन्होंने उनके काम करने के ढंग और अति जटिल रहस्यों को सुलझाने के उनके सूक्ष्म तरीकों को मेरे लिए मजेदार बना दिया था। मैं उसकी पक्की सफलता का इतना आदी था कि उसके असफल होने की संभावना मेरे दिमाग को छू तक नहीं गई थी।

इस समय शाम के चार बजने ही वाले थे कि कमरे का दरवाजा खुला और शराबी की तरह बाल बिखेरे, गलमुच्छोंवाला उत्तेजित चेहरा लिये और अस्त-व्यस्त कपड़ों में होम्स कमरे में घुसा। अपने साथी के आश्चर्यजनक रूप से रूप बदलने के प्रयोग का अभ्यस्त होने पर भी मुझे अपने यकीन के लिए उसे तीन बार देखना पड़ा कि यह वही है । सहमति से सिर हिलाते हुए वह अपने बेडरूम में घुस गया और पाँच ही मिनट बाद ट्वीड का सूट पहने हुए वह अपने पहलेवाले रूप में बाहर निकल आया। अपने हाथों को जेब में डाले हुए उसने अँगीठी के सामने अपने पैर फैला दिए और फिर कुछ मिनटों तक खुलकर हँसता रहा।

वह लगभग चीखते हुए बोले, "वाकई!'

हँसते हुए उसका गला रुँध सा गया और फिर वह असहाय होकर कुरसी पर पीछे होकर बैठ गया।

"क्या बात है?"

"यह वाकया बहुत ही मजेदार था। मुझे यकीन है कि तुम अंदाज भी नहीं लगा पाओगे कि मेरी सुबह आज कैसी रही और इसे खत्म करने के लिए मैंने क्या किया?"

"मैं सोच भी नहीं पा रहा हूँ। मेरे खयाल से तुम मिस एडलर की आदतों और उसके घर को देखने गए होंगे।" "बिलकुल ठीक! पर परिणाम कुछ अजीब सा था। फिर भी मैं तुम्हें बताऊँगा। आज सुबह आठ बजने के कुछ देर बाद ही मैं एक बेकार घुमक्कड़ आदमी का रूप बनाकर घर से निकल गया । वहाँ उन घोड़ेवालों के बीच मेरे लिए उनकी एक सद्भावना और आपसी समानता भी थी। उनमें से एक बन जाओ, तभी तुम्हें जो जानना है, वह तुम जान पाओगे। मैंने जल्दी ही ब्रॉनी लॉज ढूँढ़ निकाला। यह लॉज बिजो विला में है और इसके ठीक पीछे एक बगीचा है, पर यह सामने सड़क पर दो मंजिला बना हुआ है। दरवाजों में ताले लगे हैं, दाहिनी तरफ बैठने के लिए एक बड़ा कमरा है, जिसमें जमीन तक की लंबी खिड़कियाँ बनी हैं और उन्हें खोलने का इंतजाम इस तरह से है कि कोई बच्चा भी इसे खोल सके। वहाँ के कमरे बिलकुल सजे सजाए हैं। इसके पीछे ऐसा कुछ भी नहीं था, सिवाय इसके कि गलियारे की खिड़की कोच हाउस के ऊपर तक पहुँचे। मैं यहाँ चारों तरफ घूमा और इसकी हर तरह जाँच की, पर मुझे ऐसा कुछ भी नहीं मिला।

मैं तब नीचे सड़क पर आ गया और जैसा कि मुझे अंदाज था, वहाँ गली में एक छोटा सा अस्तबल मिल गया, जिसकी एक दीवार बगीचे से लगी हुई थी। मैंने साईस से हाथ मिलाया और उसके घोड़ों को सहलाया, फिर दो पेंस व आधे गिलास शैग तंबाकू मिस एरेन के बारे में जो मैं चाहता था, वे जानकारियाँ मुझे मिल गईं। उसके पड़ोस में रहनेवाले आधे दर्जन लोगों में मेरी बिलकुल ही दिलचस्पी नहीं थी, बल्कि यहाँ से मिला उसका जीवन परिचय सुनने के लिए मैं मजबूर हो गया था।"

मैंने पूछा, "एडलर का क्या हुआ?"

"वह औरत वहाँ के सभी आदमियों का घमंड तोड़ चुकी है। वह बला की खूबसूरत है। ऐसा ही उस साईस ने मुझे बताया था। वह औरत अकेली ही रहती है और समारोहों में

गाना गाती है। वह हर रोज पाँच बजे शाम को बाहर जाती है और ठीक सात बजे खाना खाने के लिए वापस आ जाती है। सिवाय गाना गाने के वह शायद ही कभी किसी और समय कहीं जाती है। वहाँ सिर्फ एक ही आदमी आता है, पर उनके आपस में संबंध अच्छे हैं। वह साँवले से रंग का खूबसूरत नौजवान है, वह दिन में एक बार से कम नहीं आता है और कभी-कभी तो दो बार आता है। वह इनर टैंपल का रहनेवाला है और उसका नाम गाडफ्रे नार्टन है। देखा तुमने, कोचवान को विश्वास में लेने का फायदा। वे उसे सर्पोटाइन के अस्तबल से लेकर दर्जनों बार घर आए और उसके बारे में सभी कुछ जान लिया। इन्हें जो भी कहना था, जब मैं सुन चुका तब मैं ब्रॉनी लॉज की तरफ एक बार और घूमने निकल गया और अपनी योजना पर सोचने लगा।

"इस मामले में गाडफ्रे नार्टन का विशेष महत्त्व है। वह एक वकील है। इस बात से अशुभ संकेत मिलता है। उन दोनों के बीच कैसा रिश्ता था और वहाँ उसके बार बार आने का क्या मकसद था ? क्या वह उसकी मुवक्किल थी या मित्र या फिर मालकिन थी ? यदि वह उसकी मुवक्किल है, तब मुमकिन है कि उसने वे फोटोग्राफ उसे रखने के लिए दे दिए होंगे। यदि वह मित्र या मालकिन है, तब इसकी संभावना कम ही है। अब प्रश्न यह उठता था कि मैं अपनी शुरुआत ब्रॉनी लॉज से करूँ या अपना ध्यान टेंपल में उस आदमी के चेंबर पर लगाऊँ । यह एक बड़ा ही नाजुक विषय था और इसने मेरी छानबीन के क्षेत्र को भी बढ़ा दिया था। मुझे लग रहा है कि मैं तुम्हें इन विवरणों को सुनाकर ऊबा रहा हूँ, पर मैं तुम्हें अपनी परेशानियाँ बता रहा हूँ, ताकि तुम इस परिस्थिति को समझ सको।"
"मैं तुम्हारी बातों पर पूरा ध्यान दे रहा हूँ।"

"मैं अभी इस मामले को अपने दिमाग में तय ही कर रहा था कि तभी एक घोड़ागाड़ी ब्रॉनी लॉज पर आकर रुकी और उसमें से एक आदमी बाहर कूदा। वह बहुत ही खूबसूरत, गहरे रंग का और पतली मूँछोंवाला ठीक वैसा ही नौजवान था, जैसा कि मैंने सुन रखा था। वह बहुत ही जल्दी में दिखता था, उसने तेज आवाज में कोचवान को ठहरने के लिए कहा और जैसे ही उस महिला ने दरवाजा खोला, वह उसे किनारे हटाकर शीघ्रता, पर सहजता से कमरे में घुस गया।"

"वह कमरे में करीब आधे घंटे तक रहा और मैं बैठक की खिड़कियों से केवल उसकी झलक भर ही देख सका। वह आगे-पीछे चहलकदमी कर रहा था और अपने हाथों को हिलाता हुआ उत्तेजना में बातें कर रहा था, उस औरत को मैं नहीं देख पा रहा था, तभी

अचानक वह कमरे से बाहर निकला और उसमें पहले की अपेक्षा अधिक हड़बड़ी दिख रही थी। जैसे ही वह घोड़ागाड़ी की तरफ बढ़ा, उसने अपनी जेब से सोने की घड़ी निकाली और इसे बहुत ध्यान से देखा तथा चिल्लाकर बोला, "गाड़ी तेजी से हाँको और पहले रीजेंट स्ट्रीट, ग्रास एंड हैन्की ले चलो और फिर इड्जवेयर रोड पर सेंट मोनिका चर्च की तरफ चलो। अगर तुम बीस मिनट में पहुँचा दोगे, तो मैं तुम्हें आधी गिन्नी दूँगा।"

"वह दूर चला गया और मैं भौंचक्का खड़ा था कि मुझे उसका पीछा करना चाहिए कि नहीं, तभी एक छोटी घोड़ागाड़ी गली में आई। घोड़ागाड़ी के कोचवान के कोट के बटन अभी आध ही लगे थे, उसकी टाई उसके कानों के नीचे थी और घोड़े के साज-सामान के बिल्ले बकसुए से लटक रहे थे। यह अभी रुका भी नहीं था कि वह औरत हॉल के दरवाजे से ही उसे रुकने के लिए चिल्लाई। मैंने उसकी केवल एक ही झलक देखी थी, वह एक खूबसूरत महिला थी, उसका चेहरा ऐसा था कि कोई भी आदमी उस पर मर मिट सकता था।

"वह चीखती हुई बोली, "सेंट मोनिका चर्च, जॉन और अगर तुम मुझे वहाँ बीस मिनटों में पहुँचा दोगे तो मैं तुम्हें आधी अशरफी दूँगी।"

'इस मौके को छोड़ना अच्छा नहीं था, वाटसन । मैं अभी यह तय नहीं कर पा रहा था कि उसकी घोड़ागाड़ी के पीछे ही मैं खड़ा हो जाऊँ या इसके पीछे दौड़ पहूँ। तभी एक दूसरी घोड़ागाड़ी आ गई। कोचवान ने ऐसे अस्त-व्यस्त व्यक्ति को ऊपर से नीचे तक दो बार देखा और इससे पहले कि वह मना करता, मैं कूदकर गाड़ी में बैठ गया और फिर कहा, "सेंट मोनिका चर्च चलो। अगर तुम बीस मिनट में पहुँचा दोगे तो मैं तुम्हें आधी अशरफी दूँगा।" इस समय बारह बजने में बीस मिनट बाकी थे और जो कुछ हुआ वह सामने ही था।

"मेरी घोड़ागाड़ी तेज दौड़ी। मुझे नहीं लगता है कि मैं पहले कभी इतना तेज चला था, पर वे अभी मुझसे आगे थे। जब मैं वहाँ पहुँचा तो वे दोनों घोड़ागाड़ी चर्च के गेट के सामने खड़ी थीं और घोड़ों के मुँह से भाप निकल रही थी। | मैंने कोचवान को भाड़ा दिया और तेजी से चर्च के भीतर भागा। वहाँ वे दोनों, जिनका मैंने पीछा किया था और एक पादरी के अलावा कोई नहीं था और ऐसा मालूम पड़ता था कि पादरी उनसे कुछ बहस कर रहा था। वे तीनों चर्च की मेज के सामने खड़े थे। मैं चर्च में लगी सीटों के किनारे की जगह

में चुपचाप खड़ा था। अचानक उन तीनों ने मेरी तरफ देखा ओर मुझे आश्चर्य तब हुआ, जब गाडफ्रे नार्टन मेरी तरफ दौड़कर आया। "

वह जोर से बोला, "थैंक गॉड! आपने यह अच्छा कर दिया। आओ, आओ।"

मैंने पूछा, "क्या बात है?"

'आइए- आइए, केवल तीन मिनट ही लगेंगे, नहीं तो यह शादी वैध नहीं कही जाएगी।"

"मुझे चर्च की मेज के पास तक करीब-करीब खींच लिया और जब तक मैं कुछ समझता, मेरे कानों में फुसफुसाहट शुरू हो गई और मेरी गवाही उन चीजों के लिए हुई, जिन्हें मैं जानता तक नहीं था, जिनमें मिस एरेन एडलर और अविवाहित गाडफ्रे नार्टन की वैवाहिक सुरक्षा में सहयोग भी शामिल था। यह सबकुछ अचानक ही हुआ और एक तरफ से वह आदमी मुझे धन्यवाद दे रहा था और दूसरी तरफ वह औरत। जबकि पादरी बीच में खड़ा होकर मुसकरा रहा था। अपने जीवन में इस तरह की हास्यास्पद स्थिति का मैंने कभी सामना नहीं किया था, यह सोचकर अभी भी मुझे हँसी आ जाती है। ऐसा लगता है कि उनकी शादी की अनुमति मिलने में औपचारिकता की कमी रह गई होगी, क्योंकि पादरी ने बिना गवाह के शादी कराने से मना कर दिया था और मेरी सौभाग्यशाली उपस्थिति ने दूल्हे को सड़क पर बेस्टमैन ढूँढ़ने की परेशानी से बचा लिया था। उस दुलहन ने मुझे एक अशरफी दी, जिसे मैं इस अवसर की स्मृति में अपनी घड़ी की चेन में पहननेवाला हूँ।"

मैंने कहा, "यह सबकुछ बहुत ही अप्रत्याशित मामला है। फिर क्या हुआ?"

"मैंने देखा कि मेरी योजनाएँ गंभीर रूप से जोखिम में पड़ गई थीं। ऐसा लगा कि वह जोड़ा तुरंत ही वापस जा सकता था और इसीलिए मुझे भी इसी के अनुसार कदम उठाना था। चर्च के गेट पर जब वे अलग हुए और वह आदमी टेंपल की तरफ गया तथा वह औरत अपने घर की तरफ, तब वह औरत उस आदमी से बोली, 'मैं हमेशा की तरह पाँच बजे पार्क में आ जाऊँगी।'

"मैं और कुछ न सुन सका और फिर वे दोनों अलग-अलग दिशाओं में चले गए। अब मैं अपना इंतजाम करने के लिए चला। "

"कैसा इंतजाम?"

होम्स ने घंटी बजाते हुए जवाब दिया, "कुछ ठंडा मीट और एक गिलास बियर हो जाए, मैं इतना व्यस्त था कि मैं खाने के बारे में सोच भी न सका और मेरी आज की शाम के भी व्यस्त रहने की संभावना है। डॉक्टर, मुझे तुम्हारे साथ की जरूरत होगी।"

"मुझे इसमें खुशी होगी।"

"तुम्हें कानून तोड़ना बुरा तो नहीं लगेगा?"

"बिलकुल नहीं।"

"गिरफ्तार होने की संभावना से भी नहीं?'

'अच्छे कारण के लिए, बिलकुल नहीं। "

"हाँ, कारण तो बहुत ही अच्छा है।"

"तब तो मैं तुम्हारा ही आदमी हूँ।"

"मुझे यकीन था कि मैं तुम पर भरोसा कर सकता हूँ।"

"मगर, तुम चाहते क्या हो?"

"जब मिसेज टर्नर ट्रे लेकर आएँगी, तब मैं तुम्हें बताऊँगा। जैसे ही मकान मालकिन कुछ खाने को लेकर आई, वह उसकी तरफ भूख से मुड़ते हुए बोले, "मैं खाते हुए ही बात करूंगा, क्योंकि मेरे पास वक्त नहीं है। इस समय करीब पाँच बज रहे हैं। अगले दो घंटों में ही हमें काम शुरू कर देना है। जैसे ही मिस एडलर या मैडम एडलर सात बजे वापस लौटती हैं, हमें उनसे ब्रॉनी लॉज पर मुलाकात करनी है।"

" और तब।"

'यह तुम मेरे ऊपर छोड़ दो। जो होनेवाला है उसका इंतजाम मैं पहले से ही कर चुका हूँ। सिर्फ एक ही चीज है, जिस पर हमें जोर देना है। चाहे जो भी हो, तुम बीच में मत पड़ना समझ गए न?"

'क्या मुझे तटस्थ बने रहना है?"

"चाहे जो भी हो, कुछ मत करना। वहाँ कुछ छोटी-मोटी अच्छी न लगनेवाली चीजें भी हो सकती हैं। इनमें शामिल मत होना। मेरे उसके घर में घुसते ही यह खत्म हो जाएँगी। इसके चार या पाँच मिनटों के बाद बैठक कक्ष की खिड़की खुलेगी और तुम्हें उस खुली खिड़की के पास ही मौजूद रहना है।"

"ठीक है।"

'और जब मैं अपना हाथ ऊपर करूँ, तब तुम उस चीज को कमरे में फेंक दोगे, जो मैं तुम्हें फेंकने के लिए दूँगा और उसी समय तुम आग आग भी चिल्लाना ठीक से समझ गए न। "

"बिलकुल।"

होम्स ने अपनी जेब से सिगार की तरह की एक लंबी सी चीज निकालते हुए कहा, "यह कोई बहुत खतरनाक चीज नहीं है। यह एक साधारण सा धुएँवाला रॉकेट है और इसके ऊपर अपने आप ही जल जानेवाला ढक्कन लगा हुआ है। तुम्हारा काम इसे छिपाकर अपने पास रखना है। जब तुम आग लगने की आवाज लगाओगे, तब इसमें कई लोग शामिल हो जाएँगे। तब तुम गली के मोड़ पर पहुँच जाना, जहाँ मैं तुमसे दस मिनट के बाद मिल लूंगा। मुझे लगता है कि मैंने सबकुछ स्पष्ट कर दिया है।"

"मुझे खिड़की के पास तटस्थ भाव से खड़े रहकर आपके ऊपर निगाह रखनी है और आपका इशारा मिलते ही इस चीज को खिड़की के भीतर फेंकना है, फिर आग आग चिल्लाकर गली के मोड़ पर आपका इंतजार करना है।"

"बिलकुल ठीक।"

"तब आप मुझ पर पूरी तरह से भरोसा कर सकते हैं।'

"ठीक है, मैं सोचता हूँ कि अब समय आ गया है कि मुझे नई भूमिका की तैयारी कर लेनी चाहिए।"

होम्स अपने बेडरूम में गायब हो गए और जब कुछ मिनटों के बाद बाहर निकले तो वह एक सौम्य, सरल पादरी के रूप में थे। उनका चौड़ा काला टोप, ढीली पतलून, सफेद शर्ट और करुणामयी मुसकराहट के साथ उनकी परोपकारी जिज्ञासा ठीक फादर जॉन हारे की तरह ही लग रही थी। होम्स ने सिर्फ अपना पहनावा ही नहीं बदला, बल्कि उनकी भंगिमा,

उनका व्यवहार और उसकी आत्मा भी परिवर्तित सी मालूम पड़ती थी। जब से वे अपराध विशेषज्ञ बने, तब से मंच ने अपना एक बेहतरीन अभिनेता खो दिया और यहाँ तक कि विज्ञान ने तो अपना एक तर्कशास्त्री भी खो दिया।

जब हम बेकर स्ट्रीट के लिए चले तब शाम के सवा छह बज रहे थे और अभी एक घंटा पूरा होने में दस मिनट बाकी ही थे कि हम सर्पेंटाइन एवेन्यू पहुँच गए। इस समय धुंधलका हो चुका था और जब हम ब्रॉनी लॉज के सामने आगे-पीछे टहल रहे थे, तब लैंपों की रोशनी जलनी शुरू हो गई थी। हम अभी लॉज में रहनेवाली का इंतजार कर रहे थे। यह घर बिलकुल वैसा ही था जैसा कि मैंने शेरलॉक होम्स के सारगर्भित विवरण से इसकी रूपरेखा खींची थी, परंतु यह इलाका मेरे अनुमान की तुलना में व्यक्तिगत कम लगता था। एक छोटी सी गली होने के बावजूद यहाँ का पास-पड़ोस काफी जीवंत था। गंदे कपड़ों में यहाँ कुछ लोग कोने में खड़े सिगरेट पी रहे थे और हँस रहे थे। कची की धार तेज करनेवाला एक आदमी अपने पहिए के साथ वहीं मौजूद था और दो चौकीदार एक नर्स के साथ हँसी-ठट्ठा कर रहे थे। कुछ जवान आदमी अच्छे कपड़े पहने हुए मुँह में सिगार लिये वहाँ मटरगश्ती कर रहे थे। जब हम लॉज के सामने चहलकदमी कर रहे थे, तभी होम्स ने कहा, "इस शादी ने मामले को काफी आसान बना दिया है। अब वह फोटोग्राफ दोधारी तलवार बन चुका है। यह मुमकिन है कि वह औरत यह नहीं चाहेगी कि मि. गाडफ्रे नार्टन इन फोटोग्राफ को देखें और ठीक उसी तरह हमारा मुवक्किल भी नहीं चाहता है कि यह उसकी राजकुमारी की आँखों के सामने आए। अब प्रश्न यह है कि हमें यह फोटोग्राफ मिलेगा कहाँ ? "

"सचमुच, कहाँ?"

"इस बात की संभावना बहुत ही कम है कि वह औरत फोटो अपने साथ लेकर गई होगी। इनका आकार बड़ा है और औरत के कपड़ों में इनका छुपना नामुमकिन है। वह यह जानती है कि किंग उसे कहीं भी बीच रास्ते में ही रोकने और उसकी तलाशी लेने में सक्षम है। इस तरह के दो प्रयास पहले भी हो चुके थे। तब यह तय है कि वह इन्हें अपने साथ लेकर नहीं चलती है।"

"तब कहाँ?"

'यह उसके बैंकर और उसके वकील के पास हो सकता है। इसमें भी दोहरी संभावना है। मगर मैं इन दोनों के ही खिलाफ सोच रहा हूँ। औरतें स्वभाव से ही गोपनीय होती हैं और वे अपनी स्वयं की ही गोपनीयता को ही पसंद करती हैं। वह इन्हें किसी और को क्यों देगी? वह अपने आप पर ही भरोसा करेगी। एक व्यापारी पर इसका कब क्या अप्रत्यक्ष या राजनीतिक प्रभाव डाला जा सकता है, अतः वह इसे किसी को नहीं बताएगी। इसके साथ ही यह याद रखो कि वह कुछ ही दिनों में इसका इस्तेमाल करने का निश्चय कर चुकी थी। फोटो वहीं होना चाहिए। इसे उसके घर में ही होना चाहिए।"

"मगर इसमें दो बार चोरी की जा चुकी है। "

"हुँह! उन्हें नहीं मालूम होगा कि कैसे खोजा जाए? "

" पर तुम कैसे खोजोगे?"

"मैं नहीं खोजूँगा।"

'तब?"

'वह मुझे खुद ही दिखाएगी।"

"मगर, वह मना कर देगी।"

"वह ऐसा नहीं कर पाएगी। मुझे पहियों की आवाज सुनाई पड़ रही है। यह उसी की घोड़ागाड़ी की आवाज है। अब मेरे आदेशों का पालन करना।"

जैसे वह बोला, तभी एक घोड़ागाड़ी के बगलवाली लाइटों की चमक एवेन्यू के मोड़ से झलकी । यह एक छोटी सी घोड़ागाड़ी थी और ठीक लॉज के गेट के सामने आकर रुक गई। जैसे ही गाड़ी रुकी, एक आवारा सा दिखता आदमी एक कॉपर पाने की उम्मीद में तेजी से दरवाजा खोलने आगे आया, पर तभी एक-दूसरे लोफर ने इसी उम्मीद से उसे अपनी कुहनी का धक्का मारकर पीछे की ओर ढकेल दिया। तभी वहाँ दोनों में झगड़ा शुरू हो गया, जिसमें दोनों चौकीदार भी शामिल हो गए। वे लॉज में रहनेवाले आदमी का पक्ष ले रहे थे और कैंची की धार तेज करनेवाला आदमी उतनी की गरममिजाजी से दूसरे पक्ष की ओर था । अब उनमें धक्का-मुक्की शुरू हो गई और वह औरत, जो कि अभी घोड़ागाड़ी से उतरने ही वाली थी, उन झगड़नेवाले गुस्सैल लोगों के बीच फँस गई। वे लोग आपस में एक-दूसरे को जंगलियों की तरह मुक्के और छड़ियों से मार रहे थे। होम्स भीड़

में उस महिला को बचाने के लिए कूद पड़ा, पर जैसे ही वह वहाँ पहुँचा, वह जोर से चीखा और जमीन पर गिर पड़ा, उसके चेहरे से खून बह रहा था। उसके गिरते ही चौकीदार एक ओर भागे और वहाँ के रहनेवाले दूसरी ओर पर बहुत से भले आदमी जो कि इस झगड़े में शामिल हुए बिना ही इसे मात्र देख रहे थे, वे इस घायल आदमी और उस महिला की सहायता करने के लिए इकट्ठा हो गए। एरेन एडलर, इसे अभी मैं यही पुकारूँगा, तेजी से आगे बढ़ी, हॉल की रोशनी में उसके शरीर की बनावट और भी आकर्षक लग रही थी। उसने गली में इधर-उधर देखा और बोली, "क्या इस बेचारे को चोट लग गई है?"

कई आवाजें आईं, "यह मर गया है।"

तभी एक अन्य बोला, "नहीं, नहीं! अभी इसमें जान है। इससे पहले कि तुम इसे अस्पताल ले जाओ, यह मर जाएगा।"

एक औरत बोली, "यह बहुत बहादुर आदमी है। अगर यह बीच में नहीं आता तो वे बदमाश उस औरत का बटुआ ले गए होते। वे सब एक गिरोह के हैं और बदमाश भी देखो, अभी इसकी साँस चल रही है।"

"यह इस तरह से गली में तो नहीं पड़ा रह सकता है, हमें इसे अंदर ले चलना चाहिए।"

"बिलकुल ठीक है। उसे बैठनेवाले कमरे में ले आओ। वहाँ आरामदेह सोफा भी है। प्लीज, इधर से आइए।" होम्स अब आराम-आराम से धीरे से ब्रॉनी लॉज में पहुँच गया और उस बैठक कक्ष में लेट गया, जबकि मैं अभी भी खिड़की के बगल में खड़ा होकर अगली काररवाई के लिए उन्हें देख रहा था। लैंप जला दिए गए, पर परदे इसलिए नहीं गिराए गए थे कि मैं होम्स को सोफे पर लेटा हुआ देख सकूँ। मैं नहीं जानता था कि वह जो काम कर रहा था, उसका उन्हें कोई पछतावा था या नहीं, पर यह मैं जानता था कि मुझे अपने जीवन में इतनी शर्म पहले कभी महसूस नहीं हुई थी, क्योंकि मैं उस खूबसूरत महिला के खिलाफ एक साजिश में शामिल हूँ, जबकि वह उस घायल आदमी के लिए कितनी करुणा और गरिमा से उसके ठीक होने का इंतजार कर रही है। किंतु होम्स के साथ सबसे बड़ा विश्वासघात होगा कि उसने मुझे जो काम सौंपा था, उससे मैं अपने आपको पीछे खींच लेता। मैंने अपना दिल कड़ा किया और अपने कपड़ों में छिपाकर रखे हुए उस धुएँवाले रॉकेट को हाथ में ले लिया। मैंने सोचा कि आखिरकार हम उस औरत को चोट नहीं पहुँचा रहे हैं, बल्कि उसे दूसरों को चोट पहुँचाने से रोक भर रहे हैं।

होम्स अब सोफे पर बैठ गया और मैंने उसके हावभाव देखे, जैसे कि उसे हवा की जरूरत महसूस हो रही थी। एक नौकरानी तेजी से भागी और खिड़कियाँ खोल दीं। ठीक उसी समय मैंने उसका हाथ ऊपर की ओर उठा देखा, जो कि मेरे लिए एक इशारा था और मैंने तुरंत ही वह धुएँवाला रॉकेट खिड़की से अंदर की तरफ उछाल दिया और 'आग-आग' चिल्लाया। अभी मेरी आवाज पूरी तरह से बाहर गूँजी भी नहीं थी कि सभी भले-बुरे आदमियों की भीड़ वहाँ इकट्ठा हो गई और सब साथ मिलकर आग आग चिल्लाने लगे। धुएँ का एक मोटा बादल कमरे से घुमड़ता हुआ खिड़की से बाहर निकला। मुझे अंदर कुछ भागते लोगों की झलक दिखी, पर तभी अगले ही पल होम्स की सांत्वना देने की आवाज सुनाई पड़ी कि यह झूठी चेतावनी है। लोगों की भीड़ से सरकता हुआ मैं अब अपने अगले पड़ाव गली के मोड़ पर पहुँच गया और दस मिनट के बाद ही मेरे साथी का हाथ अपने हाथों में पाकर मैं खुश था, और हम इस चिल्ल-पों से दूर हो गए थे। हम कुछ मिनटों तक तेजी से चलते रहे, जब तक कि हम एक शांत गली में नहीं आ गए, जो कि हमें एइजवेयर रोड की ओर ले जाती थी।

होम्स बोला, "डॉक्टर! तुमने बहुत ही अच्छा काम किया। इससे बेहतर और कुछ हो भी नहीं सकता था।" "क्या आपके पास फोटोग्राफ हैं?"

"मैं जानता हूँ कि वह कहाँ हैं। "

'आपने उनका पता कैसे लगाया ?

"उसने मुझे दिखा दिया, मैंने तुम्हें कहा था कि वह मुझे दिखाएगी।"

"मैं अभी भी अँधेरे में ही हूँ।"

होम्स ने हँसते हुए कहा, "मैं इसे रहस्य नहीं बनाना चाहता हूँ। यह मामला बिलकुल ही सीधा है। तुमने देखा होगा कि इस गली का हर आदमी इसमें शामिल था। वे सभी इस शाम यह सब करने के लिए पहले से ही तय थे। " "मैंने इसका अनुमान लगाया था।"

"जब वह कतार जुटी तो मैंने अपने हाथ में गीला लाल पेंट लगा लिया था और मैं तेजी से उनके बीच दौड़ा और फिर जमीन पर गिर पड़ा, मैंने अपने चेहरे को हाथों से ढक लिया और इस तरह दया का पात्र बन गया। वैसे यह चाल काफी पुरानी है।"

"इसे तो मैं समझ ही गया था।"

"तब वे मुझे अंदर कमरे में ले गए। वह मुझे कमरे में ले जाने को मजबूर हो गई थी। इसके अलावा वह कर भी क्या सकती थी? उनका बैठक कक्ष ही वह कमरा है, जिस पर मुझे शुबहा था। यह कमरा उसके बेडरूम के पास ही है और इसे ही मैं देखना चाहता था । उन लोगों ने मुझे सोफे पर लिटा दिया, फिर मैंने हवा के लिए हाथ-पैर चलाए और खिड़की खोलना उसकी मजबूरी बन गई, इस तरह तुमको मौका मिल गया।"

"इससे तुम्हें क्या सहायता मिली?"

"यह काम बहुत ही जरूरी था। जब एक औरत देखती है कि उसके घर में आग लग गई है, तब वह तुरंत ही उसी चीज की तरफ भागती है, जिसकी कीमत उसकी निगाह में सबसे अधिक होती है। यह बिलकुल ही आवेग पर काबू पाने जैसी चीज है और मैं कई बार इसका फायदा उठा चुका हूँ। डार्लिंग्टन के बदलेवाले केस में यह मेरे इस्तेमाल की चीज थी और आर्नस्वर्थ कैसल के मामले में भी मैंने इसका इस्तेमाल किया था। एक शादीशुदा औरत अपने बच्चे के पास लपकती है और एक अविवाहित अपने गहने के पास पहुँचेगी। अब यह बिलकुल ही स्पष्ट था कि हमारी आज की महिला के पास उसके लिए इससे कीमती कुछ भी नहीं था, जिसकी हमें भी तलाश थी। वह इसे सुरक्षित करने के लिए भागी। आग लगने की चेतावनी अच्छे ढंग से दी गई थी, वह धुआँ और चिल्लाहट लोहे की तंत्रिकाओं को भी झकझोरने के लिए काफी था। उसने बहुत बेहतर ढंग से इसका जवाब भी दिया था। वह फोटोग्राफ घंटी के ठीक दाहिनी तरफ खिसकनेवाले दरवाजे के पीछे आले में रखे थे। वह वहाँ तुरंत ही पहुँची और जैसे ही उसने इन्हें अभी आधा ही बाहर निकाला था और मैंने इनकी अभी एक झलक ही देखी थी कि तभी मैं चीखा - यह सब झूठा शोर-गुल है, तब उसने उसे वहीं वापस रख दिया और रॉकेट की तरफ देखते हुए कमरे में भागी और तभी से मैंने उसे नहीं देखा है। मैं उठा और माफी माँगते हुए घर से बाहर निकल गया। मैं हिचकिचा रहा था कि मुझे तुरंत फोटोग्राफ हासिल करने का प्रयास करना चाहिए कि नहीं, तभी मैंने देखा कि कोचवान कमरे में आ गया और मुझे ध्यान से देखने लगा। अब इंतजार करना ही बेहतर था, क्योंकि थोड़ी सी भी जल्दबाजी सबकुछ गड़बड़ कर सकती थी।"

" और अब?"

"हमारी तलाश करीब-करीब पूरी हो चुकी है। मैं कल ही किंग को बुला लूँगा और तुमको भी, यदि तुम चाहो तो हम बैठक - 5- कक्ष में उस औरत का इंतजार करने के लिए बैठाए

जाएँगे, पर जैसे ही वह वहाँ आएगी, मुमकिन है। कि वह वहाँ न तो हमें और न ही उस फोटोग्राफ को पाएगी। महामहिम को इसमें संतोष होगा कि उन्होंने इसे अपने हाथों से ही प्राप्त किया है।"

"उन्हें आप कब बुलाएँगे?"

"सुबह आठ बजे । वह तब तक उठी नहीं होगी और हमारे लिए रास्ता साफ होगा। हमें बहुत ही सचेत रहना चाहिए, क्योंकि उसकी शादी उसकी आदतों और उसके जीवन में काफी परिवर्तन कर देगी। मुझे बिना देर किए ही किंग को तार भेज देना चाहिए।"

हम बेकर स्ट्रीट पहुँच गए और दरवाजे पर रुके, होम्स अपनी जेब में चाभी ढूँढ़ ही रहे थे कि किसी राहगीर की आवाज आई, "गुड नाइट, मिस्टर शेरलॉक होम्स।"

उस समय फुटपाथ पर कई लोग थे, परंतु यह शुभकामना किसी दुबले-पतले युवक की ओर से आई थी, जो कि शायद जल्दी में था ।

होम्स ने गली की धीमी रोशनी में उसे घूरते हुए कहा, "मैं इस आवाज को पहले भी सुन चुका हूँ, पर यह कौन हो सकता है?"

<h1 style="text-align:center">:3:</h1>

उस रात मैं बेकर स्ट्रीट में ही सोया था और जब हम सुबह ब्रेड और कॉफी का नाश्ता कर रहे थे, उसी समय बोहेमिया के किंग हमारे कमरे में धड़धड़ाते हुए घुसे और करीब-करीब चीखती सी आवाज में शेरलॉक होम्स का कंधा पकड़कर उनके चेहरे पर आँखें गड़ाते हुए पूछा, "क्या तुम्हें सचमुच वे फोटोग्राफ मिल गए ?"

'अभी नहीं।"

"क्या तुम्हें उनके मिलने की उम्मीद है?" "मुझे पूरी उम्मीद है।"

'तब चलिए, मैं चलने के लिए बेचैन हूँ।" "हमें एक घोड़ागाड़ी कर लेनी चाहिए।" "नहीं, मेरी बग्घी इंतजार कर रही है।"

"तब तो यह और भी आसान हो जाएगा।"

हम सभी एक बार फिर से ब्रॉनी लॉज की तरफ चल पड़े। होम्स बोले, "एरेन एडलर की शादी हो चुकी है।"

"शादी! कब?"

"कल।"

" पर किससे?"

" एक अंग्रेज वकील से, उसका नाम नार्टन है।"

" पर वह उससे प्यार नहीं करती थी । "

"मुझे उम्मीद है, वह करती है।"

"ऐसी उम्मीद क्यों है?"

"क्योंकि यह महामहिम के भविष्य के डर को दूर कर देगी। यदि वह औरत अपने पति को प्यार करती है, तब वह महामहिम को नहीं चाहेगी, और जब वह महामहिम को नहीं चाहेगी, तब उसका महामहिम की योजना में दखल देने का कोई इरादा नहीं होगा।"

"यह सच है, मगर फिर भी मेरी इच्छा थी कि वह मेरे ही पास रहती। वह कितनी अच्छी रानी होती।"

किंग अपनी चुप्पी में तब तक खोया रहा जब तक कि हमने सर्पेंटाइन एवेन्यू पहुँचकर उसका ध्यान भंग नहीं कर दिया।

ब्रॉनी लॉज का दरवाजा खुला हुआ था और एक उम्रदराज औरत सीढ़ियों पर खड़ी थी। जैसे ही हम बग्घी से नीचे उतरे, उसने हमें उपहास की दृष्टि से देखा और बोली, "मेरे खयाल से आप शेरलॉक होम्स हैं।"

मेरे साथी ने उस महिला की ओर एक आश्चर्य और प्रश्नवाचक दृष्टि डालते हुए जवाब दिया, "मैं ही शेरलॉक होम्स हूँ।"

"वाकई! मेरी मालकिन ने मुझे बताया था कि आपके आने की संभावना है। वे आज सुबह 5.15 बजे अपने पति के साथ ट्रेन से महाद्वीप के लिए चारिंग क्रॉस से जा चुकी हैं।"

होम्स लड़खड़ाते हुए पीछे हटे, खीज और आश्चर्य के साथ उन्होंने कहा, "क्या?"

"तुम्हारा मतलब है, वह इंग्लैंड से जा चुकी है?"

"हाँ, और कभी वापस नहीं लौटेगी।"

किंग ने कर्कश आवाज में पूछा, "और वे कागज ?"

"वे सब जा चुके हैं।"

होम्स ने नौकरानी को पीछे की ओर धकेलते हुए कहा, "हम देखेंगे।"

और किंग दोनों ही होम्स के पीछे कमरे में पहुँचे। कमरे में चारों ओर फर्नीचर फैले हुए थे, आलमारियाँ और दराजें खुली हुई थीं, ऐसा मालूम पड़ता था कि उस औरत ने वहाँ से जाने की जल्दी में उन्हें छान मारा था । होम्स तेजी से घंटी की तरफ भागे और खिसकनेवाला शटर तोड़ दिया तथा आले में अपना हाथ घुसेड़ दिया, हाथ जब बाहर निकला तो इसमें एक फोटोग्राफ और साथ में एक पत्र था। फोटोग्राफ एरेन एडलर का ही था और इसमें उसने नाइट ड्रेस पहन रखी थी। इस पत्र के कोने पर शेरलॉक होम्स का नाम लिखा था। मेरे साथी ने उस पत्र को खोला और हम तीनों ने इसे साथ ही पढ़ा। इसमें पिछली रात की ही तारीख थी और इसका मजमून कुछ इस प्रकार था–

मेरे प्यारे शेरलॉक होम्स!

आपने अपना काम बहुत ही अच्छे ढंग से किया। आपने तो मुझे लपेट ही लिया था। आग लगने की चेतावनी तक मुझे बिलकुल भी अंदाज नहीं लगा, पर तभी मुझे एहसास हुआ कि मुझे धोखा दिया जा रहा है। मुझे महीनों पहले ही आपसे सावधान रहने की चेतावनी मिल चुकी थी। मुझे यह बताया जा चुका था कि अगर किंग किसी एजेंट की सेवाएँ लेगा तब वह निश्चित ही आप ही होंगे। आपका पता भी मुझे दे दिया गया था, फिर भी इन सब के साथ ही मुझे पता चल गया था कि आप क्या चाहते थे। संदेह होने के बाद भी मैं एक बूढ़े दयालु पादरी का बुरा सोच पाने में असमर्थ थी। आप जानते ही हैं कि मुझे एक अभिनेत्री का प्रशिक्षण मिल चुका है और आदमियों के पहनावे मेरे लिए नए नहीं हैं। मैं अकसर इनकी आजादी का फायदा लेती रही हूँ। मैंने अपने कोचवान जॉन को आप पर नजर रखने के लिए भेजा था और जैसे ही आप बाहर निकले, मैं आपके पीछे हो ली।

मैंने आपके घर तक आपका पीछा किया और मुझे पूरा यकीन हो गया कि मैं ही शेरलॉक होम्स की रुचि का लक्ष्य हूँ। तभी मैंने आपको अविवेकपूर्ण ढंग से गुड नाइट कहा और अपने पति से मिलने टेंपल चली आई।

हम दोनों ने सोचा कि इतने नाराज आदमी के द्वारा पीछा किए जाने पर भाग जाना ही बेहतर होगा। जब आप कल आएँगे तो आपको घोंसला खाली मिलेगा। जहाँ तक फोटोग्राफ का सवाल है, आपके मुवक्किल निश्चिंत रहें । मैं उनसे अधिक प्यार करनेवाले व्यक्ति से प्यार करती हूँ और वह उनसे बेहतर भी है। किंग उस व्यक्ति के साथ जो चाहें, कर सकते हैं, जिसने उनके साथ कठोरतापूर्वक कुछ गलत किया है। मैं इन फोटोग्राफ को अपनी सुरक्षा के लिए अपने पास रख रही हूँ, जो कि मुझे भविष्य में किंग के द्वारा उठाए जानेवाले कदमों से सुरक्षा के हथियार के रूप में मेरे पास रहेंगे। मैं एक फोटोग्राफ छोड़े जा रही हूँ, जिसे वे अपने पास रख सकते हैं। धन्यवाद शेरलॉक होम्स,

आपकी वाकई सच्ची

एरेन नार्टन एडलर

जैसे ही हम तीनों ने उस काव्यपत्र को खत्म किया, किंग जोर से चीखा, "क्या औरत है– ओह, क्या औरत है! मैंने आपको पहले ही बताया था कि वह कितनी तेज और कितनी कठोर है! क्या उसे एक सम्मानित रानी नहीं बनना चाहिए? क्या यह दुःखद नहीं है कि वह मेरे स्तर की नहीं थी?"

होम्स ने ठंडेपन से कहा, "उस औरत में मैंने जो देखा है, वह महामहिम के स्तर से वाकई बहुत ही अलग है। मुझे इस बात का दुःख है कि मैं महामहिम के काम को उसकी सुखद परिणति तक नहीं पहुँचा सका।"

किंग जोर से बोले, "नहीं सर, इतने सबके बाद इससे अधिक और कुछ नहीं हो सकता था। मैं जानता हूँ कि वह अपनी बात की पक्की है। वे फोटोग्राफ अब उतने ही सुरक्षित हैं, जितने कि इन्हें आग के हवाले कर दिया जाता।" "महामहिम की बात सुनकर मैं बहुत खुश हूँ।"

"मैं आपका हमेशा कर्जदार रहूँगा। कृपया मुझे बताइए कि मैं आपको क्या इनाम दे सकता हूँ?" इतना कहने के साथ ही किंग ने अपनी उँगली से साँप की आकृतिवाली पन्ने की अँगूठी निकाली और अपनी हथेली में लेकर आगे बढ़ाई।

171

होम्स ने कहा, "महामहिम के पास देने के लिए ऐसा कुछ है, जिसकी कीमत मेरी दृष्टि में और भी बहुत अधिक है"

"आप उसका नाम लीजिए।"

"वह फोटोग्राफ।"

किंग ने उनकी ओर आश्चर्य से देखा और जोर से कहा, "एरेन का फोटोग्राफ! हाँ, इसे आप ले सकते हैं।" "महामहिम को धन्यवाद! अब इस मामले में मुझे और कुछ भी नहीं करना है। मैं आपको गुड मॉर्निंग कहना चाहता हूँ।"

होम्स झुका और किंग के बढ़े हुए हाथ की तरफ देखे बिना ही मुड़ गया, फिर अपने चैंबर में मेरे साथ चला आया।

यह था बोहेमिया के राज्य को प्रभावित करनेवाला बदनामी का डर, और एक औरत की चतुराई ने किस तरह से शेरलॉक होम्स की योजनाओं को विफल किया था। वह औरतों की चतुराई की प्रशंसा किया करता था, पर इधर हाल ही तक मैंने उसे ऐसा करते नहीं सुना और जब कभी वह एरेन एडलर के बारे में बोलता या उसके फोटोग्राफ का संदर्भ आता, तो वह उसके लिए हमेशा एक सम्मानित शीर्षक का इस्तेमाल करता - 'वह खास औरत'।

# अंतिम प्रश्न

हाल ही में लिखने के लिए मैंने बहुत ही बुझे हुए मन से अपनी कलम उठाई है, जिसमें मैंने उन विशेष दिनों को सँजोकर रखा है, जिससे मेरे साथी को प्रतिष्ठा मिली थी। चूँकि मैं इन्हें बहुत ही गहराई से महसूस करता हूँ, इसीलिए यह अस्पष्ट या बिलकुल अपर्याप्त तरीके से भी हो सकती है। मुझे उसके साथ जिस भी तरह के विचित्र अनुभव हुए, मैंने उनको बताने का भरसक प्रयास किया है और स्टडी इन स्कारलेट के मामले में हम कैसे पहले- पहल साथ मिले और फिर नेवल ट्रीटी तक उसमें उसके दखल तक साथ रहे। यह एक ऐसा दखल था, जिसका असर एक गंभीर अंतरराष्ट्रीय जटिलता को बचाने के लिए था। मेरी कोशिश इसे रोक देने और इस घटना पर कुछ भी न कहने की थी, क्योंकि इसने मेरे जीवन में एक खालीपन सा ला दिया था और जिसे भरने में दो वर्षों का समय भी कुछ न कर सका। मेरे हाथों के साथ एक तरह की जबरदस्ती की जा रही थी, चूँकि हाल ही के पत्रों में कर्नल जेम्स मारिआर्टी ने अपने भाई की स्मृति के बारे में लिखा था और इसीलिए मेरे सामने सिवाय इसके कोई चारा नहीं था कि लोगों के सामने वे तथ्य लाए जाएँ, जो कि वाकई घटित हुए थे। केवल मैं ही इस मामले की पूरी सच्चाई जानता था और मुझे यकीन भी था कि अब वह समय आ चुका है, जबकि इसे छुपाने से कोई फायदा नहीं होगा।

जहाँ तक मुझे पता है, अखबारों में यह सिर्फ तीन बार ही छपा है; 6 मई, 1891 जर्नल डी जिनेवा, 7 मई को रायटर्स डिस्पैच और अब वे हाल ही के पत्र थे, जिसके बारे में मैं बता चुका हूँ। पहली और दूसरी खबर में तो यह बिलकुल ही संक्षिप्त रूप में थे और अंतिमवाली में, जो कि मैं अब आपको दिखाऊँगा, तथ्यों को पूरी तरह से बिगाड़ दिया गया था। प्रो. मोरिआर्टी और मि. शेरलॉक होम्स के बीच पहली बार जो भी सचमुच घटित हुआ, उन्हें बताने के लिए यह राब गेरे पारा गौजूद है।

मुझे याद है कि मेरी शादी के बाद और मेरी निजी चिकित्सा सेवा की शुरुआत के समय ही मेरे और होम्स के बीच के अति घनिष्ठ संबंधों में कुछ हद तक एक बदलाव सा आ गया था। कभी-कभी जब उसे अपनी छानबीन में मेरे साथ की जरूरत होती थी, तब भी वह मेरे पास आया करता था, पर ऐसे अवसर धीरे-धीरे कम होते चले गए और सन् 1890 तक केवल तीन ही मामले ऐसे थे, जिनका मैं संग्रह कर सका। उस साल के जाड़े के दिनों

मैं और सन् 1891 की बसंत ऋतु की शुरुआत में ही मैंने अखबारों में पढ़ा था कि उसे फ्रांस की सरकार ने किसी महत्वपूर्ण मामले में अपने साथ लगा रखा है और इसी बीच होम्स के दो पत्र मुझे नारबोन और नाइम्स से आए थे। इन पत्रों से मुझे पता चला कि वहाँ उसे कुछ अधिक दिनों तक ठहरना पड़ सकता है। 24 अप्रैल को जब मैंने उसे अपने परामर्श-कक्ष में आते हुए देखा तो मुझे थोड़ा आश्चर्य हुआ। मैंने देखा कि वह पहले की तुलना में थोड़ा पीला और दुबला हो गया था।

मेरे शब्दों के बजाय मेरे देखने के तरीके का जवाब देते हुए उसने कहा, "हाँ, मैं बहुत ही अधिक व्यस्त रहा और हाल ही तक बहुत ही अधिक तनाव में भी रहा। क्या तुम अपने इन दरवाजों को बंद कर दोगे?"

अब कमरे में रोशनी, टेबल पर रखे केवल उसी लैंप से आ रही थी, जिससे मैं पढ़ा करता था। होम्स दीवाल के किनारे से होते हुए दरवाजों के पास पहुँच गया और फिर उन्हें सावधानी से बंद कर दिया।

मैंने पूछा, "क्या तुम किसी से डर रहे हो?"

"हाँ, मैं डर रहा हूँ।" "किससे?'

"एयर गन से।"

"इससे तुम्हारा क्या मतलब है, होम्स?"

"मेरे खयाल से, वाटसन ! तुम मुझे अच्छी तरह जानते हो कि मैं घबड़ाने वाला आदमी नहीं हूँ। पर जब खतरा बिलकुल नजदीक हो तब उसे न समझना, साहस के बजाय बेवकूफी है। क्या तुम्हें एक माचिस के लिए मैं तकलीफ दे सकता हूँ?"

उसने सिगरेट का कश ऐसे खींचा जैसे कि उसे बहुत ही आराम मिला हो। वह बोला, "तुम्हें इतनी देर में बुलाने के लिए मैं माफी चाहता हूँ और मैं तुमसे एक बार फिर माफी माँगता हूँ कि तुम मुझे अपने पीछेवाले बगीचे की दीवाल फाँदकर जाने की अनुमति दोगे।"

मैंने पूछा, "पर इनका मतलब क्या है?"

उसने अपना हाथ बाहर निकाला और लैंप की रोशनी में मैंने देखा कि उसकी उँगलियों की दो गाँठें छिली हुई हैं। और उनसे खून बह रहा है।

होम्स ने मुसकराते हुए कहा, "इसमें कोई खास बात नहीं है। अभी भी यह काफी मजबूत है। क्या मिसेज वाटसन अंदर हैं?"

" वे किसी से मिलने बाहर गई हैं।"

"तो तुम अकेले हो?"

'बिलकुल ।"

"तब तुम्हारे लिए मेरा यह प्रस्ताव है कि तुम एक सप्ताह के लिए मेरे साथ महाद्वीप चलो। "

"कहाँ?"

"कहीं भी। मेरे लिए सभी जगहें एक जैसी हैं। "

इन सब बातों में कुछ विचित्र सा लग रहा था, बिना उद्देश्य छुट्टी मनाना होम्स के स्वभाव में नहीं है, उसका पीला और थका-माँदा चेहरा मुझे बता रहा था कि वे बहुत ही अधिक तनाव में थे। उसने मेरी आँखों में प्रश्न देखे और फिर अपनी उँगलियों के पोरों को आपस में जोड़कर एवं कुहनी अपने घुटनों पर टिकाते हुए सारी स्थिति मुझे बताई ।

वह बोला, "तुमने शायद प्रोफेसर मोरिआर्टी के बारे में नहीं सुना होगा । "

"कभी नहीं सुना।"

वह चीखता हुआ सा बोला, "यही तो उसकी चालाकी और आश्चर्यजनक बात है। इस आदमी ने लंदन को बरबाद कर रखा है और किसी ने भी उसका नाम नहीं सुना है। यही तो वह चीज हैं, जिसने उसे अपराध के रिकॉर्ड में शिखर पर पहुँचा दिया है।

"वाटसन ! मैं तुम्हें बहुत ही गंभीरतापूर्वक बता रहा हूँ कि यदि मैं इस आदमी को हरा दूँ या समाज को इससे आजाद करा दूँ तो मुझे लगेगा कि मेरा पेशा शीर्ष पर पहुँच गया है और मुझे जीवन की शांति की ओर मुड़ने के लिए तैयार हो जाना चाहिए। हमारे बीच हाल के ही मामलों में, जिसमें स्कैंडेनेविया के शाही परिवार और फ्रेंच रिपब्लिक में जो

मेरी सहायता होती रही है, इसने मुझे ऐसी स्थिति में ला दिया है कि मैं बहुत ही आराम से अपनी जिंदगी जारी रख सकता था, जो कि मेरे लिए बहुत ही अनुकूल भी है और जिसमें मैं अपने रासायनिक अनुसंधानों पर अपना ध्यान भी केंद्रित कर सकता था। पर वाटसन, मुझे चैन नहीं था, क्योंकि जब भी मैं सोचता था कि प्रोफेसर मोरिआर्टी जैसा आदमी लंदन की सड़कों पर बिना चुनौती के ही घूम रहा है, तब मैं अपनी कुरसी पर चैन से नहीं बैठ पाता था । "

"उसने ऐसा क्या किया है?"

"उसका कॉरियर असाधारण था। उसकी पैदाइश अच्छी जगह और शिक्षा-दीक्षा भली प्रकार हुई थी। प्रकृति ने उसे विलक्षण गणितीय प्रतिभा से नवाजा। इक्कीस साल की उम्र में ही उसने बायनामियल सिद्धांत पर एक शोध प्रबंध लिखा, जिसे यूरोप में काफी लोकप्रियता मिली थी। इसी के बल पर उसने हमारे विश्वविद्यालय में गणित के क्षेत्र में अपनी जगह भी बना ली थी और उसके सामने एक शानदार कॉरियर भी था, किंतु इस व्यक्ति में आनुवंशिक रूप से कुछ दुर्गुणों वाली प्रवृत्तियाँ थीं। उसके खून में अपराध की प्रवृत्तियाँ भी दौड़ती थीं, जो कि कम होने के बजाय बढ़ती ही चली गईं और उसकी विलक्षण मानसिक शक्तियों के द्वारा कई गुना खतरनाक हो गईं। विश्वविद्यालय परिसर में उसके खिलाफ कई तरह की अफवाहें फैल गई थीं, जिसकी वजह से उसे वहाँ से त्याग- पत्र देने के लिए मजबूर कर दिया गया था। वहीं से वह लंदन आ गया और यहाँ उसने सेना के सवारी डिब्बे बनाने का काम शुरू किया। दुनिया उसके बारे में केवल इतना ही जानती है, परंतु मैं जो तुम्हें बता रहा हूँ, वह मैंने खुद ही पता किया है-

"वाटसन ! जैसा कि तुम्हें पता ही है, लंदन की सबसे बड़ी अपराधियों की दुनिया के बारे में अन्य कोई उतनी अच्छी तरह से नहीं जानता है, जितना कि मैं जानता हूँ। कई सालों से मैं अपराधियों के पीछे की शक्ति के बारे में जानने का उत्सुक रहा हूँ, इसमें कोई ऐसी संगठित शक्ति है, जो हमेशा कानून के रास्ते में खड़ी हो जाती है और गलत काम करनेवालों की ढाल बनती है। कई तरह के मामलों, जैसे धोखाधड़ी, लूट और हत्या आदि में मैंने बार- बार इस ताकत की मौजूदगी को महसूस किया है और उन बहुत से बिना सुलझे अपराधों में, जिनमें मेरा परामर्श भी नहीं लिया गया था, मैंने इनके काम को भी जाना है। कई वर्षों से मेरी कोशिश उस परदे को उठाने की रही है, जिसने इसे ढक रखा था और अंत में वह समय आ ही गया, जब मैंने वह सूत्र पकड़ उसका पीछा किया, जब

तक कि वह मुझे उन हजारों मक्कार घुमावदार रास्तों से होता हुआ उस नामी भूतपूर्व गणित के प्रोफेसर मोरिआर्टी की ओर न ले आया।

"वाटसन ! वह अपराध का नेपोलियन है। वह इस बड़े शहर के आधे गलत कामों और करीब सभी बिना सुलझे अपराधों का संगठनकर्ता है। वह बहुत ही बुद्धिमान्, दार्शनिक और अद्भुत सोचवाला व्यक्ति है। उसके पास अव्वल दरजे का दिमाग है। वह एक मकड़े की तरह जाले के बीच में स्थिर होकर बैठता है, उस जाले में हजारों तार होते हैं, पर वह उनके हर कंपन को अच्छी तरह पहचानता है। वह ऐसे काम स्वयं बहुत ही कम करता है, वह केवल योजनाएँ बनाता है। उसके अनेक एजेंट हैं और जो बहुत ही अच्छे ढंग से संगठित हैं। यदि कोई अपराध किया जाना है या एक कागज गायब करना है, गोली चलानी है या आदमी गायब करना है, तब प्रोफेसर को सिर्फ कहा जाएगा और सारा मामला तय होगा, और फिर इसे पूरा किया जाएगा। वह एजेंट पकड़ा भी जा सकता है। इस स्थिति में उसके बचाव या उसकी जमानत के लिए धन का इंतजाम हो जाता है, पर उस एजेंट का इस्तेमाल करनेवाली केंद्रीय ताकत कभी नहीं पकड़ी जाती, उस पर संदेह भी नहीं होता है। वाटसन, यही वह संगठन है, जिसका मैंने पता लगाया है और जिसको तोड़ने और पर्दाफाश करने के लिए मैंने अपनी पूरी ताकत लगा दी है। "प्रोफेसर ने इतनी चालाकी से अपनी सुरक्षा के उपाय कर रखे थे कि मैं जो भी करूँ, ऐसे सबूतों का मिलना असंभव लगता था, जिससे उसे कानून के कठघरे में लाया जा सके। वाटसन, तुम्हें मेरी ताकत का पता है, फिर भी तीन महीने बाद मैं यह मानने के लिए मजबूर हुआ कि मुझे एक ऐसा प्रतिद्वंद्वी मिल ही गया, जो कि बुद्धिमानी में मेरे ही बराबर है। उसकी काबिलियत की प्रशंसा में उसके अपराधों के प्रति मेरा डर गायब हो गया था। अंत में उसने एक यात्रा की, केवल एक छोटी सी यात्रा, मगर जितनी वह कर सकता था, उससे यह अधिक ही थी, क्योंकि मैं उसके बहुत ही पास तक पहुँच चुका था। मेरे पास मौका था और उसी जगह से मैंने उसके चारों तरफ अपना जाल बुनना शुरू कर दिया, और यह तबतक जारी रहा जबतक कि यह इसके काफी नजदीक न आ गया। तीन दिनों में ही, यानी अगले सोमवार को यह मामला बिलकुल पक जाएगा और प्रोफेसर अपने गिरोह के सभी प्रमुख साथियों के साथ पुलिस की गिरफ्त में होगा। तब इस शताब्दी का सबसे बड़ा फौजदारी का मुकदमा सामने आएगा, जिसमें चालीस से अधिक रहस्यों का पर्दाफाश होगा। किंतु तुम जानते ही हो, यदि हम समय से पहले कुछ करेंगे तो उन सभी की रस्सी अंतिम समय में भी हाथ से छूट सकती है।

"यदि मैं इस काम को प्रोफेसर मारिआर्टी की जानकारी के बिना ही कर सकता तो यह बहुत ही अच्छा होता, पर वह बहुत ही मक्कार है। मैंने उसके चारों तरफ जो भी मेहनत की है, उसने हर कदम पर निगाह रखी थी। अकसर ही जब मैं उसे रोकनेवाला होता था, तभी वह बार-बार बच निकल जाता था। मेरे दोस्त, मैं तुमसे कहता हूँ कि यदि इस शांत प्रतियोगिता को विस्तार से लिखा जा सकता, तब प्रहार और बचाव के रूप की सुरागसानी के इतिहास में इसका एक अति महत्त्वपूर्ण स्थान होता। मैं ऐसे स्तर पर पहले कभी नहीं पहुँचा और कभी भी मैं अपने विरोधी के द्वारा इतना परेशान नहीं किया गया। उसने मुझे चोट पहुँचाई और फिर भी मैंने उसे कम आँका। आज सुबह उसने अंतिम कदम उठाया गया और जबकि इस काम को पूरा होने में केवल तीन दिन ही बाकी थे। मैं अपने कमरे में बैठा हुआ इस मामले पर सोच ही रहा था कि तभी दरवाजा खुला और प्रोफेसर मोरिआर्टी मेरे सामने खड़ा था ।

"वाटसन ! मुझे किसी भी तरह की घबराहट नहीं थी, पर मैं यह मानता हूँ कि जब मैंने उस आदमी को देखा, जो कि हमेशा से मेरे दिमाग में रहा, वह आज मेरी चौखट पर खड़ा है। उसकी मौजूदगी मेरे लिए काफी परिचित सी थी। वह बहुत ही अधिक लंबा और दुबला था । उसका सफेद माथा आगे की ओर उभरा हुआ और आँखें धँसी हुई थीं। उसकी शक्ल बिना दाढ़ी-मूँछ की पीली और एशिया के लोगों की तरह ही थी। उसका चेहरा-मोहरा एक प्रोफेसर की तरह लगता था । बहुत अधिक पढ़ने की वजह से उसके कंधे कुछ गोल से हो गए थे और चेहरा आगे की तरफ निकला हुआ था। वह अपना सिर दाएँ-बाएँ साँप की तरह हिला रहा था। उसने अपनी सिकुड़ी हुई आँखों से मुझे बहुत ही जिज्ञासा से देखा और बोला, 'मैंने जितनी उम्मीद की थी, तुम उससे कम दिखते हो । आदमी का अपने ड्रेसिंग गाउन में एक भरी हुई पिस्तौल पर उँगली रखना खतरनाक आदत है।'

"वास्तविकता यह थी कि उसके घुसते ही मैंने तुरंत अपने ऊपर एक खतरा भाँप लिया था। उसके बचाव का सिर्फ यही एक तरीका बचा था कि मेरी जबान बंद हो जाती। तभी तुरंत ही मैंने दराज से रिवॉल्वर निकालकर अपनी जेब में रख ली थी और इसे कपड़ों के भीतर ही उसके लिए तैयार रखा था। उसके इस तरह से कहने पर मैंने वह हथियार बाहर निकाल लिया और मेज पर रख दिया। वह अभी भी मुसकरा रहा था, फिर उसने अपनी पलकें झपकाईं। मैं इस बात से बहुत खुश था कि वह मेरे सामने मौजूद है।"

उसने कहा, "तुम प्रत्यक्ष रूप से मुझे नहीं जानते । "

मैंने जवाब दिया, "मुझे लगता है कि मैं जानता हूँ। प्लीज बैठ जाइए। यदि आप कुछ कहना चाहते हैं तो मैं आपको पाँच मिनट का समय दे सकता हूँ।"

उसने कहा, "मुझे जो कुछ भी कहना है, वह पहले ही तुम्हारे दिमाग में जा चुका है।"

मैंने जवाब दिया, "तब मुमकिन है कि मेरा जवाब भी तुम्हारे पास होगा।"

"तुम बहुत तेज हो।" "बिलकुल ।"

"उसने अपना हाथ अपनी जेब में जैसे ही डाला, मैंने मेज से पिस्तौल उठा ली, पर उसने केवल अपनी एक छोटी सी नोटबुक निकाली, जिसमें उसने कुछ तारीखें लिख रखी थीं।

"वह बोला,"तुम चार जनवरी को मेरे रास्ते में रोड़ा बने थे । तेईस तारीख को तुमने मेरे लिए परेशानी खड़ी की थी और मार्च के अंत में मेरी योजनाएँ पूरी तरह से बरबाद कर दी थीं। अब अप्रैल की समाप्ति पर मुझे तुम्हारे लगातार उत्पीड़न से अपनी आजादी खो जाने का डर है। यह स्थिति अब बिलकुल नामुमकिन सी हो गई है।" मैंने पूछा, "क्या आपको कुछ और मशविरा देना है?"

उसने अपना सिर दाएँ-बाएँ हिलाते हुए कहा, "मि. होम्स, तुम्हें यह काम छोड़ना होगा। सचमुझ, छोड़ देना पड़ेगा।"

मैंने कहा, "सोमवार के बाद। "

वह बोला, "मुझे पूरा यकीन है कि तुम्हारी काबिलियत का व्यक्ति इस मामले का एक परिणाम जरूर देखेगा। अतः तुम अपना हाथ खींच लो। तुमने अपना काम इस ढंग से किया है कि हमारे पास अब केवल एक ही स्रोत बचा है। तुमने इस मामले को जिस ढंग से जकड़ा है, इसे देखना मेरे लिए एक बुद्धिमानीवाला आनंद रहा है। मैं कहता हूँ कि इसके लिए किसी भी हद तक जाने के लिए मुझे मजबूर होना मेरे लिए दुःख की बात होगी। तुम मुसकरा रहे हो, पर मैं तुमको यकीन दिलाता हूँ कि ऐसा ही होगा।"

मैंने कहा, "खतरा मेरे काम का हिस्सा है।"

वह बोला, "यह खतरा नहीं है। यह कभी न रुकनेवाली बरबादी है। तुम एक व्यक्ति के नहीं, बल्कि एक मजबूत संगठन के खिलाफ खड़े हो। तुम अपनी सारी चतुराई के साथ

भी इसे समझने में असमर्थ हो । मि. होम्स, तुम्हें इस चीज को साफ-साफ समझ लेना चाहिए, नहीं तो तुम कुचल दिए जाओगे।"

मैंने उठते हुए कहा, "ऐसा लगता है कि इस बातचीत की मौज में मैं अपने कुछ उन जरूरी कामों की अनदेखी कर रहा हूँ जो कि मेरा कहीं और इंतजार कर रहे हैं।"

वह भी उठा और शांति से मुझे देखते हुए उदासी से उसने अपना सिर हिलाया और अंत में बोला, "ठीक है। यह दुःखद है, पर मैं जो कर सकता था, मैंने किया। मैं तुम्हारी हर चाल को समझता हूँ। तुम सोमवार से पहले कुछ नहीं कर सकते हो। मि. होम्स, यह मेरे और तुम्हारे बीच का द्वंद्व युद्ध है। तुम्हें उम्मीद है कि तुम मुझे कठघरे में खड़ा कर दोगे? मैं तुम्हें बता देता हूँ कि मैं कभी कठघरे में नहीं खड़ा होऊँगा। तुम मुझे हराने की हिम्मत रखते हो । मैं कहता हूँ कि तुम मुझे कभी नहीं हरा पाओगे। यदि तुम मुझे बरबाद करने की सूझ रखते हो तो इसके लिए निश्चिंत रहो कि मैं भी तुम्हें उतना ही बरबाद कर दूँगा।"

मैंने कहा, "मि. मोरिआर्टी! तुम मुझे काफी बधाइयाँ दे चुके हो। मुझे भी इसके एवज में एक तो दे लेने दो । अगर मैं पहलीवाली संभावना के लिए सुनिश्चत कर दिया गया हूँ, तब भी लोगों के हित में बादवाली संभावना को खुशी से स्वीकार कर लूँगा।"

वह गुर्राते हुए बोला, "मैं तुम्हें एक का तो वादा कर सकता हूँ, पर दूसरी का नहीं।"

इतना कहकर वह मुझे देखता हुआ कमरे से बाहर चला गया।

"प्रोफेसर मोरिआर्टी के साथ यही मेरा साक्षात्कार था । मैं यह मानता हूँ कि इसने मेरे दिमाग पर एक बुरा असर डाला था। उसके संक्षिप्त भाषण ने गंभीरता की वजह पैदा कर दी थी, जो कि केवल एक गुंडे से नहीं पैदा हो सकती थी। तुम यह कह सकते हो कि मैंने उसके खिलाफ पुलिस से सुरक्षा क्यों नहीं माँगी ?"

इसका कारण यह था और मुझे पक्का यकीन था कि उसके एजेंट ही मुझ पर हमला करेंगे। यदि ऐसा होता है तो मेरे पास इसके बेहद पक्के सबूत हैं।

'आप पर पहले भी हमला हो चुका है क्या?"

"प्रिय वाटसन, प्रोफेसर मोरिआर्टी वह आदमी नहीं है जो अपने पैरों के नीचे घास उगने दे। मैं दोपहर में किसी काम से ऑक्सफोर्ड स्ट्रीट गया था। जैसे ही मैं उस मोड़ पर

पहुँचा, जहाँ एक रास्ता बैटिक स्ट्रीट की तरफ जाता है, तभी एक दो घोड़ोंवाली गाड़ी तेजी से सनसनाती हुई मेरे ऊपर चढ़ दौड़ी मैं तुरंत ही उछलकर फुटपाथ पर हो गया और मैंने खुद को इससे बचा लिया। यह सब कुछ ही पलों में घटित हुआ। वह गाड़ी मेरीबोन लेन की तरफ निकल गई और फिर तुरंत ही गायब हो गई। वाटसन, इसके बाद मैं सड़क के किनारे खड़ंजे पर खड़ा था और जैसे ही मैं चला कि तभी किसी मकान की छत से एक ईंट नीचे की तरफ आई और मेरे पैरों के पास टकराकर टुकड़े- टुकड़े हो गई। मैंने पुलिस को बुलाया और उस जगह की छानबीन कराई, पर वहाँ पर कुछ पत्थर और ईंट छत की मरम्मत के लिए पहले से ही रखे गए थे। मुझे विश्वास दिलाया गया कि शायद उनमें से कोई एक ईंट हवा से गिर पड़ी। यह जरूर है कि मैं इस बात को बेहतर तरीके से जानता था, पर मैं कुछ भी साबित नहीं कर सकता था। इसके बाद मैं एक घोड़ागाड़ी से अपने भाई के पास पॉलमॉल चला आया और वहाँ मैंने अपना दिन बिताया। अब मैं तुम्हारे पास आया हूँ और आते समय रास्ते में एक गुंडे ने मुझ पर एक गदा जैसी चीज से हमला किया। मैंने उसे जमीन पर गिरा दिया और पुलिस ने उसे अपनी हिरासत में ले लिया है। किंतु मैं तुम्हें पूरे विश्वास के साथ कहता हूँ कि उस आदमी, जिसके सामने के दाँत से मेरी उँगलियों की गाँठें छिल गई हैं, और उस सेवानिवृत गणित के शिक्षक, जो कि संभवतः दस मील दूर किसी ब्लैकबोर्ड पर प्रश्न हल कर रहा होगा, के बीच कोई संबंध नहीं पाया जा सकेगा। वाटसन, तुम्हें आश्चर्य नहीं हुआ कि तुम्हारे कमरे में घुसते ही मेरा पहला काम तुम्हारे दरवाजों को बंद करना ही था और सामने के दरवाजे के बजाय कम संदेहवाली जगह से बाहर निकलने के बारे में तुमसे पूछे जाने के लिए मैं विवश कर दिया गया था।"

मैंने अकसर अपने साथी के साहस की प्रशंसा की थी, परंतु इस बार के जितनी कभी नहीं और जिस तरह से उसने शांतिपूर्वक घटनाएँ बताई एवं जिन्हें आपस में जोड़ते ही यह एक डरावना दिन बन गया था।

मैंने कहा, "तुम रात यहाँ गुजारोगे?"

"नहीं, मेरे दोस्त, मैं तुम्हारे लिए कोई खतरा नहीं बनना चाहता हूँ। मेरे पास मेरी योजनाएँ हैं और जल्दी ही सबकुछ ठीक हो जाएगा। अब तक सबकुछ तय हो चुका है और जहाँ तक गिरफ्तारी का प्रश्न है, इसमें उन्हें मेरी सहायता की जरूरत नहीं होगी, हालाँकि दोष साबित करने के लिए मेरी मौजूदगी जरूरी है। इसीलिए इससे बेहतर और कुछ भी नहीं

हो सकता है कि मैं कुछ दिनों के लिए गायब हो जाऊँ। इससे पुलिस को अपना काम करने में आसानी होगी और मेरे लिए एक खुशी की बात होगी कि तुम मेरे साथ महाद्वीप चलो।"

मैंने कहा, "मेरी प्रैक्टिस इस समय धीमी है और मेरा पड़ोसी भी सहयोग करनेवाला व्यक्ति है। मुझे तुम्हारे साथ चलने में खुशी होगी। "

"तब कल सुबह शुरू करते हैं।"

"बहुत जरूरी है क्या?"

"हाँ, बहुत ही जरूरी है। ये तुम्हारे निर्देश हैं, प्रिय वाटसन ! मेरी तुमसे विनती है कि तुम अक्षरशः उनका पालन करोगे, क्योंकि तुम यूरोप के सबसे शक्तिशाली और चालाक अपराधी संगठन के खिलाफ मेरे साथ दोनों हाथोंवाला खेल खेल रहे हो।

अब सुनो! तुम अपना जो भी सामान ले जानेवाले हो, उसे तुम आज रात बिना पता लिखे ही अपने एक विश्वसनीय आदमी के साथ विक्टोरिया भेज दोगे। सुबह तुम अपने आदमी को यह कहते हुए एक घोड़ागाड़ी लाने के लिए भेजोगे कि वह वहाँ मौजूद पहली और दूसरीवाली गाड़ी को नहीं लेगा। इस घोड़ागाड़ी से तुम लाथर एक्रेड के स्टैंड की ओर चलोगे और कोचवान को कागज के टुकड़े पर पता लिखकर दे दोगे, साथ ही उसे यह भी बता देना कि वह इसे कहीं फेंके नहीं। अपना किराया तैयार रखना और जैसे ही तुम्हारी गाड़ी रुके, तुम एक्रेड से भागकर दूसरी तरफ ठीक सवा नौ बजे पहुँच जाना। वहाँ तुम्हें एक घोड़ेवाली छोटी गाड़ी इंतजार करती मिलेगी, जिसे एक काली शाल ओढ़े हुए आदमी चला रहा होगा। तुम इसमें घुस जाना और कॉण्टीनेंटल एक्सप्रेस के लिए ठीक समय विक्टोरिया पहुँच जाओगे।"

"मैं वहाँ तुमसे कहाँ मिलूँगा?"

"ठीक स्टेशन पर सामनेवाला प्रथम श्रेणी का दूसरा डिब्बा हमारे लिए आरक्षित होगा।"

'वह बोगी ही हमारी मुलाकात की जगह है। "

"ठीक है।"

अब होम्स से शाम को रुकने के लिए पूछना बेकार था। मेरे लिए उसका यह सोचना स्पष्ट हो गया था कि वह जिस छत के नीचे था, उसके लिए वह परेशानी बन सकता था और इसी उद्देश्य ने उसे चले जाने के लिए बाध्य किया था। कल की अपनी योजना के अनुसार वह जल्दी-जल्दी कुछ शब्द बुदबुदाते हुए मेरे साथ बगीचे में आया और फिर उस दीवाल पर चढ़कर दूसरी तरफ रास्ते पर कूद गया, जो कि सीधा मोर्टीमर स्ट्रीट की तरफ जाता था । उसने घोड़ागाड़ी के लिए एक सीटी की आवाज निकाली और फिर उसी से मैंने उसे जाते हुए सुना।

सुबह मैंने होम्स के निर्देशों का पालन किया। एक घोड़ागाड़ी इतनी सावधानी से यह बचाते हुए ली गई कि यह हमारे लिए ही तैयार की गई थी। नाश्ते के बाद मैं तुरंत ही लोअर एक्रेड की तरफ चल दिया, जहाँ से मैं अपनी पूरी तेजी से भागा। अब मेरे सामने एक छोटी सी एक घोड़ेवाली गाड़ी खड़ी थी, जिसके कोचवान ने काली शॉल लपेट रखी थी। जैसे ही मैं इसमें बैठा, इसने अपना चाबुक घोड़े पर लहराया और तेजी से विक्टोरिया स्टेशन की तरफ भागा। मेरे उतरते ही उसने अपनी गाड़ी वापस मोड़ ली और बिना मेरी तरफ देखे ही तुरंत तेजी से वापस चल दिया।

यह सबकुछ बहुत ही अच्छे ढंग से हुआ। मेरा सामान मेरा इंतजार कर रहा था और होम्स की बताई जगह को खोजने में मुझे कोई परेशानी नहीं हुई। ऐसा इसलिए भी हुआ, क्योंकि ट्रेन में केवल यही जगह थी, जिस पर 'आरक्षित' लिखा था। अब मेरी केवल एक ही बेचैनी थी कि होम्स वहाँ नहीं थे। स्टेशन की घड़ी बता रही थी कि हमारी यात्रा की शुरुआत में सिर्फ सात ही मिनट बचे थे। यात्रियों के समूहों और उन्हें विदा करनेवालों में मैंने उन्हें ढूँढ़ा, पर यह सब व्यर्थ था, क्योंकि मुझे उनमें अपने साथी का कोई निशान नहीं मिला। मैंने अपना कुछ समय इटली के एक बुजुर्ग पादरी की सहायता करने में बिताया, जो कि कुली को अपनी टूटी-फूटी अंग्रेजी में यह बताने की कोशिश कर रहा था कि उसका सामान पेरिस के लिए बुक होना था। फिर एक बार और चारों तरफ देखते हुए मैं वापस अपनी बोगी की तरफ लौट आया, जहाँ मुझे वही कुली मिला और उसने टिकट के बदले वही जीर्ण-शीर्ण पादरी साथी के रूप में दे दिया। उसे यह बताना मेरे लिए बेकार था कि उसकी मौजूदगी मेरे लिए अनधिकार घुसपैठ है, क्योंकि मेरा इटली भाषा का ज्ञान उसकी अंग्रेजी से भी कम था, इसीलिए मैंने अपने कंधे अस्वीकृति में उचका दिए और बेचैनी से अपने साथी के लिए इधर-उधर देखने लगा। जैसे ही मैंने सोचा कि उसकी गैर मौजूदगी

का मतलब यह हो सकता था कि उस रात उस पर कोई घातक हमला हुआ होगा, डर की एक सिहरन सी मुझमें दौड़ गई। ट्रेन के दरवाजे पहले ही बंद हो चुके थे और जब सीटी बजी, तभी एक आवाज आई, "प्रिय वाटसन ! तुमने मुझे गुड मॉर्निंग कहने की भी जहमत नहीं उठाई।"

मैं आश्चर्यचकित होकर मुड़ा। उस बुजुर्ग पादरी ने अपना चेहरा मेरी ओर घुमाया। अगले ही पल उसकी झुर्रियाँ सीधी हो गईं, नाक ठुड्डी से हट गई और नीचे के होंठों का आगे की ओर निकलना व मुँह का बुदबुदाना खत्म हो गया। उसकी उदास सी आँखों में एक चमक आ गई और उसका झुका हुआ शरीर तन गया। अब वह पुराना ढाँचा गायब हो चुका था और उसकी जगह होम्स ने ले ली थी।

मैं चीख पड़ा, "हे भगवान्! तुमने मुझे कितना चौंका दिया । "

वह फुसफुसाते हुए बोला, "अभी भी सुरक्षा जरूरी है। मुझे पता था कि वे मेरा पीछा करेंगे। ओह, वहाँ मोरिआर्टी खुद भी मौजूद है।"

जैसे ही होम्स ने इतना कहा, ट्रेन चल पड़ी। पीछे की तरफ जब मैंने देखा तो वहाँ एक लंबा आदमी भीड़ को धक्का देते हुए आगे बढ़ रहा था और अपने हाथ इस तरह से हिला रहा रहा था कि जैसे वह ट्रेन रोकना चाहता हो । अब बहुत देर हो चुकी थी। ट्रेन ने अपनी गति पकड़ ली और थोड़ी ही देर में स्टेशन को पीछे छोड़ दिया।

होम्स ने हँसते हुए कहा, "अपने सारे सुरक्षा के उपायों के चलते हम बाल-बाल बचकर निकल आए। "

वह उठ खड़ा हुआ और खुद को छुपानेवाले अपने उस काले चोगे तथा हैट को उतारकर हैंडबैग में रख दिया। "वाटसन! क्या तुमने आज सुबह का अखबार पढ़ा है?"

"नहीं।"

"तब, तुम्हें बेकर स्ट्रीट के बारे में भी नहीं पता होगा।"

"बेकर स्ट्रीट?"

"उन्होंने पिछली रात को हमारे कमरों में आग लगा दी थी। इसमें कुछ अधिक नुकसान नहीं हुआ । "

"होम्स! यह तो बरदाश्त के बाहर है।"

"जब उनका वह गदावाला आदमी गिरफ्तार हुआ, तभी वे मुझे ढूँढ़ने में भटक गए। इसीलिए वे अंदाज नहीं लगा सके कि मैं वापस अपने कमरे में आ गया हूँ। उन्होंने तुम पर भी अपनी निगाह रखी थी और इसीलिए मारिआर्टी विक्टोरिया तक पहुँच गया था। तुमने आने में कोई गलती तो नहीं की थी ?"

"मैंने ठीक वही किया जो आपने कहा था।"

"क्या तुम्हें वह घोड़ागाड़ी मिली थी ?"

"हाँ, वह मेरा इंतजार कर रही थी।"

"क्या तुमने कोचवान को पहचान लिया था?"

"नहीं।"

"वह मेरा भाई माइक्राफ्ट था। ऐसे मामलों में बिना तुमको बताए बिना स्वार्थ के ही उससे लाभ मिल जाता है। ऐसे नाजुक मौकों पर किसी भाड़े के आदमी को अपने विश्वास में नहीं ले सकते। परंतु अब हमें मोरिआर्टी के लिए जो करना है, उसकी योजना बनानी है।"

"यह एक एक्सप्रेस ट्रेन है और एक नाव इसका पीछा भी करेगी, तो मुझे लगता है हम इससे बहुत ही सुरक्षित ढंग से बच निकले हैं।"

"प्रिय वाटसन! तुमने मेरी बात का सही अंदाज नहीं लगाया है कि यह आदमी मेरे ही बौद्धिक स्तर का है। तुम सोच नहीं सकते हो कि यदि मैं पीछा करनेवाला होता तो क्या मैं खुद को इतने हलके अवरोध से रोक देने देता। तब तुम उसके बारे में इतना कम क्यों सोचते हो?"

"वह क्या करेगा?'

"मुझे क्या करना चाहिए?"

"तुम क्या करोगे?"

"दूसरी गाड़ी बदल लो। "

"पर वह लेट हो सकती है।

"कोई फर्क नहीं पड़ता है। यह ट्रेन कैंटरबरी पर रुकती है और वहाँ बोट के आने में कम-से-कम पंद्रह मिनट की देर होती है। वह हमें वहाँ पकड़ लेगा।"

"कोई भी सोचेगा कि हम अपराधी हैं। उसके आने पर उसे गिरफ्तार हो जाने दो।"

"यह हमारा तीन महीने का काम बरबाद कर देगा। हमें बड़ी मछली पकड़नी है, पर छोटी मछलियाँ जाल से बाहर बच जाएँगी। सोमवार को हमें वे सब मिल जाएँगी, इसीलिए गिरफ्तार होना ठीक नहीं है।"

"तब क्या करें?"

"हम कैंटरबरी पर बाहर आ जाएँगे।"

'और तब?"

'फिर हम नेवातेन से डी पी तक की एक लंबी यात्रा करेंगे। मुझे जो चाहिए, मोरिआर्टी वही करेगा। वह पेरिस जाएगा और हमारे सामान को पहचानकर वहाँ डिपो में हमारा दो दिनों तक इंतजार करेगा। इसी बीच हम कपड़े के दो बैग ले लेंगे और अपने देश के निर्माताओं को प्रोत्साहित करते हुए उसी के साथ यात्रा करेंगे। हम लक्सम्बर्ग व बैसले होते हुए स्विट्जरलैंड पहुँचेंगे।"

कैंटरबरी पर हम केवल इसीलिए उतर गए कि हमें न्यूहेवन के लिए ट्रेन पकड़ने के लिए वहाँ एक घंटा इंतजार करना था।

मैं अभी भी अपने सामान के साथ जाते हुए वैन को दुःखी मन से देख रहा था, क्योंकि इसमें मेरे कपड़े थे, जबकि होम्स ने मेरी बाँहें खींचीं और पटरी की ओर इशारा किया।

उन्होंने कहा, "तुम उसे पहले ही देख चुके हो।"

केंटिश के जंगलों में काफी दूर धुएँ की एक पतली सी रेखा ऊपर उठती हुई दिखाई पड़ रही थी। एक ही मिनट बाद एक गाड़ी का डिब्बा और इंजन दूर मोड़ से आता हुआ दिखाई पड़ा, जो कि स्टेशन की ओर ही आ रहा था। जैसे ही यह गरजता हुआ और अपनी गरम हवा हमारे चेहरे पर छोड़ता हुआ सामने से गुजरा, स्टेशन पर पड़े माल के ढेर के पीछे हो जाने का भी हमारे पास समय नहीं था।

जब हम उस गाड़ी के डिब्बे को पहाड़ी पर जाते हुए देख रहे थे, तभी होम्स ने कहा, "वह वहाँ जा रहा है।" "हमारे साथी की बुद्धिमानी की भी सीमाएँ हैं। यह अप्रत्याशित हो सकता है कि मैं जो भी परिणाम निकालूँ और उस पर काम करूँ, उसका उन्हें पहले से ही पता चल जाता है।"

"उसने क्या किया होगा, क्या वह हमसे आगे निकल गया होगा?"

'इसमें कोई शक नहीं है कि उसने मुझ पर मेरी हत्या करने के लिए हमला किया होगा। यही एक खेल है, जिसे दोनों खेल सकते हैं। अब सवाल यह है कि हम पहले ही यहाँ लंच कर लें या न्यूहेवन पहुँचकर खाना खाने तक भूखे रहें।"

हम उस रात ब्रसेल्स के लिए चल दिए और हमने वहाँ दो दिन बिताए । तीसरे दिन हम स्ट्रासबर्ग के लिए चले। सोमवार की सुबह होम्स ने लंदन की पुलिस को टेलीग्राम किया, जिसका जवाब हमें शाम को होटल में मिल गया था। होम्स ने इसे खोला और फिर बुरा सा मुँह बनाकर फेंक दिया। फिर एक कराहती आवाज में कहा, "मुझे लगता है, वह बच गया।"

"मोरिआर्टी?"

"सिवाय उसके उन्होंने पूरा गिरोह पकड़ लिया। वह बचकर निकल गया। वाकई जब मैंने देश छोड़ा तब उससे कोई बच नहीं सकता था, पर मैंने सोचा था कि मैंने उनके हाथों में उसे दे दिया। वाटसन, मेरे खयाल से तुम्हें वापस इंग्लैंड लौट जाना चाहिए।"

"क्यों?"

"क्योंकि मैं अब तुम्हारे लिए एक खतरनाक साथी बन चुका हूँ। इस आदमी का पेशा खत्म हो चुका है। अगर वह लंदन वापस लौटता है तो वहाँ कुछ भी नहीं है। जहाँ तक मैं उसके स्वभाव के बारे में जानता हूँ, वह अपनी पूरी ताकत मुझसे बदला लेने में लगा देगा। उसने मेरे साथ अपनी एक छोटी सी मुलाकात में कहा था और मैं जानता हूँ कि वह वैसा ही करेगा। मैं वाकई तुम्हें परामर्श देता हूँ कि तुम वापस अपनी प्रैक्टिस के लिए चले जाओ।"

यह किसी व्यक्ति के लिए एक अनुरोध जैसा ही था, जो कि उसका एक पुराना सहयोगी होने के साथ एक पुराना साथी भी था। हम स्ट्रैसबर्ग में इस विषय पर आधे घंटे तक बहस करते रहे और उसी रात हमने अपनी यात्रा जिनेवा के लिए शुरू कर दी।

एक सप्ताह तक हम रॉन की मनोहर घाटी में घूमते रहे और फिर ल्यूक होते हुए जेमिनी दर्रे तक गए। जो कि बर्फ से ढका हुआ था। इसके बाद हम इंटरलेकन से मेरिजनेन भी गए। यह एक बहुत ही मनभावन यात्रा थी, नीचे धरती पर हरियाला वसंत और ऊपर सफेद बर्फ; परंतु यह मुझे बिलकुल ही स्पष्ट था कि एक पल के लिए भी होम्स उस काली छाया को नहीं भूल पाए थे। घर की तरह के उस अल्पाइन के गाँव और एकांतवाले पहाड़ी दर्रों में भी मैं उसकी चौकन्नी आँखों और हर आने-जानेवाले चेहरे पर उनकी तीक्ष्ण दृष्टि को देख रहा था। उसे इस बात का पक्का यकीन था कि हम जहाँ भी जाएँगे, हम खतरे से बाहर नहीं रहेंगे, जो कि हमारे पैरों के निशान का पीछा कर रहा था।

मुझे याद है कि एक बार जब हम जेमिनी से होकर गुजर रहे थे और डाउबेंसी की सीमा पर ही थे, तभी ऊपर पहाड़ी से एक बड़ा पत्थर नीचे की ओर लुढ़का और ठीक हमारे पीछे झील में आवाज करता हुआ गिर गया। एक झटके से होम्स किनारे टीले पर चढ़ गया और अपनी गरदन घुमाकर चारों ओर देखने लगा। वहाँ कोई नहीं दिखा और हमारे गाइड ने हमें यकीन दिलाया कि इस मौसम में यहाँ पत्थर अकसर गिरते रहते हैं। होम्स ने कोई जवाब नहीं दिया, पर उस आदमी की बात सुनकर मेरी तरफ देखकर एक ऐसे व्यक्ति की तरह मुसकराया, जो कि अपनी बात का असर देख रहा हो।

अपने पूरे चौकन्नेपन के बावजूद वह हताश नहीं हुआ था। बल्कि मैंने पहले कभी उसको इतना अधिक उत्साह में नहीं देखा था। वह बार-बार इस बात पर आ जाता था कि यदि उसे इसका यकीन हो जाता कि वह समाज को मोरिआर्टी से आजाद करा सकता है, तब वह अपने पेशे को प्रसन्नतापूर्वक एक परिणाम तक पहुँचा हुआ महसूस करता।

"मैं सोचता हूँ वाटसन, मैं अब यह कह सकता हूँ कि मैंने अपना जीवन बरबाद नहीं किया है। अगर मेरे संग्रह आज की रात बंद कर दिए जाते हैं, तब भी मैं उनका धैर्यपूर्वक अवलोकन कर सकता हूँ। लंदन की हवा मेरे लिए बहुत ही मधुर है। हजारों मामले, जिनमें मैंने काम क्यिा है, मुझे याद नहीं है कि मैंने अपनी ताकत का इस्तेमाल कभी किसी गलत पक्ष के लिए किया हो। हाल ही में, बजाय उन अधिक बनावटी मामलों, जिनके लिए हमारे समाज की बनावटी स्थिति जिम्मेदार है, मेरा रुझान प्रकृति के द्वारा पैदा की गई

समस्या की ओर रहा। वाटसन ! यूरोप के सबसे अधिक खतरनाक और सक्षम अपराधी को पकड़ने या उसके सफाए के द्वारा जब मैं अपने पेशे को सजाऊँगा, तब वह दिन तुम्हारे संस्मरणों की समाप्ति का होगा।"

जो कुछ भी मेरे पास बताने के लिए बचेगा, उसे मैं संक्षिप्त रूप में और ठीक-ठीक बता दूँगा। यह एक विषय नहीं है, जिसमें मैं बना रहना चाहता हूँ, फिर भी मैं सचेत हूँ कि विस्तार से बताने के साथ किसी भी महत्त्वपूर्ण तथ्य को न भूलने का कार्य मुझे सुपुर्द किया गया है।

यह तीन मई थी और हम एक छोटे से गाँव मेरिंजेन पहुँचे, जहाँ हम इंग्लिशर हॉफ के पास रुके और फिर उसके बड़े भाई पीटर स्टेलियर के पास ठहराए गए। हमारा मकान मालिक एक बहुत ही बुद्धिमान आदमी था, वह बहुत ही अच्छी अंग्रेजी बोलता था। उसने लंदन के ग्रासवेनर होटल में तीन साल तक बेयरे की नौकरी की थी। उसी की राय पर हम चार तारीख को दोपहर में साथ-साथ इस इरादे के साथ पहाड़ी को पार करने चल दिए कि हम राजेनलुई की एक झोंपड़ी में रात गुजारेंगे। हमें समझाया गया था कि रेजिनबाख के झरने को उन छोटे चक्करदार रास्तों के देखे बिना उसे पार न करें, जो कि पहाड़ी के करीब आधे रास्ते पर है।

यह वाकई एक बहुत ही डरावनी जगह है। पिघली हुई बर्फ से यहाँ जलप्रवाह प्रबल था, जो कि नीचे बहुत ही गहराई में गिर रहा था। इसकी फुहारें जलते हुए घर के धुएँ की तरह घुमड़ रही थीं। यह नदी बहुत ही भयानक रूप में उस खाई में गिर रही थी। इसके किनारे काली चमकीली चट्टानें थीं। दूधिया रंग की यह नदी आगे से सँकरी होती हुई नीचे गहराई में गिर रही थी। तेजी से बहती हुई यह धारा ऊपर तक लबालब भरी हुई थी। दूर तक फैला हुआ वह हरे रंग का पानी नीचे गरज रहा था और फुहारों का वह मोटा परदा ऊपर की तरफ फुफकार रहा था। इसकी लगातार और शांति प्रदान करनेवाली हवा आदमी को एक खुमारी गें ला दे रही थी। हम किनारे खड़े होकर नीचे पानी को देख रहे थे, जो कि काली चट्टानों के बीच से होकर जा रहा था और खाई के ऊपर आती फुहारों के साथ आवाजों को सुन रहे थे।

झरने का पूरा दृश्य देखने के लिए रास्ते को गोल आकार देते हुए बंद कर दिया गया था, पर यह अचानक ही खत्म हो जाता था और यात्री जिधर से आता उसे उधर की ही ओर वापस जाना पड़ता था । इसीलिए हमें भी मुड़कर जाना पड़ा कि तभी हमने देखा कि

स्विट्जरलैंड का रहनेवाला एक युवक अपने हाथों में एक चिट्ठी लेकर दौड़ता हुआ आ रहा है। इसमें उसी होटल का निशान बना हुआ था, जिसे हमने अभी-अभी छोड़ा था। मकान मालिक ने इस चिट्ठी पर मेरा नाम लिखा था। इससे पता चला कि हमारे होटल छोड़ने के कुछ ही मिनटों के बाद वहाँ एक अंग्रेज महिला आई थी, उसकी हालत फेफड़े के संक्रमण से बहुत खराब थी। वह डेवास प्लाट्ज पर छुट्टियाँ मनाने गई थी और अब अपने दोस्तों के पास ल्युसरने जा रही थी कि तभी उसकी तबीयत खराब हो गई। ऐसा मालूम पड़ता था कि वह कुछ ही घंटों की मेहमान है, यदि मैं वापस लौट जाता हूँ तो एक अंग्रेज डॉक्टर का उसको देखना उसके लिए एक बड़ी दिलासा होगी। उस भले आदमी स्टेलियर ने मुझे उस चिट्ठी में यकीन दिलाया था कि वह मेरी इस तकलीफ के लिए मेरा आभारी रहेगा। चूँकि उस महिला ने स्विट्जरलैंड के किसी चिकित्सक के लिए मना कर दिया था, इसीलिए वह इसे अपने ऊपर एक बड़ी जिम्मेदारी मान रहा था।

यह अनुरोध इस तरह से था कि इसे मना नहीं किया जा सकता था। अपने देश की महिला, जो कि अपरिचित भूमि पर मरनेवाली थी, उसके लिए इस प्रार्थना को अस्वीकार करना असंभव था। हालाँकि होम्स को छोड़कर जाते हुए मुझे झिझक हो रही थी। अंत में तय यह हुआ कि वे उस युवा संदेशवाहक को अपने पास रास्ता बतानेवाले और सहयोगी के रूप में रखेंगे और मैं मैरिंजेन जाऊँगा।

होम्स ने कहा कि वे कुछ समय झरने के पास बिताएँगे और फिर धीमे-धीमे पहाड़ी पर चढ़ते हुए रोजेनलुई पहुँचेंगे, जहाँ शाम को मैं उनसे फिर मिल लूँगा। जैसे ही मैं कुछ दूर पहुँचा तो मैंने देखा कि होम्स की पीठ एक चट्टान के सहारे टिकी है और वे हाथ बाँधकर नीचे झरने का पानी देख रहे हैं। यही वह उनका अंतिम दृश्य था, जो मेरी तकदीर ने मुझे इस दुनिया में दिखाया था।

जब मैं काफी नीचे उतर आया और मुड़कर देखा, तब उन्हें वहाँ से देख पाना असंभव था, परंतु मैं उस घुमावदार रास्ते को देख सकता था, जो कि पहाड़ी से होकर उन तक जाता था । इसी पर एक आदमी, जहाँ तक मुझे याद है, काफी तेजी से जा रहा था। मैंने उसकी काली छाया की बाहरी रूपरेखा बहुत ही स्पष्ट रूप से देखी थी। मैंने उसके जल्दी-जल्दी चलने पर ध्यान दिया था, परंतु अपनी मंजिल पर जाने की जल्दी में वह मेरे दिमाग से हट गया था।

मेरिंजेन पहुँचने में मुझे एक घंटे से कुछ अधिक समय लगा। वह बुजुर्ग स्टेलर अपने होटल के पोर्च में खड़ा था। मैंने जल्दी-जल्दी आते हुए कहा, "मुझे यकीन है कि वह अभी ज्यादा बुरी स्थिति में नहीं होगी।"

उनके चेहरे पर एक आश्चर्य का भाव था और उनकी भौंहों के प्रदर्शन ने मेरे दिल की धड़कन बढ़ा दी थी। उस चिट्ठी को जेब से बाहर निकालते हुए मैंने कहा, "क्या यह चिट्ठी आपने नहीं लिखी हैं? क्या इस होटल में कोई अंग्रेज बीमार औरत नहीं है?"

वह जोर से बोला, "बिलकुल नहीं। मगर इस चिट्ठी पर मेरे होटल का निशान है। इसका मतलब है कि इसे उसी लंबे अंग्रेज आदमी ने लिखा होगा, जो तुम लोगों के जाने के बाद आया था।" उसने कहा।

पर मैं उस होटल के मालिक की बात सुनने के लिए नहीं रुका। एक अजीब से भय के साथ मैं उस गाँव की सड़क पर दौड़ पड़ा और उसी ओर भागा, जिधर से मैं अभी-अभी उतरा था। इसमें मुझे करीब एक घंटा लग गया था। अपनी सारी कोशिशों के बावजूद एक बार फिर से रेजिनबाख के झरने तक पहुँचने में मुझे दो घंटे लग गए। होम्स का सामान उसी चट्टान पर पड़ा हुआ था, जहाँ मैंने उन्हें छोड़ा था, परंतु वहाँ उनका कोई नामोनिशान नहीं था। उनको आवाज देकर मेरा पुकारना भी बेकार गया, छोटी-छोटी पहाड़ियों से टकराकर आती मेरी आवाज की प्रतिध्वनि ही मेरा जवाब थी।

उनके वहाँ पड़े सामान को देखकर मेरा दिल बैठा जा रहा था। इसका मतलब यह हुआ कि वे रोजेनलुई नहीं पहुँचे। वे इसी तिराहे पर ही रुके होंगे, जिसके एक ओर सीधी-सपाट चढ़ाई और दूसरी ओर गहरी खाई थी। तभी उनके दुश्मन ने उन्हें पकड़ लिया होगा। वह स्विट्जरलैंड वाला युवक भी चला गया था। उसको शायद मोरिआर्टी ने कुछ धन दिया होगा और उसके साथ दो आदमी भी थे। फिर क्या हुआ होगा? कौन हमें बताए कि क्या हुआ होगा ?

अपने आपको संयत करने के लिए मैं एक या दो मिनट के लिए खड़ा रहा, क्योंकि मैं उन चीजों को देखकर थोड़ा भयभीत हो गया था। फिर मैंने होम्स के अपने तरीकों की तरह सोचना शुरू किया और इस आपदा को समझने के लिए उनको व्यवहार में लाने की कोशिश की। ऐसा करना बहुत ही आसान था। अपनी बातचीत के दौरान हम उस रास्ते के अंतिम सिरे तक नहीं गए थे और वहाँ पड़ा हुआ उनका सामान यही बता रहा था कि

हम वहीं खड़े थे। वहाँ की काली मिट्टी फुहारों की बौछार से नरम हो गई थी और इस पर अब एक चिड़िया के निशान बन सकते थे। जाते हुए पैरों के दो निशान वहाँ काफी दूर तक स्पष्ट थे, वे दोनों निशान मुझसे दूर होते जा रहे थे, परंतु उनमें से कोई भी निशान वापसी की तरफ नहीं लौटा था । उस मिट्टी से कुछ एक गज की दूरी पर ऐसा लगता था कि जमीन कुछ रौंदी गई थी और खाई में लटकी हुई झाड़ियाँ टूटी तथा बिखरी हुई थीं। मैंने आगे की ओर झुककर देखा, पर तेज आती हुई फुहारों ने मुझे पूरा भिगो दिया। मेरे वहाँ से चलने के पहले ही अँधेरा हो चुका था और अब मुझे चमकती हुई चट्टानों पर केवल नमी ही दिख रही थी। नीचे दूर तक पानी के गिरने की आवाज थी। मेरे पुकारने पर केवल उसकी प्रतिध्वनि ही आती थी।

यह भाग्य का ही खेल था कि मेरे साथी और सहयोगी की अंतिम बधाइयाँ ही मेरे साथ थीं। उसका सामान अभी भी चट्टान से टिका हुआ रास्ते पर पड़ा था। पास ही के एक पत्थर पर कुछ चमकती हुई सी चीज ने मेरा ध्यान अपनी तरफ खींचा और हाथ बढ़ाकर उठाते ही मुझे लगा कि यह तो चाँदी का सिगरेट का डिब्बा है, जिसे वे हमेशा अपने साथ रखते थे। मैंने इसे जैसे ही उठाया कि तभी इसके नीचे दबा एक चौकोर कागज का टुकड़ा नीचे जमीन पर गिर पड़ा। इसे खोलने पर मैंने देखा कि यह उनकी नोटबुक से फटे पन्ने हैं और इनमें उन्होंने मुझे ही संबोधित करके लिखा है। यह उस व्यक्ति का गुण था कि उसकी दिशा स्पष्ट थी और लिखावट उतनी ही साफ तथा सुघड़ कि जैसे यह उसके अपने अध्ययन कक्ष में ही लिखी गई हो।

प्रिय वाटसन !

मैं कुछ पंक्तियाँ मि. मोरिआर्टी की आभार स्वीकृति में लिख रहा हूँ, जिन्होंने उन प्रश्नों की अंतिम चर्चा के लिए, जो कि हम दोनों के ही बीच थे, मेरी सुविधा का इंतजार किया। उसने मुझे अपने काम के तरीकों की रूपरेखा दिखा दी है, जिसके द्वारा वह अंग्रेज पुलिस से बच निकला और उसने हमारी गतिविधियों के बारे में पता लगा लिया। मैंने उसकी काबिलियत के बारे में जो ऊँची धारणा बना रखी थी, उसे उसने और भी पक्का कर दिया। मुझे यह सोचकर बहुत खुशी है कि मैं समाज को उसकी मौजूदगी से होनेवाले आगामी प्रभावों से आजाद कर दूँगा, हालाँकि मुझे डर है कि यह सब उस कीमत पर होगा, जो कि मेरे साथियों के लिए, खासतौर से वाटसन, तुम्हें बहुत ही पीड़ादायक होगा। मैं तुम्हें पहले ही बता चुका हूँ कि मेरा पेशा अपने एक खास मुकाम तक पहुँच चुका है और इससे

अधिक अनुकूल इसके समापन की संभावना नहीं है। दरअसल, मैं अपना अपराध स्वीकार करता हूँ कि मुझे पूरा अंदाज था कि मरिंजेन से आनेवाला वह पत्र एक धोखा था और मैंने तुम्हें इस उद्देश्य से जाने की अनुमति दी थी कि इस मामले में कुछ इसी तरह का नतीजा निकलेगा। इंस्पेक्टर पैटरसन से कहना कि इस गिरोह को कठघरे में लाने के लिए जिन कागजों की उसे जरूरत है, वे एम वाले ताखे में रखे हैं और उस नीले रंग के लिफाफे के ऊपर 'मोरिआर्टी' लिखा है। इंग्लैंड से चलते समय मैंने अपनी सारी संपत्ति अपने भाई माइक्राफ्ट के हवाले कर दी थी। प्लीज, मिसेज वाटसन को मेरी शुभकामनाएँ देना और मेरे प्रति अपना विश्वास बनाए रखना।

तुम्हारा

शेरलॉक होम्स

अब जो बच गया था, उसके लिए संक्षेप में ये कुछ शब्द ही काफी थे। विशेषज्ञों की छानबीन ने थोड़ी भी शुबहा नहीं छोड़ी थी कि दोनों व्यक्तियों के बीच का निजी द्वंद्व समाप्त हो चुका था। सिवाय इसके कोई दूसरा अंत नहीं था कि इस परिस्थिति में वे दोनों एक-दूसरे को बाँहों में जकड़े लुढ़कते चले गए होंगे। उनके शरीरों को ढूँढ़ने की कोशिश भी पूरी तरह से बेकार थी, क्योंकि वहाँ उस भँवरवाले पानी के कड़ाह और उफनते झाग में वह खतरनाक अपराधी तथा अपनी पीढ़ी का वह कानून का विजेता हमेशा-हमेशा के लिए डूब गया होगा। स्विट्जरलैंड का वह युवक फिर कभी नहीं दिखा। इसमें कोई शक नहीं था कि वह उन्हीं एजेंटों में से एक होगा, जिसे मोरिआर्टी ने रख छोड़ा था। जहाँ तक उस गिरोह का सवाल है, वह लोगों की स्मृति में था कि वे सबूत कितने पक्के थे, जो होम्स ने उनके संगठनों के खुलासे के लिए इकट्ठे किए थे और उस मृत व्यक्ति का हाथ उस पर कितना भारी पड़ा था। उनके खतरनाक मुखिया के बारे में कुछ बातें मुकदमे के दौरान बाहर आईं। अब अगर मैं उनके कॅरियर के बारे में कुछ कहने के लिए मजबूर हूँ तो वह उन अविवेकी लोगों की वजह से हैं, जिन्होंने उन पर अपने हमलों के द्वारा उन यादों को मिटाने की कोशिश की है, जिन्हें मैं हमेशा एक बेहतर और बुद्धिमान व्यक्ति का दरजा देता रहूँगा।

193